O CONTO DA DEUSA

Natsuo Kirino

O CONTO DA DEUSA

Tradução de
Alexandre D'Elia

Rocco

Título original
THE GODDESS CHRONICLE

Primeira publicação na Grã-Bretanha em 2012 pela
Canongate Books Ltd, 14 High Street, Edinburgh EH1 1TE

Primeira publicação como *Foshinki* no Japão em 2008
por Kadokawa Shoten Publishing Co., Ltd.

Edição brasileira publicada mediante acordo com
Canongate Books Ltd, 14 High Street, Edinburgh EH1 1TE

EDITORA ROCCO LTDA.
Av. Presidente Wilson, 231 – 8º andar
20030-021 – Rio de Janeiro – RJ
Tel.: (21) 3525-2000 – Fax: (21) 3525-2001

rocco@rocco.com.br | www.rocco.com.br

Printed in Brazil/Impresso no Brasil

Preparação de originais
MAIRA PARULA

CIP-Brasil. Catalogação na fonte.
Sindicato Nacional dos Editores de Livros, RJ.

K65c Kirino, Natsuo, 1951-
O conto da deusa / Natsuo Kirino; tradução de Alexandre D' Elia.
– 1ª ed. – Rio de Janeiro: Rocco, 2014.

Tradução de: The goddess chronicle
ISBN 978-85-325-2901-5

1. Ficção japonesa. I. Elia, Alexandre D'. II. Título.

14-09251 CDD – 895.63
CDU – 821.521-3

HOJE, HOJE MESMO

1

Meu nome é Namima — "Mulher-Em-Meio-Às-Ondas". Eu sou uma *miko*. Nascida numa ilha distante, muito distante, ao sul, eu tinha apenas dezesseis anos quando morri. Agora o meu lar é junto aos mortos, aqui nesse reino da escuridão. Como isso pôde acontecer? E como sou agora capaz de proferir palavras como essas? É tudo por causa da deusa: é o desejo dela, nada mais do que isso. Deve parecer bastante estranho, mas as emoções que tenho agora são muito mais agudas do que quando eu estava viva. As palavras que pronuncio, as frases que costuro nascem das próprias emoções que incorporo.

Esta história pode ser expressa por minhas palavras, mas eu falo pela deusa, a que governa o Reino dos Mortos. Minhas palavras podem ser tingidas pelo vermelho da raiva, podem tremer de anseio diante dos vivos, mas todas elas, e cada uma, são pronunciadas para expressar os sentimentos da deusa. Como ficará claro mais adiante, eu sou uma sacerdotisa — uma *miko* — e, como Hieda no Are, que recita e entretém a deusa com antigas narrativas da época dos deuses, também eu sirvo a ela de todo o coração.

A deusa a que sirvo chama-se Izanami. Disseram-me que *iza* significa "pois bem", e sugere um convite; *mi* é "mulher". Ela é "a mulher que convida". O nome do seu marido é

Izanaki: *ki* traduz-se como "homem". Izanami é a mulher entre mulheres. Não seria exagero dizer que o destino a que foi submetida é o destino que todas as mulheres da terra devem suportar.

Permitam-me começar minha narrativa por Izanami. Antes, porém, de poder falar dela, devo contar a minha própria história. Começarei com a minha vida pequena e estranha, breve que foi, e relatarei como vim a servir no reino de Izanami.

Eu nasci numa pequena ilha situada no ponto mais a leste de um arquipélago, bem ao sul da grande terra de Yamato. Minha ilha ficava tão ao sul que nossos pequenos barcos a remo levavam quase metade do ano para fazer o trajeto de Yamato até ela. E encontrava-se tão a leste que era o ponto mais próximo do sol nascente no amanhecer e, pelo mesmo motivo, do sol poente no entardecer. Por essa razão, acreditava-se que os deuses haviam pisado pela primeira vez em terra justamente em nossa ilha. Ela era pequena, mas sagrada, e reverenciada desde tempos imemoriais.

Yamato é a grande ilha ao norte e, com o passar do tempo, as outras ilhas nos mares circundantes passaram a ser controladas por ela. Mas quando eu estava viva, as ilhas ainda eram dominadas pelos deuses antigos. Estes, por nós reverenciados, eram nossos grandes ancestrais. Eles sustentavam a nossa vida, as ondas e o vento, a areia e as pedras. Nós respeitávamos a magnitude da natureza. Nossos deuses não vinham até nós de alguma forma específica, mas nós os mantínhamos em nossos corações e os compreendíamos à nossa própria maneira.

Quando era uma menininha, a divindade que eu normalmente visualizava em minha imaginação era uma graciosa mulher. Vez por outra, ela ficava zangada e provocava terríveis tempestades, mas, na maior parte do tempo, ela nos fornecia frutos do mar e da terra. Era uma deusa compassiva, que protegia nossos homens quando partiam rumo a mares distantes para pescar. Talvez a minha imagem dessa deusa tenha sido influenciada pela austera dignidade de minha avó, Mikura-sama. Falarei mais de Mikura-sama em seu devido tempo.

O formato de nossa ilha é incomum, lembrando uma gota. O promontório mais ao norte é pontiagudo e afiado, como a ponta de uma lança, com rochedos perigosos projetando-se em direção ao mar. Mais próximo da costa, o terreno é suave, descendo até formar praias planas que contornam suavemente a ilha. Ao longo da extremidade mais ao sul, a terra encontra-se quase ao nível do mar. Sempre que ocorre um tsunâmi, essa área se enche de água. A ilha é tão pequena que uma mulher, ou mesmo uma criança, poderia percorrer toda a sua extensão em menos de um dia.

Inúmeras belas praias enfeitam o sul. De tempos em tempos, as ondas batem nas barreiras de coral, cobrindo-as da mais pura areia branca que cintila quando banhada pelo sol. Os mares são azuis, a areia branca e, ao longo da costa, hibiscos amarelos podem ser vistos em abundância. A fragrância do pêssego da meia-noite impregna a brisa do mar. Eu não consigo imaginar nenhum outro lugar na terra tão belo quanto as praias de minha ilha. Os homens saíam de barco dessas praias para pescar e comercializar e só retornavam quase meio ano depois. Nas épocas em que a pesca não era boa, eles dirigiam-se a ilhas mais distantes para vender seus produtos e só voltavam mais de um ano depois.

Nossos homens capturavam serpentes do mar em nossos litorais, coletavam conchas em nossas praias e levavam-nas para ilhas mais ao sul onde trocavam-nas por tecidos, estranhas frutas e, em raras ocasiões, por arroz. Assim que as transações comerciais se encerravam, eles entravam em seus barcos e velejavam de volta a suas casas. Quando criança, eu gostava muito de testemunhar esses reencontros. Minha irmã mais velha e eu íamos correndo para a praia todos os dias e olhávamos ansiosamente para o mar, na esperança de sermos as primeiras a avistar nosso pai e nossos irmãos mais velhos retornando para casa.

O lado mais ao sul de nossa ilha era coberto por uma densa vegetação, com muitas árvores e flores tropicais. A vida ali é tão abundante que só de imaginá-la perde-se o fôlego. As raízes das figueiras eram retorcidas e serpenteavam ao longo do solo arenoso. Grandes camélias e as copas das palmeiras bloqueavam os raios de sol. E as folhas largas de banana-da-terra cresciam em aglomerados onde água natural borbulhava nas fontes. A vida na ilha era pobre — comida escassa — mas as flores brotavam em tamanha profusão que vivíamos cercados de esplendor. Lírios brancos cresciam ao longo dos penhascos íngremes, junto com hibiscos — que mudavam de tonalidade à medida que o sol se punha — e ipomeias púrpuras.

O lado mais ao norte da ilha, com seu promontório, era bastante diferente. Abençoado com um rico solo argiloso no qual qualquer coisa podia ser cultivada, cada centímetro de chão era coberto de arbustos de pândano. Os pontudos espinhos das folhas eram tão afiados que era impossível caminhar sobre eles. Não havia uma única estrada que passasse por aquela região, e passar da praia ao promontório era impossível. O mar no lado mais ao norte não se parecia em nada com o mar ao sul, com suas belas praias: era traiçoeiro — fundo, com correntes rápidas. As ondas que batiam de encontro aos penhascos eram inclementes. Somente um deus poderia aterrissar na ilha ao norte, sobre isso não pesava nenhuma dúvida.

Mas havia uma maneira de entrar. Havia uma trilha quase invisível entre os pândanos com largura suficiente para que um único adulto passasse. Se fosse preciso que mais de um fizesse a travessia, era necessário que andassem em fila indiana. Imaginava-se que a trilha ligasse o sul ao promontório norte. Mas nenhum de nós tinha permissão para testá-la. Apenas uma pessoa podia percorrer essa trilha, e essa pessoa era a alta sacerdotisa, o Oráculo. O promontório norte era terreno sagrado: era ali que os deuses chegavam quando vinham visitar nossa ilha, e também o local de onde partiam.

Um enorme bloco de pedra escura marcava a entrada da trilha e servia de lembrete, àqueles de nós que viviam agrupados nas praias do sul, de que éramos proibidos de entrar no terreno sagrado do norte. Nós chamávamos essa rocha de "O Alerta". Outras lajes de pedra foram erigidas abaixo da rocha e formavam um pequeno altar onde realizávamos nossos ritos sagrados. A trilha que se abria atrás da rocha era escura, mesmo ao meio-dia, e, durante os rituais que ali eram realizados, nós crianças ficávamos tão abaladas de medo se avistássemos a escuridão escancarada que girávamos em nossos calcanhares e corríamos de volta a nossas casas. Haviam nos dito que as mais severas punições aguardavam qualquer um que ousasse ir além do Alerta. Porém, mais do que os horrores que sabíamos estar à nossa espera, eram os horrores imaginados que mais nos enchiam de medo.

Havia outros lugares em nossa ilha que eram tabu, um a leste, o outro a oeste. Eram sagrados e somente mulheres de certa idade tinham permissão para pisar em seu interior.

O Kyoido ficava no lado mais a leste da ilha, o Amiido, a oeste. O Oráculo vivia logo abaixo da entrada do pequeno promontório que se projetava sobre o mar, e o Kyoido fazia limite com sua cabana. O Amiido ficava na região dos mortos. Sempre que alguém morria, seu corpo era para lá levado.

Em nossa infância ouvíamos dizer que o Kyoido e o Amiido ficavam escondidos em bosques secretos de pândanos e figueiras, onde a vegetação recuava para formar um círculo. Ninguém cortava mais do que uma ou outra lâmina de folha delas; os arbustos cediam naturalmente em função daquelas aberturas circulares. E, no interior de cada área sagrada, uma fonte natural formava uma piscina — Kyoido significa "Fonte Pura" e Amiido, "Fonte de Escuridão". Pelo menos foi isso o que me contaram, mas eu não sabia nada além disso, exceto que eram locais proibidos a todos, menos às mulheres adultas. Somente durante os funerais os homens e as crianças pequenas tinham permissão para entrar.

Eu sabia que quando me tornasse adulta teria permissão para entrar. Uma parte de mim queria crescer rapidamente para poder saber o que havia escondido lá, enquanto outra parte nutria um sentimento de pavor. Eu espiava secretamente em meio às sarças ao longo das pequenas trilhas escuras que levavam àqueles pontos secretos, imaginando. Mas jamais tentei me aproximar do Amiido, onde os mortos eram deixados. Considerava o local por demais assustador.

Nossa ilha não possui nenhum nome particular. Nós sempre nos referimos a ela simplesmente como "a ilha". Mas quando estavam ao mar, pescando, nossos homens ocasionalmente esbarravam em homens em outras embarcações que lhes perguntavam de onde eles vinham. Era costume deles responder:

"De Umihebi, a ilha das cobras marinhas." Eu ouvi falar que, assim que ouviam isso, os homens nos outros barcos abaixavam a cabeça em sinal de respeito. Nossa ilha era conhecida em todos os cantos dos mares do sul como a ilha onde os deuses entravam e saíam. Até mesmo as pessoas que viviam em ilhas pequenas e remotas haviam ouvido falar de Umihebi.

Os mares que circundavam nossa ilha eram abundantes de cobras, daí o nome de nossa ilha. Nós chamávamos as cobras de "*naganawa-sama*". Em nosso dialeto, "*naganawa*" significa "corda longa". Elas eram criaturinhas adoráveis com listras amarelas que percorriam a extensão de seus pequenos corpos pretos. Na primavera, as *naganawa-sama* reuniam-se nas cavernas abaixo dos mares ao sul de nossa ilha para depositar seus ovos. As meninas da ilha apareciam no local em grande número, pegavam os ovos, jogavam-nos em cestas e levavam-nos para depósitos especiais. Mas as *naganawa-sama* tinham um desejo feroz de viver. Mesmo depois de serem arrancadas dos mares e levadas para o litoral, elas sobreviviam por cerca de dois meses. Assim que tínhamos certeza de que estavam mortas, nós as esticávamos ao longo das praias para secarem. Nós as trocávamos por preciosos alimentos com os povos das outras ilhas. Elas eram uma excelente fonte de nutrição, e deliciosas. Pelo menos era isso o que chegava aos nossos ouvidos. Nunca tínhamos a chance de saborear nós mesmas a iguaria.

Uma vez, quando era bem pequena, eu entrei sorrateiramente em um dos depósitos para olhar as *naganawa-sama*. Seus olhos brilhavam intensamente dentro das cestas escuras. Minha mãe me contou que, à medida que elas começavam a secar lentamente, o óleo porejava de seus corpos e elas sibilavam horrendamente devido ao tormento. Não me ocorreu naquele momento que tratávamos as cobras com crueldade. Inocente de seu sofrimento, eu queria coletar o máximo possível delas para tornar a vida de minha mãe um pouco mais fácil — ela trabalhava de sol a sol — e também queria oferecer as cobras à minha devotada avó.

Coletar cobras marinhas era um trabalho prioritariamente feminino. Mas não era apenas isso o que as mulheres de nossa ilha faziam. Elas cuidavam das cabras de montanha e coletavam mariscos ou algas nas praias. Mas a tarefa mais importante que as mulheres desempenhavam era orar. Elas oravam pelo retorno seguro dos homens que estavam pescando em alto-mar. Oravam pela prosperidade da ilha. Oravam. E a grande *miko*, a alta sacerdotisa, conhecida como o Oráculo, era responsável por todos os rituais de oração.

O Oráculo, Mikura-sama, era minha avó. Isso significava que eu havia nascido no seio da mais prestigiosa família da ilha. Mikura-sama era a única pessoa em toda a ilha com permissão para circular além do Alerta, a rocha, e entrar no território do promontório mais ao norte. Por isso a minha família era conhecida como os Umihebi, o Clã da Cobra Marinha. Havia um chefe na ilha encarregado de resolver disputas e fazer leis, mas a minha família tinha o privilégio de gerar o Oráculo, geração após geração.

Posso até ter nascido no lar da grande *miko*, mas ainda assim desfrutava de uma infância despreocupada e feliz. Quando eu era pequena, antes de atingir a idade do discernimento, minha irmã mais velha, Kamikuu, e eu brincávamos juntas o dia inteiro. Havia quatro crianças em nossa família. Além de Kamikuu, eu tinha dois irmãos, mas eles eram bem mais velhos do que nós duas. E como estavam sempre pescando, eu os via com tão pouca frequência que às vezes nem conseguia lembrar de sua aparência. Para coroar tudo isso, o pai deles não era nem meu pai nem pai de Kamikuu. Eu nunca me senti próxima de meus irmãos mais velhos.

Kamikuu e eu, no entanto, tínhamos apenas um ano de diferença e éramos muito amigas. Assim que os homens partiam para o mar, nós nos tornávamos inseparáveis, como se atadas uma à outra por uma corda. Corríamos para o promontório além de Kyoido. Ou então descíamos a encosta em direção às adoráveis praias onde pegávamos caranguejos nas piscinas formadas pelas ondas e brincávamos até o sol se pôr.

Kamikuu — seu nome significava Filha dos Deuses — era uma menina robusta e a criança mais esperta da ilha. Sua pele era branca como leite, seus olhos redondos e as feições perfeitas. Sua beleza impressionava todos que a viam. Perspicaz, compassiva e inteligente, tinha inclusive a voz maravilhosa. Kamikuu era apenas um ano mais velha do que eu, mas, não importava o que fizesse, era sempre melhor do que eu. Eu a amava mais do que qualquer outra pessoa no mundo. Confiava nela e a seguia aonde quer que fosse.

Eu não consigo explicar isso muito bem, mas, gradualmente, comecei a perceber que estávamos destinadas a coisas diferentes. Eu sentia isso de fato. Acho que porque os olhares que Kamikuu recebia não eram exatamente os mesmos que eu recebia. E quando os homens voltavam à ilha depois de suas viagens de pesca, eles interagiam de modo diferente com nós duas. Todos eram particularmente corteses com Kamikuu, tratando-a com grande deferência. Quando comecei a reparar isso?

Foi no aniversário de seis anos dela que a diferença tornou-se cristalina. Todos os homens da família — meu pai, meus tios e irmãos — fizeram um esforço especial para retornar da pescaria a tempo de participarem da comemoração. O chefe da ilha, que estava acamado havia um tempo, pegou o seu cajado e foi até a nossa casa. A comemoração foi maravilhosamente divertida e pródiga. Todos na ilha haviam sido convidados. Evidentemente, nem todos puderam caber em nossa sala, de modo que o acúmulo de pessoas extravasou para o jardim. Os convidados trouxeram pratos cheios de comidas que eu jamais havia visto antes, e depositaram-nos sobre esteiras trançadas que minha mãe havia espalhado no chão mais cedo. Ela e as outras mulheres de nossa família trabalharam incessantemente por vários dias preparando a comida. Abateram uma boa quantidade de cabritos; havia sopa de ovo de serpente do mar, peixe salgado e sashimi preparado a partir do tipo de marisco que só pode ser encontrado nas regiões mais profundas do oceano. Carambola, manga, uma bebida alcoólica com aroma semelhante a leite de cabra fermentado, saquê feito de raiz de inhame e bolos de arroz no vapor com cicadáceas secas ao sol encontravam lugar nas já apertadas esteiras.

Eu não tinha permissão para participar da festa, mas Kamikuu estava sentada no lugar de honra ao lado de Mikura-sama, desfrutando de todos os tipos de delícias. Elas usavam trajes cerimoniais no mesmo tom de branco, os pescoços adornados com colares de pérolas branquíssimas. Normalmente, Kamikuu e eu comíamos juntas, e vê-la partir sozinha me deixara arrasada. Eu tinha a sensação de que ela estava sendo tirada de mim, o que me deixou terrivelmente ansiosa. Por fim a comilança arrefeceu e Kamikuu saiu da casa principal. Eu corri para o lado dela. Mas Mikura-sama empurrou-me para trás.

— Namima, você não pode estar aqui. Você não pode olhar para Kamikuu.

— Por quê, Mikura-sama?

— Porque você é a impura.

Assim que Mikura-sama falou, meu pai e os outros homens na festa levantaram-se e plantaram-se entre mim e Kamikuu.

— A impura? – Essa declaração me deixou estarrecida. Baixei a cabeça, meu corpo inteiro trêmulo. Entretanto, não demorou muito e senti os olhos de alguém sobre mim. Quando levantei os olhos, Kamikuu estava olhando fixamente para mim, seus olhos cheios de uma piedade de partir o coração. Eu recuei instintivamente — ela jamais olhara para mim daquela forma antes. Ela virou-se para partir.

— Kamikuu, espere!

Comecei a correr atrás dela, mas minha mãe e minha tia agarraram meus braços e me contiveram. Minha mãe olhou para mim enraivecida. Eu sabia, pela maneira como todos estavam se comportando e porque meu rosto estava rígido de lágrimas, que alguma coisa estava errada, mas ninguém prestava a menor atenção em mim. Eu queria saber o que estava acontecendo. Não me importava com o fato de que já havia sido escorraçada. Deslizei para as sombras lançadas por um dos anexos de nossa casa e acompanhei com um olhar furtivo o que estava acontecendo. Mikura-sama estava saindo, levando embora Kamikuu. Todos os ilhéus se levantaram e observaram as duas desaparecerem em meio à escuridão que se dissolvia. O cair da noite em nossa ilha era tão melancólico quanto um barquinho solitário em mar aberto. Minha mãe observava da cozinha. Descontrolada de tanta preocupação, gritei para minha mãe sem parar.

— Para onde elas estão indo? Mãe! Para onde Mikura-sama está levando Kamikuu? Quando ela vai voltar para casa?

— Foram dar um passeio — respondeu minha mãe evasivamente. — Ela vai voltar logo, logo.

Era a calada da noite. É claro que elas não haviam saído para dar um passeio. Elas não poderiam ter ido longe — eu poderia alcançá-las, se tentasse. Mas quando comecei a descer a trilha, mamãe segurou-me e recusou-se a me deixar prosseguir.

— Você não pode segui-la. Mikura-sama não vai permitir.

Mas por que não? Eu não compreendia. Olhei para minha mãe, na esperança de que ela me explicasse por que Kamikuu tinha permissão para ir e eu não.

— Por quê? Por que eu não posso ir?

Mamãe firmou o pé e recusou-se a me deixar passar. Ela também recusou-se a oferecer quaisquer respostas às minhas perguntas. Mas seus olhos estavam cheios de pena, o mesmo tipo de piedade que eu vira antes nos olhos de Kamikuu. Eu não conseguia entender o sentido daquilo. Por que, tão subitamente, Kamikuu e eu estávamos sendo separadas? E por que aquilo parecia tão definitivo?

Foi então que eu reparei toda a comida que havia sido deixada após o banquete. Havia travessas de carne de cabrito que não tinham nem sido tocadas, junto com mariscos frescos e fatias de frutas suculentas. Instintivamente, fui pegar um pouco daquela comida. Mas mamãe deu um tapa violento em minha mão.

— Você jamais deve tocar na comida deixada por Kamikuu. Se fizer isso, será punida pelos deuses. Aquela menina tornar-se-á a sucessora de Mikura-sama.

Eu olhei para o rosto de minha mãe, chocada. Sempre imaginara que minha mãe, Nisera, seria o próximo Oráculo. Ela era a filha de Mikura-sama, afinal de contas. Eu sabia que nossa família servira como *miko* por várias gerações e que um membro de minha família tornar-se-ia um dia a sucessora de Mikura-sama. Mas eu pensava que isso aconteceria bem no futuro. Todavia, não havia equívoco no que minha mãe dissera. Kamikuu estava agora sendo treinada para substituir Mikura-sama.

Mamãe foi jogar fora a comida que sobrara. Assim que ela se afastou, eu saí de casa e olhei para as estrelas. Onde Kamikuu estava agora? O que estaria fazendo? Mesmo enquanto fazia e refazia essas perguntas eu sentia uma outra pesando em meu coração. "A impura"? O que isso significava? Não era nenhuma surpresa o fato de eu não ter sido a escolhida para suceder Mikura-sama e tornar-me um grande Oráculo. Afinal, Kamikuu era mais velha do que eu. E era bem melhor do que eu em tudo. Mas como Mikura-sama podia olhar para mim e saber que eu era impura? O que me tornava impura? Essas perguntas me afligiam, e eu estava em tamanha confusão mental que não consegui dormir naquela noite.

Na manhã seguinte Kamikuu voltou para casa. O sol já estava alto no céu, e a temperatura também começara a subir. Assim que vi minha irmã, saí correndo para cumprimentá-la. Os trajes brancos da festa que ela usara na noite anterior estavam agora ligeiramente sujos de terra, e ela parecia exausta. Será que não dormira? Seus olhos estavam vermelhos e sem se fixar em coisa alguma. Os pés e panturrilhas estavam cobertos de talhos e cortes, como se ela tivesse corrido na praia de corais.

— Kamikuu! Onde você esteve? O que aconteceu com os seus pés? — Eu apontei para os cortes, mas Kamikuu apenas sacudiu a cabeça.

— Eu não tenho permissão para dizer. Não posso dizer a ninguém onde estive ou o que fiz. Ordens de Mikura-sama.

Aposto que ela seguiu pela trilha do Alerta, pensei. Mas será que fora até o promontório mais ao norte? Será que encontrara algum dos deuses ao longo do caminho? Eu podia visualizar Mikura-sama levando consigo uma tocha de pinheiro, conduzindo Kamikuu pela trilha estreita através dos arbustos espinhosos de pândano, suas vestes brancas cintilando levemente na escuridão. A visão era suficiente para me fazer tremer de medo.

O que quer que Kamikuu tenha sido obrigada a se submeter naquela noite fez com que ela parecesse distante — austera, inclusive. Eu me sentia intimidada, cheia de incertezas ao olhar para ela. Mamãe apareceu e puxou Kamikuu para o lado. Eu peguei fragmentos do que ela disse.

— Por acaso Mikura-sama não lhe disse para não falar com Namima? Ela é impura. Você ficará maculada.

Chocada, eu me virei para elas, mas ambas estavam de costas para mim e não estavam nem mesmo cientes da minha presença. Lágrimas rolaram lentamente pelas minhas faces. Eu estava agachada enquanto escutava, e observei as gotas de lágrima pingarem em meus pés descalços, brancos do pó da areia, e formarem finas faixas enquanto deslizavam na direção do chão. Naquele momento, muito embora não compreendesse, dei-me conta de que era impura.

E então veio a acontecer que irmãs que haviam sido unidas foram forçadas a seguir caminhos separados. "Separados" não é exatamente a palavra correta. Nossos caminhos eram mais distintamente diferentes, como se ela devesse seguir o dia e eu, a noite; ou ela o caminho interior e eu, o exterior; ela percorreria os céus e eu, a terra. Essa era a "lei" da ilha — esse era o nosso "destino". É claro que, na minha infância, eu não tinha nenhuma condição de entender o que isso significava.

No dia seguinte, Kamikuu juntou seus pertences e saiu de casa. De agora em diante, ela moraria com Mikura-sama em sua pequena cabana logo abaixo da entrada do promontório Kyoido. Como eu sempre acreditara que Kamikuu e eu ficaríamos juntas para sempre, fiquei magoada ao vê-la partir. Fiquei lá parada observando-a afastar-se cada vez mais de nossa casa. Acho que ela também estava triste por me deixar. Sempre que conseguia escapar da vigilância cuidadosa de Mikura-sama, ela se virava para mim, seus olhos cheios de lágrimas.

Pobre Kamikuu, "Filha dos Deuses". Deve ter sido ainda mais difícil para ela do que foi para mim. Ela foi afastada de seus pais, de seus irmãos, de mim, e daquele dia em diante esperava-se que ela treinasse para ser o próximo Oráculo. Nunca mais brincaríamos juntas nas praias ou correríamos nuas na chuva. Nunca mais faríamos o tempo passar colhendo flores e fazendo todas as coisas que as crianças em nossa ilha costumavam fazer. Os doces dias de nossa infância haviam acabado muito repentinamente.

Não demorou muito até que o chefe da ilha me desse um novo papel a desempenhar. Minha mãe e as outras mulheres no vilarejo nos revezávamos para preparar as refeições de Kamikuu. O chefe me disse que eu havia sido encarregada de entregar a ela suas refeições. Aparentemente, Mikura-sama cuidara ela própria de suas refeições enquanto vivera sozinha.

Mas agora, com uma outra sob seu teto, minha mãe e as outras mulheres do vilarejo tinham de preparar e entregar as refeições feitas especialmente para Kamikuu.

Eu levava a comida para Kamikuu uma vez por dia; ela dividia a refeição em duas partes e a comia em duas ocasiões. Nós usávamos duas cestas com esse propósito, ambas cuidadosamente tecidas com tranças rígidas feitas a partir da palma de bétele, ambas com tampas. Todos os dias eu levava uma das cestas repleta de comida e deixava-a em frente à cabana de Mikura-sama. Em seguida, eu levava a cesta vazia que contivera a comida da noite anterior e levava-a para minha mãe em casa.

Minha tarefa era acompanhada de drásticas restrições. Eu jamais deveria levantar a tampa e olhar o interior da cesta. Se Kamikuu tivesse deixado alguma comida dentro dela, eu não podia comê-la, deveria, isto sim, levar a cesta para o alto do promontório quando estivesse voltando para casa e lançar todo o conteúdo penhasco abaixo para que caísse no mar. Por fim, eu jamais deveria falar com ninguém sobre esse assunto. Essas eram as quatro regras que me foram dadas.

Quando fiquei sabendo qual seria minha nova incumbência, mal me contive de tanta alegria. Eu agora tinha uma desculpa para ver Kamikuu e poderia aprender mais acerca de sua nova vida. O que Mikura-sama a estava ensinando? Como ela estava passando seus dias? Eu estava explodindo de curiosidade.

No dia seguinte, assim que anoiteceu, mamãe entregou-me a cesta. A trança era tão apertada que era impossível ver o que havia dentro. Mas, ao carregá-la, os aromas que exalavam da cesta eram tão embriagantemente deliciosos que eu quase fiquei tonta. Sem dúvida nenhuma, havia ali dentro um verdadeiro banquete. Quando mamãe estava preparando a comida, ela me dissera que eu não tinha permissão para acompanhar o processo, de modo que fui obrigada a sair para brincar. Mas, pelo jeito como o conteúdo estava agora sacudindo nos recipientes, eu imaginava que ela havia feito um caldo de tartaruga-do-mar. Ou talvez sopa de cobra-do-mar. E havia o cheiro de peixe grelhado, e o peixe seco que os homens levavam para casa depois de suas longas viagens. Mas, ainda mais precioso, era o punhado de arroz no vapor que eu imaginava estar dentro da cesta, embrulhado com esmero numa folha de bambu.

É claro que eu jamais experimentara nada tão delicioso. Duvidava que qualquer outra pessoa em nossa ilha tivesse comido tais iguarias. Longe disso. Todos estavam sempre famintos. A ilha era pequena e havia um limite para o que podíamos cultivar. Nesse sentido, a associação dos ilhéus era pressionada duramente para fazer com que o pouco que tínhamos circulasse entre todos. Bastava uma forte tempestade arruinar nossas colheitas para que se tornasse corriqueiro alguém morrer de fome. Às vezes um grupo de homens ia ao mar e jamais retornava porque não havia nada para eles na ilha. Tenho vergonha de admitir, mas não conseguia deixar de sentir inveja do fato de Kamikuu ter permissão para comer coisas tão esplêndidas.

Assim que mamãe me entregou a cesta, eu a levei com o máximo de cuidado até a pequena cabana no limite do bosque de Kyoido. O caminho para a casa de Mikura-sama subia pelo promontório e eu podia ouvir o som das ondas. Podia ouvir também o murmúrio das orações de oferendas proferidas por Mikura-sama. E logo abaixo da sua voz, eu ouvia a voz de Kamikuu. Apurei os ouvidos para captar as palavras que elas estavam cantando, cantarolando no ritmo com elas, sem pensar no que estava fazendo.

Por mil anos, o promontório do norte,
Por cem anos, a praia do sul,
Um cordão estendido nos mares acalma as ondas.
Uma rede esticada nas montanhas recolhe os ventos.
Santifique tua canção,
Retifique minha dança.
Hoje, hoje mesmo,
Que os deuses
Vivam para sempre.

— Tem alguém aí?

Quando ouvi a voz séria de Mikura-sama, recuei. Minha avó abriu a porta e saiu. Seus olhos estreitaram-se num momentâneo sorriso quando me viu. Eu me lembrei de como ela proferira que eu era "impura" no dia da cerimônia. No entanto, agora ela estava olhando para mim com a afeição que uma avó sente por sua neta adorada. Aliviada, comecei a explicar:

— Mikura-sama, o chefe da ilha me disse que eu tinha de trazer essa cesta para você aqui em cima.

Enquanto lhe entregava a cesta, espiei o interior da cabana parcamente iluminada. Kamikuu estava ajoelhada rigidamente no chão de madeira. Ela olhou para mim de relance por sobre o ombro e sorriu de deleite, balançando a mãozinha. Eu também sorri e acenei de volta, mas Mikura-sama rapidamente fechou a porta.

— Namima, obrigada pelo incômodo de ter vindo até aqui. Quando vier amanhã, deixe a cesta em frente à porta. Aqui está a cesta de ontem. Kamikuu não comeu tudo, de maneira que o que ela deixou está aqui. Suba até o alto do promontório e jogue os restos no mar. E você não pode comer nem um pedacinho de nada disso. Isso você jamais deve fazer. Jamais.

Cesta na mão, cortei meu caminho em meio ao bosque cerrado de pândanos e figueiras. Galhos duros de *pemphis* grudavam-se na lateral do promontório como se estivessem escalando em direção ao cume. Eu estava tão faminta que fiquei tentada a abrir a cesta e dar uma mordidinha no que restava de comida, mas as palavras severas de Mikura-sama ressoavam em meus ouvidos. Assim que atingi o cume, abri a cesta e lancei o conteúdo penhasco abaixo. Cautelosamente, aproximei-me da beira e olhei para baixo. Os pedaços de comida flutuaram por alguns segundos nas ondas e depois afundaram.

Parecia um tremendo desperdício. Mas minha mãe e minha avó me haviam dado instruções estritas. A comida de melhor qualidade que a ilha podia fornecer deveria ser separada para Kamikuu, e o que restasse deveria ser jogado fora. Eu não tinha escolha a não ser obedecer. E a tarefa que eu recebera me havia permitido dar uma olhadinha em minha irmã. Ela parecia estar bem, portanto fiquei feliz. Comecei a cantar enquanto tomava o rumo de casa.

Meninas pequenas da minha idade raramente andavam sozinhas à noite. Enquanto eu corria ao longo da praia do sul, os penhascos cintilavam em sua brancura sob a luz da lua cheia. Eu conseguia ver os morcegos alçando voo nos galhos curvados das árvores do chá. De repente, fiquei aterrorizada, meus olhos disparando à esquerda e à direita. Amanhã eu faria a viagem novamente, e na noite seguinte, e também depois desta. Será que algum dia eu me acostumaria com isso? Como eu poderia? As cenas noturnas eram tão assustadoras.

A lua brilhava intensamente sobre a praia, e eu vi uma pessoa. Alguém viera encontrar-se comigo, talvez preocupada com a minha segurança. Eu comecei a correr mas quase que no mesmo instante fiquei paralisada. Eu não reconheci a pessoa: uma mulher, com cabelos longos balançando em suas costas, vestida de branco. Ela era roliça, a pele clara.

— Mikura-sama — chamei, mas parei.

Ela era semelhante à minha avó, mas não era Mikura-sama. A mulher me avistou e sorriu. Com pouco mais de duzentas pessoas na ilha, como poderia haver alguém que eu jamais vira antes?

Ela deve ser uma deusa, imaginei. Atônita, senti um formigamento nos braços. Minhas pernas recusavam-se a se moverem. A mulher virou-se e andou na direção do mar, desaparecendo na escuridão. Eu me encontrara com uma deusa! Eu me encontrara com uma deusa que sorrira para mim com amor. Meu coração se encheu de júbilo. Senti uma imensa gratidão pelo chefe da ilha e Mikura-sama terem me incumbido daquela missão. A deusa não apareceu novamente para mim, mas a visão que tive dela tornou-se o meu segredo mais precioso. Daquele momento em diante fui capaz de suportar a dureza da entrega da comida de Kamikuu.

E então eu comecei o ritual de percorrer a trilha até a cabana de Kyoido com a cesta de comida. Eu ia todos os dias, sem falta. Alguns dias o sol de verão era inclemente; em outros, ventos atrozes sopravam do norte. Havia dias em que eu era açoitada pela chuva e outros em que havia tempestades de areia. Pouco importava. Eu levava a cesta até aquela porta grosseiramente talhada e trazia de volta a cesta que havia sido deixada. A cesta que eu levava estava cheia das mais deleitáveis iguarias, e a cesta que eu levava estava cheia de comida que Kamikuu rejeitara. Por mais que o banquete fosse delicioso, ela parecia mal tocar nele. Ainda assim, eu jogava penhasco abaixo o que restava e corria de volta para casa. Eu sabia que Mikura-sama estava ouvindo: ela queria ouvir a comida atingir a superfície da água para ter certeza de que eu jogara fora o que Kamikuu não consumira. Eu fazia o que me mandavam, e jamais olhava o interior da cesta.

Parecia que Mikura-sama também não comia nada, e eu não entendia o motivo. Eu queria indagar à minha mãe acerca disso, mas tinha medo de fazê-lo. Eu era "impura". E tinha medo de que houvesse alguma ligação entre as duas coisas.

Um ano se passou antes de eu avistar mais uma vez Kamikuu. Na ilha nós oferecemos orações na décima terceira noite do oitavo mês pela segurança daqueles que adentraram o mar. Mikura-sama conduzia a cerimônia mas, dessa vez, Kamikuu sentou-se ao lado dela diante do altar. E manteve os olhos em Mikura-sama, observando cuidadosamente a avó recitar suas orações.

Céus... nos curvamos diante de ti.
Mares... nos curvamos diante de ti.
Ilha... por ti oramos.
Sol que corre no céu, reverenciamos a ti,
Sol que rasteja no fundo do mar, evitamos a ti,
Nossos homens cantam as sete canções.
Nossos homens proferem os três versos sobre as ondas.

Céus... nos curvamos diante de ti.
Mares... nos curvamos diante de ti.
Ilha... em ti confiamos.

Finalmente, mediante a ordem de Mikura-sama, Kamikuu levantou-se. Ela bateu numa grande concha branca no ritmo do canto de Mikura-sama. Quando vi minha irmã, fiquei perplexa. Como ela crescera. Seu corpo se desenvolvera, e sua pele estava mais branca do que a de qualquer outra pessoa que eu já vira na ilha, tão finamente granulada que estava lustrosa. Kamikuu estava bela.

Eu, por outro lado, quase não mudara. Ainda tinha a pele escura e a aparência surrada. Eu era magra e miúda — sem dúvida porque minha dieta era pobre. Nas raras ocasiões em que pegava um pequeno caranguejo, ficava deliciada. Refeições normais consistiam de raiz de inhame, sementes de sagu, artemísia, folhas de samambaia e outras plantas, pequenos peixes, mariscos e algas. Diversas plantas comestíveis cresciam na ilha, mas levava tempo para cultivá-las. E se nós as colhêssemos todas de uma vez só, elas logo se extinguiriam. Mamãe e eu tínhamos de ir até a praia todas as manhãs para coletar algas marinhas, mariscos, barrigudinhos e caranguejos.

Nos dias em que as tempestades nos impediam de fazer isso, nós não comíamos. Mas Kamikuu comia ela sozinha um magnífico banquete, com o qual a maioria das pessoas na ilha não podia nem mesmo sonhar. Não era de se espantar que estivesse linda. A visão do corpo arredondado de Kamikuu sobrepujou-me — eu nem conseguia falar. Nós havíamos sido tão próximas e ainda assim a distância entre nós duas era vasta.

As orações de Mikura-sama acabaram. Ela foi na direção de sua cabana de Kyoido com Kamikuu, que lançou furtivamente na minha direção um olhar apressado e balançou a cabeça em assentimento. Eu esqueci do abismo que havia entre nós. Tudo o que me vinha à cabeça agora, do fundo de meu coração, era o quanto eu queria conversar com Kamikuu, o quanto eu queria voltar a brincar com ela.

Aquela noite eu levei a cesta que mamãe me entregou, como fizera em noites passadas. Como de costume, senti o aroma delicioso que subia dela. Mas dessa vez eu perguntei à minha mãe:

— Por que apenas Kamikuu pode comer uma comida tão deliciosa como essa?

Mamãe hesitou, e então disse:

— Porque ela está destinada a tornar-se o próximo Oráculo.

— Mas Mikura-sama não tem comida como essa.

— Mikura-sama não precisa mais disso.

Eu não fazia a menor ideia do que a minha mãe estava dizendo.

— Mas Mikura-sama ainda não é a grande *miko*?

Mamãe sorriu.

— Mikura-sama está preparando a próxima *miko*. O tempo dela está quase se encerrando. E se ocorrer algo com Mikura-sama? Kamikuu precisa estar preparada para assumir seu posto. Dessa forma nós podemos manter a tradição. Se há uma coisa que essa ilha não pode permitir é a perda de seu Oráculo.

Mamãe espiou o interior do grande cântaro de argila para ver a quantidade de água que ainda tínhamos. Chovera pouco recentemente e ela estava preocupada. Eu também olhei dentro do cântaro. Restava pouco mais de dois centímetros. Logo nós seríamos proibidas de bebê-la. Teríamos de poupá-la para Kamikuu.

— Por que você não é a próxima *miko*, mamãe? Você é a filha de Mikura-sama. Por que ela escolheu Kamikuu?

Eu atacava mamãe com uma pergunta atrás da outra. Ela continuava mirando a água no cântaro e não respondeu. Quando espiei lá dentro, vi meu rosto flutuando ao lado do dela. Olhei fixamente para o reflexo de minha mãe. Seu rosto era pequeno e escuro, exatamente como o meu.

— Você ainda é uma menininha. É difícil para você entender, mas em nossa ilha tudo já está decidido. *Yang* sempre é seguido por *yin*. Mikura-sama é *yang*. Isso significa que a filha dela é *yin* e a minha filha, Kamikuu, é *yang*.

Mamãe parou e desviou o olhar. Eu podia até ser uma menininha naquele tempo, mas sabia o que aquilo significava.

— Então eu sou *yin*?

— É, sim. E se você tivesse uma irmã menor ela seria *yang*. *Yin* e *yang* são as forças duais da natureza, como noite e dia, e eles continuam um após o outro para sempre. O destino assim decreta. Isso significa que, de todas as pessoas na ilha, Kamikuu deve viver muito e ter filhos. Um dos filhos dela deve ser uma filha, e essa filha deve ter uma filha. Essa é a única maneira de darmos à luz uma grande *miko* e continuar a tradição. Portanto, entenda bem, esse é o nosso destino, nós vivemos para que a ilha possa viver. Ou, na realidade, eu deveria dizer que a ilha vive por nosso destino. Nós carregamos o futuro da ilha. Nós fazemos com que todos sigam em frente com suas vidas.

Eu vi um sorriso espalhar-se pelo rosto de minha mãe no cântaro de água. Finalmente, a charada havia sido resolvida.

Satisfeita, deixei escapar um suspiro. Pelo bem da ilha, Kamikuu tinha de comer iguarias de qualidade, viver uma vida longa e dar à luz uma filha. Eu podia ser jovem, mas senti uma profunda pena de minha irmã mais velha e de seu pesado fardo. Imaginei se eu mesma teria suportado essa pressão. Decidi que faria tudo em meu poder para ajudá-la. E comecei a imaginar se a deusa que eu vira na praia naquela noite aparecera para imprimir em mim essa obrigação.

Evidentemente, naquele tempo eu não fazia a menor ideia de que sobre meus ombros pesava um fardo inteiramente diferente.

2

Sete anos haviam se passado desde que Kamikuu começara sua preparação. Ela agora tinha treze anos e eu doze. Eu continuava levando a comida para ela sem falta, inclusive em dias de tempestade ou quando estava ardendo em febre. E durante esse tempo, embora a quantidade de comida aumentasse e a cesta ficasse cada vez mais pesada, o conteúdo nunca variou, ou pelo menos era essa a minha sensação. Mesmo assim, Kamikuu comia frugalmente — os dias em que ela comia toda a comida na cesta eram tão poucos que eu podia contá-los nos dedos — mas eu honrava as instruções de Mikura-sama e jogava os restos no mar. Por mais que me sentisse tentada a roubar um naco ou outro da comida, eu ficava tão aterrorizada com as consequências que acabava resistindo.

Eu sabia que havia pessoas na ilha passando fome, e era bastante doloroso para mim testemunhar aquele desperdício. Eu frequentemente me sentia frustrada com Kamikuu — se fosse ela, eu comeria tudo o que me fosse dado, sem me importar de estar ou não com fome. Essa irritação penetrava fundo em meu coração.

Uma noite um vento forte e úmido soprou durante um longo tempo na ilha, encharcando as árvores. Era o tipo de vento que os ilhéus acreditavam ser o indício da chegada de uma tempestade fora de época. Todas as grandes tempestades que tivéramos no passado haviam sido precedidas exatamente por esse tipo de vento. Ele diminuía subitamente de intensidade para logo em seguida se transformar num novo vendaval acompanhado de chuva.

Eu observei o céu noturno com nervosismo. A lua estava coberta por densas nuvens escuras, o céu, um breu total. Fiapos de nuvem deslizavam pela escuridão como pétalas de flores brancas despedaçadas. Quando parei para escutar, consegui ouvir ao longe um ruído estrondeante, como se os mares estivessem rugindo. Parecia que os céus se agitavam com uma fúria poderosa à qual nenhum ser humano poderia jamais se comparar. Fiquei aterrorizada.

Os finos caules de noni estavam tão curvados que temi que se partissem. Se o vento ficasse ainda mais forte destruiria todas as plantações que os ilhéus haviam lutado para implementar, e eu sabia que as mulheres — as únicas pessoas que ainda restavam na ilha naquele momento — estariam trabalhando freneticamente: elas estariam amarrando pedras e toras de madeira com cordas para depois levá-las para suas choupanas numa tentativa de fazer com que suas habitações sobrevivessem ao vendaval. No entanto, mais do que qualquer coisa, suas preocupações estariam voltadas para os homens que estavam pescando. É claro que Mikura-sama estaria isolada em seu santuário para orar diligentemente pelo retorno seguro dos homens e pela proteção da ilha. Mas através dos tempos nossa ilha testemunhou diversos momentos em que a natureza desafiara até mesmo as mais fervorosas orações.

Minha mãe me contou que mais ou menos quinze anos antes uma forte ventania soprou sobre a ilha exatamente quando os homens estavam quase em terra firme. Muitos barcos haviam afundado. O homem que viria a se tornar meu pai estava entre eles. Ele conseguiu nadar até a praia e escapou ileso. Mas somente dez ou doze homens jovens tiveram a sorte que ele teve. Por anos e anos, não existiu na ilha nenhum homem mais velho do que os poucos que haviam nadado até a praia. Aquela tempestade levara a vida do pai de meu irmão, o primeiro marido de minha mãe.

Mas Mikura-sama disse que em troca da morte do marido de Nisera, a ilha ganhou Kamikuu, Filha dos Deuses, e Namima, Mulher-Em-Meio-Às-Ondas, de modo que nós deveríamos ficar contentes. Ela reuniu os ilhéus e disse a eles que para todas as coisas havia um lado bom e um lado ruim. Nós devemos ter ambos em mente, disse ela. Devemos superar nossas tristezas e procurar o bem em todas as coisas.

A filosofia de Mikura-sama provou-se verdadeira no que concerne a Kamikuu. Ela foi levada de sua família e forçada a suportar um treinamento estrito para poder tornar-se o próximo Oráculo. Mas ela comia um repasto delicioso todos os dias. Outros ilhéus morreriam de fome mas Kamikuu sobreviveria.

Que destino estaria à minha espera? Eu pensava nisso enquanto levava a cesta de comida para Kamikuu, caminhando ao vento inclemente. Eu era tão leve que temia a possibilidade de o vento me levar. No entanto, não pude deixar de notar que a fragrância que subia da cesta naquela noite estava especial, deixando-me com água na boca. Eu ceara algum tempo atrás, mas meu estômago protestava com veemência diante do aroma que exalava da cesta. Naquele dia, mamãe e eu havíamos comido artemísia e algas marinhas. E nada mais. Mas nós éramos muito gratas por ter comida, e comida suficiente. Os velhos que viviam sozinhos e os pobres não tinham coisa alguma para comer. Mamãe me disse que vira várias dessas pessoas vasculhando a praia, o desespero estampado em seus rostos enquanto procuravam o que quer que fosse nas areias açoitadas pelo vento.

Hoje a cesta parecia conter bolos de arroz no vapor, um espesso caldo de *naganawa-sama* no vapor e carne de cabrito. Só que algo estava diferente. Mikura-sama viera falar com minha mãe de manhã cedo. Mamãe chamara suas parentes para uma reunião e elas haviam partido na direção do Alerta, apesar do vento, para colher kuiko. Esta fruta deixa manchas bem vermelhas nas pontas de seus dedos só de ser tocada. Quando Kamikuu e eu éramos pequenas, nós costumávamos pintar nossas unhas com suco de kuiko. Eu não sei por que mamãe precisava de kuiko, mas tinha certeza de que a refeição dentro da cesta naquela noite era particularmente especial.

Evidentemente, essa era a menor das minhas preocupações. Quanto mais eu subia a trilha, mais forte o vento ficava. As casas ao longo do caminho chacoalhavam e balançavam, suas portas bem fechadas. As copas das palmeiras e os caules de noni farfalhavam ruidosamente e vergavam de maneira tão desenfreada que eu tinha certeza de que alguma criatura gigantesca estava se contorcendo e se debatendo ali na minha frente. A trilha que eu estava acostumada a usar parecia diferente naquela noite. Ondas chicoteavam os penhascos com um rugido trovejante. A ilha inteira trepidava. Era exatamente o tipo de noite, eu convenci a mim mesma, em que os deuses aterrissavam no promontório mais ao norte para vagar pela ilha, revelando seus rostos selvagens e raivosos. Eu estava tão assustada que a única coisa que conseguia fazer era continuar andando.

Corri para a cabana de Mikura-sama. A cesta que eu entregara no dia anterior estava em frente à porta com um grande pedaço de coral em cima para impedi-la de voar para longe. Depositei no chão a cesta que trouxera e peguei a outra. Que estranho, eu pensei. A sensação que tive foi de que nenhuma comida havia sido tocada.

— É você, Namima?

A porta abriu-se e Mikura-sama olhou para mim.

— Mikura-sama, Kamikuu está doente? A cesta está com o mesmo peso de quando eu a trouxe. — Eu apontei para a cesta que acabara de pegar.

Para minha surpresa, Mikura-sama deu um risinho.

— Nós estamos bem, Namima, e não há necessidade de você ficar preocupada com coisas que não lhe dizem respeito. Lembre-se de sua promessa. Jogue os restos fora. Kamikuu tornou-se uma mulher, é só isso.

O corpo de Kamikuu estava agora pronto para dar à luz um bebê. Daquele momento em diante, seu futuro seria iluminado. Mas eu estava assustada. Kamikuu entrara em um mundo além de meu alcance. Eu queria falar com ela, parabenizá-la. Permaneci algum tempo em frente à cabana. Mas Kamikuu não saiu. Eu tinha poucas alternativas além de voltar para o vento.

— Namima.

Uma voz de homem chamou meu nome da escuridão dos arbustos. Fiquei sobressaltada e quase deixei a cesta cair. Mas não havia ninguém lá. No momento em que eu estava convencendo a mim mesma de que me equivocara, ouvi a voz novamente.

— Namima, espere.

— Quem está aí?

— Não tive intenção de assustar você — disse o homem. Mas ele não se mostrou para mim. A maioria dos homens estava pescando, restando apenas na ilha os mais idosos e os meninos. Se um homem jovem havia ficado, devia estar doente demais para pescar. Mas a voz daquele homem parecia jovem e forte. Quem era? Eu dei uma espiada na escuridão.

— Sou eu, Mahito.

Mahito, da família Umigame. O filho mais velho. Ele tinha dezesseis anos e já passara bastante da idade em que deveria estar nos grupos de pescadores. Mas Mahito era proibido de pescar. Eu fiquei confusa. Não sabia o que fazer e assim olhei para o chão. De acordo com a lei da ilha, nós não podíamos falar com membros da família Umigame, a Tartaruga-do-Mar. Mas eu conhecia Mahito. Eu o via junto das mulheres na praia colhendo algas marinhas. E, por algum motivo inexplicável, a lembrança de seu rosto queimado de sol fazia agora o meu coração bater aceleradamente. Eu não podia ignorá-lo. Devia ser humilhante para ele trabalhar junto com as mulheres. Sempre que eu avistava seu rosto escuro na praia, eu acabava sentindo um desejo de ajudá-lo em sua busca por comida. Eu queria levar comida para a família dele. Essa sensação agora atravessava o meu coração com tamanha intensidade que chegava a ser doloroso. Respondi suavemente:

— Boa-noite, Mahito.

Ele saiu das sombras e apareceu diante de mim, alívio estampado no rosto. Eu sabia que ele se escondera de mim porque estava preocupado com a possibilidade de alguém me ver violando a lei da ilha.

— Namima, eu sinto muito tê-la assustado, mas você não pode ser pega conversando comigo.

Mahito era bem mais alto do que eu. Ele tinha o tipo físico corpulento de um pescador. Mas sempre se agachava e se abaixava, como se não quisesse que ninguém o notasse.

— Precisamos ser cuidadosos — acrescentou ele. Ele olhou cautelosamente ao redor de si. A família Umigame estava submetida a uma maldição, ou pelo menos era o que eu ouvira falar. Eles haviam sido afastados pelo resto da comunidade da ilha, um castigo cruel e severo. Normalmente, quando um menino tornava-se adulto, ele saía com os outros homens para pescar. Mas um menino de uma família afastada não tinha permissão de pescar. Isso equivalia a dizer para essa família que seus membros deveriam morrer de fome.

— Eu também sou impura. As pessoas também não podem conversar comigo. — Eu expressei o que me perturbara por muito tempo. Na festa de aniversário de seis anos de Kamikuu, mamãe e Mikura-sama me haviam dito que eu era impura. Desde então elas não mencionaram mais o assunto. Mas outras pessoas na ilha agora recusavam-se a olhar para mim. E frequentemente recusavam-se a falar comigo.

— Não se preocupe com isso.

Agora era a vez de Mahito me encorajar. Nós trocamos olhares e sorrisos.

Eu me solidarizava secretamente com a família de Mahito: os Umigame só ficavam atrás da família da grande *miko*, ou seja, atrás apenas de minha família, os Umihebi. Se, por algum motivo, a família Umihebi fracassasse em gerar uma filha, era responsabilidade dos Umigame colocarem uma na fila para tornar-se o próximo Oráculo. Mas os Umigame não foram capazes de gerar nada além de meninos. Sete filhos, começando por Mahito. Sua mãe fizera tudo a seu alcance para dar à luz uma menina, desesperada para dar continuidade à linhagem da família mas, nascimento após nascimento, surgiam apenas homens. E quase todos os bebês haviam morrido. Mahito e seus dois irmãos mais novos, Nihito e Mihito, eram os únicos que haviam sobrevivido.

— Sua mãe está bem? — perguntei.

Os olhos de Mahito não se moviam, as linhas de seu rosto fortes e harmoniosas. Ele era o jovem mais bonito da ilha. Se tivesse permissão para pescar, seria um sucesso. Seu rosto suavizou-se quando ele ouviu minha pergunta, mas ele baixou a voz para responder.

— Ela vai ter outro bebê.

Eu ofereci minhas congratulações de modo hesitante.

— Ela tem certeza de que dessa vez virá uma menina. Mas eu não estou certo...

Mahito deixou escapar um profundo suspiro. Se sua mãe não gerasse uma filha, a maldição da família perduraria. Ele e seus dois irmãos teriam de viver o resto de seus dias como banidos. A mãe deles estava agora aproximando-se dos quarenta anos. Gravidez na idade dela era algo tão perigoso quanto necessário.

— Vai dar certo — eu disse, querendo incutir esperança. — Dessa vez ela terá uma filha.

— Ela precisa. Mas, Namima, é por isso que eu estou aqui. Eu preciso pedir um favor. — Mahito parecia relutante em prosseguir. — Na cesta... Os restos de Kamikuu estão dentro dela.

Instintivamente, escondi a cesta atrás de mim. Não só Mikura-sama como também minha mãe me haviam dito para jamais falar sobre a cesta ou seu conteúdo.

— Você não precisa escondê-la — continuou Mahito. — Todo mundo na ilha sabe.

Eu ergui os olhos para ele. Sua fisionomia estava sombria.

— Se tiver sobrado alguma coisa, você pode me dar em vez de jogar fora? Eu quero dar para a minha mãe. Sem isso, eu acho que ela vai morrer.

Eu não podia acreditar que ele fizera um pedido como aquele. Eu não sabia o que fazer.

— Mas Mikura-sama...

— Eu sei — interrompeu Mahito. — Ninguém pode tocar o que quer que toque os lábios de Kamikuu. É a lei da ilha. Mas a minha família vai morrer de fome. Minha mãe deu à luz quatro bebês que morreram. Ela logo vai dar à luz seu oitavo bebê. Ela está convencida de que será uma menina. Mas se ela não fizer alguma coisa para ficar mais forte, o parto vai matá-la. É por isso que eu vim falar com você, Namima. Para implorar pelos restos. Por favor. Eu sei que serei amaldiçoado, mas não ligo.

Se eu dissesse não, será que ele pegaria a comida à força? Olhei bem para o rosto dele. Suas feições estavam rígidas. O branco dos olhos cintilando na escuridão — com lágrimas. Eu entreguei a cesta a ele.

— Só hoje.

— Obrigado, obrigado. Estou em dívida com você. — Mahito baixou a cabeça.

De repente, fui acometida de uma sensação de medo. Olhei atrás de mim. Pensei ter ouvido passos, mas era apenas o vento nas árvores.

— Espere! Devolva-me a cesta. Mikura-sama vai ficar esperando para ouvir os restos de comida atingindo a água. Nós precisamos substituir a comida por alguma outra coisa que eu possa jogar no mar. Rápido.

Eu falei com seriedade. Se demorasse mais tempo, temia que Mikura-sama aparecesse, imaginando o motivo pelo qual não ouvira o som costumeiro.

Mahito entrou em ação num piscar de olhos. Não mais tentando se esconder, ele disparou ao longo da trilha recolhendo as maiores folhas de taro que encontrava pelo caminho. Eu retirei a tampa da cesta e coloquei os restos de comida em cima delas. Eu vi que o arroz no vapor havia sido tingido de vermelho com o suco de kuiko. Um jantar celebratório. E praticamente nada havia sido tocado. Sobressaltada, quase deixei cair o recipiente com o caldo de cobras marinhas. O líquido espesso espirrou por sobre a borda, molhando nossos punhos e escorrendo em direção ao chão. O cheiro impregnou o ar ao nosso redor. Eu não sei como explicar melhor o que senti naquele momento. Talvez, pela primeira vez, tenha sido a tristeza de saber que no mundo não havia lugar para mim.

Eu vi as mãos de Mahito tremendo. Eu entendi que ele também estava assustado, o que me acalmou.

— Por favor, dê isso a sua mãe.

Mahito embrulhou a comida nas folhas largas. Ele então pegou um punhado de terra, embrulhou em uma outra folha de taro e colocou-a dentro da cesta vazia para mim.

— Obrigado, Namima.

Ele me agradeceu mais uma vez, olhando para a poça de caldo no chão como quem se lamenta antes de pisar nela, cobrindo-a de terra.

Quando o vi fazendo isso, eu disse:

— Mahito, se você vier amanhã na mesma hora eu deixo você pegar mais um pouco. Mas traga alguma coisa para levar a sopa.

Novamente ele sussurrou estar em dívida para comigo. Com mais uma palavra de agradecimento ele desapareceu na escuridão tomando a direção de seu barraco caindo aos pedaços no limite do vilarejo. Nossa comunidade era pequena, de modo que fazíamos o que podíamos para ajudar uns aos outros, construindo cabanas e barcos, consertando redes de pesca. Mas para a família Umigame não havia assistência da vizinhança. Todo dia para eles era uma provação.

Eu me dirigi apressadamente ao precipício. Lá, virei a cesta e mantive-a sobre o limite do penhasco, deixando o conteúdo cair nas águas abaixo. O espirro dessa vez pareceu ocorrer um pouquinho antes e o som um pouco mais alto do que de costume. O vento estava enfurecido, mas eu me encontrava presa ao local, horrorizada diante da profundidade do pecado que acabara de cometer. A indignação fez com que eu tremesse de medo. Eu desobedecera à injunção de Mikura-sama — não, eu fizera algo pior: eu desobedecera a lei da ilha. Mas essa lei parecia injusta. Quando havia pessoas morrendo de fome, que direito tinha eu de jogar comida fora? Isso não fazia sentido. Num cantinho de meu coração, eu me sentia enobrecida.

Pus-me a descer a trilha em direção à minha casa mas me virei para olhar atrás de mim. Fiquei sobressaltada ao encontrar uma pessoa lá parada. Kamikuu.

— O que você está fazendo? Você quase me matou de susto!

Kamikuu sorriu. Eu não a via fora da cabana havia muito tempo. Ela estava uma cabeça mais alta do que eu, bem encorpada e bela.

— Por que você ficou escondida atrás de mim?

Eu não sabia se ela havia me visto conversando com Mahito ou não. Mas Kamikuu sorriu com doçura e disse:

— O vento está tão forte que fiquei preocupada. Eu queria ter certeza de que você não havia caído do penhasco.

Era comum nós termos noites ventosas. Por que ela decidira me procurar justamente naquela noite, a noite em que Mahito aparecera? Fiquei desconfiada. Será que era mesmo Kamikuu, ou será que era Mikura-sama disfarçada? Eu olhei fixamente para ela, sem dizer uma palavra.

Confusa, Kamikuu me pressionou:

— Namima! O que há de errado? Eu não a vejo há tanto tempo! Você não vai ao menos me cumprimentar?

Foi então que eu vi a covinha em seu rosto, a covinha que eu me lembrava de quando éramos pequenas. Era mesmo Kamikuu. Eu suspirei de alívio enquanto agradecia a ela pela preocupação. Mas ainda me sentia esquisita e devo ter dado a impressão de agir de maneira muito formal.

— Eu não sou nenhuma estranha! — disse ela. Ela exibiu um olhar de adulto e olhou para mim com desapontamento.

Agora que ela havia se tornado uma mulher, logo teria um marido e então teria de gerar filhos até dar à luz uma menina. Exatamente como a mãe de Mahito.

— Eu não tive a intenção de ser antipática!

Kamikuu aproximou-se de mim e colocou suas mãozinhas gorduchas e macias em meus ombros.

— Faz tanto tempo, Namima. Senti muito a sua falta.

— E eu senti a sua.

Enquanto dizia isso, meu coração batia aceleradamente. Se Kamikuu tivesse me visto dando comida para Mahito, o que eu poderia fazer? Se ela contasse para Mikura-sama o que havia visto, não só Mahito como também eu seríamos castigados. Eu provavelmente seria banida da ilha junto com a família de Mahito. Nós seríamos mandados ao mar em um barquinho frágil no meio do inverno bem no momento em que uma tempestade estivesse se aproximando. Isso era o que acontecia com os exilados. Eles faziam o máximo para permanecer no barco, porém em questão de dias o barco retornaria à ilha vazio. Mas certamente Kamikuu me amava muito e não seria capaz de me colocar em apuros, ou seria? Fiquei lá parada, petrificada.

Antes de poder falar, ela puxou a manga de minha blusa até o seu nariz e cheirou.

— O que é isso? Estou sentindo cheiro de caldo.

Eu inclinei a cabeça para o lado e fingi inocência.

— Deve ter derramado um pouquinho na minha mão quando joguei o caldo no mar.

— É claro. Namima, a cada gole que eu tomo de minha sopa eu me lembro de você, desejando poder compartilhar a minha comida com você. Eu deixo cada refeição pela metade, desejando que você pudesse comer o resto.

Kamikuu falava num tom tão apologético que lágrimas brotaram em meus olhos. Era tarde demais. Kamikuu entrara agora na fase adulta e pertencia a um mundo bem além do meu alcance. Mas naquela noite eu pisara num mundo mais distante ainda daquele que ela compartilhava com Mikura-sama. Mahito e eu havíamos desafiado a lei da ilha. Eu olhei para minha irmã e disse:

— Kamikuu, Mikura-sama me disse que agora você é uma mulher. Parabéns!

— Obrigada. — A resposta de Kamikuu foi apática. Então, do nada, ela perguntou: — Você viu Mahito? Ele está bem?

Uma sensação de pânico tomou conta de mim. Kamikuu me vira entregando a comida a Mahito, não vira?

— Eu não o vejo há um bom tempo, portanto não sei dizer. Por que você pergunta? — A minha voz tremia devido à mentira mas eu queria saber o que havia por trás da pergunta de Kamikuu. Será que ela estava planejando contar para Mikura-sama o que Mahito e eu havíamos feito? Ou será que ela provar-se-ia uma aliada?

— Namima, preciso te contar um segredo. Eu não posso contar isso para mais ninguém. — Ela olhou em volta. — É verdade que eu me tornei uma mulher, e logo, logo deverei começar a ter filhos. Esse é o meu destino. Se eu pudesse ter um filho com um homem como Mahito, eu seria feliz. Mas Mikura-sama me disse que eu não posso enquanto a família dele estiver submetida à maldição.

Eu não fazia a menor ideia do que dizer em resposta àquilo. Inquieta, mirei o chão. Kamikuu agarrou a minha mão.

— Namima, deve ser horrível ter um filho com um homem de que você não gosta.

Depois de um tempo, eu assenti com a cabeça.

Kamikuu não entendeu o gesto.

— Perdoe-me, Namima. Eu não queria falar sobre isso. É só que eu não tenho ninguém com quem conversar além de Mikura-sama. Eu queria dividir meus sentimentos com você. Por favor, não fique preocupada com isso.

— Não, não. Está tudo bem. Obrigada por me contar.

Será que Kamikuu me vira com Mahito? Será que aquilo era uma forma de me alertar para que eu me mantivesse afastada dele? Ou será que ela realmente queria livrar-se de seu fardo comigo? Eu não tinha como saber.

Ela apertou delicadamente a minha mão.

— Eu vejo você depois. Se eu não voltar correndo agora, Mikura-sama vai ficar zangada. Tenha cuidado ao voltar para casa, o vento está tão forte que é capaz de te levar.

Kamikuu virou-se na direção da cabana de Mikura-sama e desceu a trilha através da floresta. O calor de seu aperto em minha mão perdurou, e também suas palavras permaneceram comigo. *Se eu pudesse ter um filho com um homem como Mahito...* Kamikuu estava apaixonada por ele. Talvez fosse por isso que ela fingira não ter me visto entregando a comida a ele. Ou será que ela viera para compartilhar seus sentimentos comigo, como dissera? Oh, se isso fosse verdade, como eu ficaria feliz. Mas se não fosse, ela viera para confirmar que eu não chegara perto de Mahito. Eu não sabia o que pensar.

No futuro, chegaria um dia em que seria deixado claro para mim que Kamikuu tinha o poder e o direito de ficar entre mim e Mahito, se ela assim quisesse.

No dia seguinte uma terrível tempestade varreu a ilha, trazendo chuvas torrenciais e ventanias. O vento batia implacavelmente. E ainda assim eu tinha de levar comida para Kamikuu. Mamãe cobriu-me com folhas de bananeira para que a chuva não me molhasse e fixou-as com uma corda forte. Ela enrolou-as em mim, rolo após rolo, mas nem isso foi suficiente para conter o vento: ele rasgou uma das folhas, depois outra e outra em seguida. Quando consegui, depois de muito esforço, chegar à cabana de Mikura-sama, já estava encharcada até os ossos. A cesta que eu entregara na noite anterior estava debaixo do beiral. Quando a levantei, encontrei-a ainda tão pesada quanto a deixara. Normalmente isso me deixaria deprimida, mas naquele dia a única coisa que povoava meus pensamentos era o quanto Mahito ficaria feliz, e meu coração encheu-se de júbilo. Enquanto eu trocava as cestas, escutei a voz de Kamikuu do lado de dentro da porta.

— Namima, tenha cuidado ao voltar para casa. O vento está muito forte. Mikura-sama foi ao altar rezar.

O altar ficava no centro do bosque sagrado de Kyoido. Mikura-sama deve ter ido até lá para rezar pela segurança dos pescadores em alto-mar. E Kamikuu esforçara-se para garantir que eu ficasse sabendo que ela estava lá — porque sabia que eu me encontraria com Mahito? Eu estava assolada por dúvidas, mas acreditava que Kamikuu era minha aliada. Certamente não era minha inimiga. Eu não tinha provas, é claro: era simplesmente pelo fato de que eu não conseguia tirar de minha memória a confiança e o afeto que nós duas havíamos compartilhado como irmãs.

Segui apressada entre os arbustos de pândano, atenta para não pisar nos espinhos de galhos caídos. Mahito esperava no mesmo lugar da noite anterior, o corpo pingando. Ele também cobrira-se com folhas de bananeira, o que serviu de pouca proteção.

— Namima, eu gostaria muito que você não tivesse de vir num dia como esse.

A preocupação dele, embora gentil, deixou-me nervosa.

— Mahito, corra. A comida está ficando molhada. — Eu estava tremendo de frio e mal conseguia falar.

Mahito deslizou alguma coisa embrulhada em folhas de louro para dentro da cesta.

— O que é isso?

— Areia.

Eu entreguei a ele a comida em troca da areia. Assim que comecei a me afastar, ele agarrou-me o braço.

— Espere. A ventania no promontório está forte demais. Deixe-me fazer isso.

— Não posso. Mikura-sama está no altar. Pode ser que ela veja.

— Eu não ligo. Se você morrer, Namima, eu fico sem nada. Eles podem me exilar, me condenar à morte... Eu não ligo.

Ninguém jamais me dissera algo parecido com isso antes. Fiquei perplexa e mantive-me enraizada onde estava. Mahito arrancou a cesta de minhas mãos e disparou na direção do promontório. A chuva era torrencial e o vento tão forte que somente um homem poderoso como Mahito poderia se aproximar do penhasco em segurança. Assim que despejou o conteúdo da cesta, ele saiu correndo de volta ao ponto onde eu estava.

— Namima, leve do jeito que você é, o vento teria te lançado penhasco abaixo.

Mesmo que isso tivesse acontecido, os ilhéus anciãos encontrariam alguma outra pessoa para levar a comida de Kamikuu. Essa era a lei. E eu a desobedecera. Eu traíra Mikura-sama dando a comida a Mahito. Eu levara o fardo de areia que ele me dera no lugar da comida que eu roubara, e ele a jogara no mar por mim. E mesmo que Kamikuu não dissesse nada a Mikura-sama, ela saberia o que eu havia feito. Não saberia? Eu seria castigada. O que eles fariam comigo? Quanto mais eu pensava no assunto, mais apavorada ficava. Eu estava trêmula de medo.

— O que foi?

Os galhos da figueira sob os quais Mahito estava de pé balançavam violentamente ao vento.

— Estou com medo de ser castigada.

Mahito puxou-me subitamente para seus braços e sussurrou em voz rouca:

— Ninguém vai tocar em você. Eu vou te proteger! — Mas a voz dele estava trêmula.

Nós estávamos encharcados e tremendo abraçados um ao outro. Nosso pecado nos deixara aterrorizados e ficamos grudados um no outro em busca de conforto e segurança. No entanto, eu estava tonta diante do laço que compartilhávamos. Eu estava apaixonada por Mahito.

— Eu vou voltar com você. — Mahito me acompanhou segurando-me com uma das mãos enquanto mantinha a cesta vazia aconchegada na outra. Gravetos e pedrinhas sopravam sobre nós enquanto caminhávamos. No mar, o vento levava a espuma das ondas para o ar. Nós estávamos tão molhados que parecia que havíamos acabado de sair do mar. Mas prosseguimos, arduamente, passo a passo.

— Como está a sua mãe? — gritei no ouvido de Mahito. O rugido do vento estava tão alto que tínhamos de berrar para sermos ouvidos. Eu agora conseguia avistar a minha casa logo à frente.

A voz de Mahito ficou sombria.

— Ela nem tenta comer. Ela me perguntou onde eu encontrara comida de tão boa qualidade, mas eu tenho certeza de que ela sabia. Ela começou a chorar, pensando na punição que está reservada para mim.

— E hoje?

— Bem, ela precisa comer. Se não comer, ela morre. E se ela morrer, não haverá motivos para os anciãos manterem a mim, meus irmãos e meu pai vivos. Nós não teríamos mais o que fazer na ilha. Todos nós vamos morrer se ela morrer... Namima, vejo você amanhã.

E com isso Mahito virou-se na direção de sua casa. Eu jamais encontrara antes alguém com tamanha força. O resto de nós vivia vidas tão tímidas, presos às leis, temerosos de desrespeitá-las.

Amanhã! Eu verei Mahito amanhã! Eu já estava aguardando ansiosamente o dia seguinte. A promessa de ver o rosto dele mais uma vez fez com que eu sentisse que a vida valia a pena ser vivida. Pela primeira vez em toda a minha vida, meu coração dançou de prazer.

Nós nos encontrávamos todas as noites. Eu lhe dava a comida deixada na cesta e ele me dava um substituto para lançar penhasco abaixo. Em seguida nós compartilhávamos a trilha escura de volta ao vilarejo, perdidos em conversas. Desnecessário dizer que tomávamos cuidado para não sermos vistos.

A mãe de Mahito deu à luz seu oitavo filho. Um outro menino. Ele também morreu logo após o nascimento. Todos na ilha tiveram mais certeza do que nunca de que o clã das Tartarugas-do-Mar estava amaldiçoado. No dia seguinte à morte de seu pequenino irmão, Mahito não compareceu ao nosso encontro. Eu joguei a comida penhasco abaixo e voltei sozinha para casa. Fazia algum tempo desde a última vez que eu jogara a comida fora e, mais uma vez, chamou-me a atenção o quanto aquele ato era um desperdício.

Na terceira noite depois da morte do bebê, Mahito estava esperando por mim na mata. A lua estava cheia e a luz que lançava permitia que eu visse o quanto o rosto dele ficara macilento. Suas roupas estavam desalinhadas e seus cabelos compridos, normalmente amarrados atrás com finos caules de junco, estavam caídos em cachos soltos e desgrenhados sobre os ombros. Meu coração ficou condoído por ele ao vê-lo se aproximar.

— Mahito, onde você esteve nesses últimos três dias?

— Cuidando do enterro no Amiido.

— Como está a sua mãe?

— Ela se culpa. Acha que é culpa dela por não comer a comida que eu levava para ela. E ela jura que da próxima vez vai comer tudo o que puder pelo bem do bebê e para que o resto da família possa continuar vivendo nesta ilha.

— Da próxima vez?

— Da próxima vez que ela ficar grávida.

Eu podia ver que era difícil para Mahito falar sobre isso. A saúde de sua mãe sofreria devido a todas essas gestações, uma após a outra. Eu entreguei a cesta, que estava cheia, exatamente como estivera nas noites anteriores.

— O que vamos fazer com a comida?

Mahito estava em silêncio, imerso em seus pensamentos. Eu o detivera mais tempo do que o normal em nossa conversa, e numa noite como aquela, a impressão era de que a conversa estendera-se demais. Mahito olhou ao redor, cautelosamente, temeroso de que alguém pudesse ter nos seguido. Só de pensar no que talvez acontecesse se fôssemos pegos encheu-lhe os olhos de lágrimas. Ele olhou com dureza para a escuridão, as lágrimas cintilando quando iluminadas pelo luar.

— Namima, vamos comer isso. Vamos desobedecer essa lei juntos para podermos viver.

Sobressaltada com as palavras de Mahito, eu levantei os olhos para ele. Ele puxou a cesta de meu braço e arrancou a tampa. Quando olhei lá dentro pude ver que era exatamente como Kamikuu dissera que seria. Ela deixara exatamente metade de tudo. Deixara metade do prato de carne de cabrito, metade da tigela de caldo de tartaruga-do-mar e metade do peixe. Kamikuu dissera: "Eu quero dar isso para você." Ela devia saber que estava dando o que quer que restasse para Mahito ajudar sua família. Eu queria dizer para Mahito o que estava pensando, mas hesitava por causa das outras coisas que Kamikuu havia dito. Ela havia dito que queria ter um filho de Mahito. Foi então que eu percebi que estava com inveja do poder de Kamikuu.

— Namima, coma.

Mahito enfiou um pouco de carne de cabrito em minha boca. Em seguida mordeu um pedaço ele próprio. Um estranho gosto tomou conta da minha boca. Eu estava horrorizada demais com o crime que havia cometido para poder julgar se aquele sabor era bom ou ruim. Eu tinha certeza de que o mesmo acontecia com Mahito. Nós mantivemos nossos olhos fixos um no outro enquanto comíamos e, antes mesmo de percebermos, o suntuoso banquete que Kamikuu nos deixara desapareceu. Nós enchemos a cesta de areia embrulhada em folhas e a levamos para o penhasco, onde a joguei penhasco abaixo. A comida estava em meu corpo, o crime que eu cometera percorrendo o meu organismo. Se fosse o caso de eu vomitar agora, será que seria tarde demais? O sabor na minha língua fazia com que eu me lembrasse do que acabara de fazer.

Mahito envolveu minha mão trêmula nas grandes palmas de sua mão.

— Namima, se formos castigados, eu também receberei o seu castigo.

Mas eu sentia que uma calamidade ainda maior encontrava-se a postos à minha espera. Algo que Mahito não tinha como evitar. Eu não conseguia oferecer nenhuma resposta.

Quando Mahito e eu nos separamos, fiquei aterrorizada pela enormidade de meu crime. Quando mamãe me viu, olhou fixamente para mim, na expectativa, esperando que eu falasse. Mas eu não disse nada.

Na manhã seguinte eu acordei e encontrei-me encharcada de sangue. Por fim meu castigo chegara — eu morreria. Comecei a gritar. Mamãe correu até mim e começou a rir.

— Namima, você agora é uma mulher!

E foi o que aconteceu — exatamente como Kamikuu. Eu me senti aliviada. Mas quando lembrei-me do que havia feito na noite anterior, imaginei que deveria haver alguma ligação entre os dois fatos.

Era uma bela e límpida manhã de maio o dia em que eu me tornei uma mulher. Por volta do meio-dia eu estava inquieta e não conseguia ficar confinada dentro de casa. Fui sozinha até o lado mais ao norte da ilha colher as frutas de kuiko que cresciam ao lado do Alerta. Kamikuu e eu havíamos uma vez as esmagado com pedras e pintado nossas unhas de vermelho com o sumo delas. Ninguém comemoraria comigo o meu ingresso na fase adulta, então eu faria a minha própria comemoração particular. Minhas unhas vermelhas refletiam lindamente em contraste com o branco da areia e o límpido azul do céu. Uma brisa delicada soprava do mar, roçando suavemente no meu rosto. O lado norte da ilha era o ponto mais alto e as brisas ali eram frescas e revigorantes. Meu coração vibrava de otimismo. Mahito. Contanto que estivesse com ele, eu suportaria qualquer castigo.

Quando cheguei em casa, mamãe viu as minhas unhas vermelhas e perguntou o que eu andara fazendo.

— Eu só descasquei kuiko — respondi de modo indiferente, tentando esconder as minhas mãos. Mamãe desviou o olhar. Quando Kamikuu tornara-se mulher, mamãe cozinhara bolinhos de arroz no sumo vermelho de kuiko. Será que minhas unhas denunciaram a ela que eu vira aqueles bolinhos de arroz? Eu tinha certeza de que a mãe de Mahito sabia do nosso crime. Imaginei que Kamikuu também soubesse. E agora a minha mãe? Se fosse o caso, era apenas uma questão de tempo até Mikura-sama e o chefe da ilha descobrirem. A ideia em si era assustadora. Mas eu não conseguia esquecer o meu entusiasmo quando estava no promontório ao norte sentindo a brisa em meu rosto.

Mahito e eu continuamos comendo secretamente a comida de Kamikuu, deleitando-nos com o que era proibido, até a mãe de Mahito ficar novamente grávida. Nós ficamos mais altos do que os outros ao nosso redor, nossos corpos mais roliços. Certamente foi a ingestão da comida proibida que Kamikuu deixara o que nos possibilitou suportar tudo o que estava à nossa espera — a árdua viagem no mar e o nascimento de nossa Yayoi.

E foi assim que a minha vida deu uma dramática guinada. Mas eu não acredito que a mudança tenha sido um castigo por ter desrespeitado a lei da ilha. Acredito que foi por ter desrespeitado a lei que eu fui capaz de enfrentar o meu verdadeiro destino.

3

Quatro anos se passaram. E minha vida deu a guinada sobre a qual falei antes. Mikura-sama morreu. Kamikuu tinha dezessete anos quando isso aconteceu, e eu dezesseis. Um dia Mikura-sama estava no promontório Kyoido, sofreu uma queda e não voltou para casa. Por acaso os homens estavam retornando de sua viagem de um ano inteiro para pescar e a viram cair. Ela estava no promontório rezando pela volta deles em segurança. Quando a embarcação finalmente aportou, ela virou-se para voltar para casa mas deu uma última olhada por sobre o ombro. Foi quando ela caiu. A meu ver, pareceu uma coisa profética. Ela caiu no local exato em que Mahito e eu havíamos nos encontrado para trocar os restos de Kamikuu pelas trouxas de areia. Quando ouvi a notícia da morte de Mikura-sama, é claro que senti tristeza, mas também alívio; uma sensação de libertação. Quanto mais pensava a respeito, mais eu compreendia o quanto temia Mikura-sama. E não apenas eu: todos na ilha ficavam intimidados diante dela. Agora ela não existia mais. E eu me sentia felicíssima.

Minha felicidade era, todavia, tingida de culpa. Meu alívio tinha relação com meus pecados. Eu queria falar com Mahito acerca de meus sentimentos, mas a ilha estava em polvorosa em função da morte de Mikura-sama, e não era seguro para mim ser vista em público com ele. Ele ainda estava maculado pela maldição. Eu conhecia os riscos, mas precisava falar com ele. Eu tinha algo a dizer a ele.

Mikura-sama morrera tão repentinamente que não houve tempo para nos preparar para o luto. Eu nem tinha certeza se o que estava acontecendo estava de fato acontecendo e tinha de perguntar a mim mesma seguidamente se eu estava ou não sonhando. A incerteza deixava-me sombriamente apreensiva. Uma coisa, entretanto, estava clara: agora que Mikura-sama estava morta, a investidura de Kamikuu como o próximo Oráculo estava próxima. E assim, muito embora a ilha estivesse imersa no pranto a Mikura-sama, havia uma vívida euforia por baixo dos panos diante da perspectiva do futuro da jovem Kamikuu.

Em nossa ilha as crianças eram consideradas adultas assim que completavam dezesseis anos. Os meninos passavam então a ter permissão para sair nos barcos de pesca, e as meninas participavam das orações e dos rituais da ilha. Quando completei dezesseis anos, fui chamada a me juntar às mulheres nas instalações sagradas em Kyoido e no Amiido. Eu jamais imaginara que o meu primeiro ritual de oração dar-se-ia por ocasião do funeral de Mikura-sama.

Evidentemente, a minha entrada na fase adulta foi marcada por mais do que apenas me reunir às mulheres nas orações e nos rituais pela primeira vez. Eu tinha um segredo — um segredo que não podia compartilhar com ninguém. Dois anos antes, Mahito e eu havíamos começado a desfrutar dos prazeres da carne. O retorno das embarcações de pesca, portanto, nos aborrecia. Por quê? Porque uma vez que os barcos haviam retornado, a noite pertencia aos homens jovens. Eles vagariam pela ilha em busca de mulheres disponíveis. Eles me ignoravam porque eu tinha a tarefa importante de levar a comida a Kamikuu durante as noites. Mesmo assim eu tinha de ser particularmente cuidadosa para não ser pega com Mahito nas noites em que outros jovens estivessem em suas caçadas.

Nossa ilha era governada por costumes cruéis. Comida era racionada, de modo que apenas determinadas famílias tinham permissão de ter filhos, e esse direito havia sido decidido várias gerações atrás. Qualquer família associada à autoridade, como aquelas relacionadas ao chefe da ilha, poderia gerar filhos. Assim como podiam famílias de linhagem antiga e nobre ou famílias como a minha e a de Mahito, que eram responsáveis pelos rituais da ilha. Uma vez que a família de Mahito fracassara em fornecer à ilha uma *miko* auxiliar, ela havia sido amaldiçoada, e assim Mahito e seus irmãos foram proibidos de procriar.

Entretanto, independentemente das regras, os homens sentem desejo pelas mulheres e crianças são uma consequência disso. O chefe da ilha exigia que todos os filhos ilegítimos fossem mortos. Isso não acontecia somente com crianças. Sempre que o chefe reparava num aumento no número de velhos, estes eram reunidos e trancados numa cabana na praia onde seriam abandonados para que morressem de fome. Eram assim os costumes cruéis na ilha em que nasci. Eu conhecia as regras, conhecia as consequências e, no entanto, não conseguia conter o meu amor por Mahito ou o meu desejo de estar nos braços dele.

Como era pecaminoso o nosso amor! Nossos encontros sempre cortejavam o perigo. Nós sabíamos que estávamos pisando na beira de um precipício perigoso, que um passo a mais poderia nos fazer cair. Mas não conseguíamos parar. Estávamos enfeitiçados pelo perigo. Cada vez que chegávamos na beira, dávamos mais um passo, e cada vez nos amávamos ainda mais. E nesses momentos eu sentia, no fundo de meu coração, que eu era bem mais afortunada do que Kamikuu. Eu me armava com essa sensação de superioridade.

Como eu era boba. Por quê? Porque eu levava comigo um filho de Mahito. E era sobre isso que eu precisava conversar com ele.

Mas voltemos ao funeral de Mikura-sama. Pela primeira vez na minha vida usei as vestes brancas ritualísticas e estava em pé em frente à minha casa. A procissão fúnebre, com o caixão de Mikura-sama, veio do Kyoido, a leste da ilha, para o Amiido, a oeste, onde os mortos eram depositados. Os homens que carregavam o caixão vestiam trajes brancos idênticos. Seus passos também eram idênticos, enquanto caminhavam lenta e solenemente, cantando:

Ó Grande Oráculo,
Tu te escondeste;
Ó irmãs abençoadas,
Ambas escondem-se.

À medida que a procissão passava por cada casa na ilha, seus moradores se juntavam a ela. Quando atingimos o Amiido, o cortejo já estava bem longo. É claro que ele não passara na frente da casa de Mahito, tendo em vista que a família estava submetida a uma maldição. Os Umigame eram banidos até mesmo do funeral.

Eu esperei a procissão aproximar-se de nossa casa. Meu pai e minha mãe estavam lá, com meus irmãos e tios, todos de pé e empertigados. Quando a procissão foi se aproximando, eu reparei num segundo caixão, um caixão pequeno e simples comparado ao elaborado caixão de Mikura-sama. Será que Kamikuu também morrera? Meu coração bateu descompassado diante desse pensamento. Mas não, Kamikuu estava lá, andando à esquerda do caixão de Mikura-sama, sua postura ereta e orgulhosa. Eu soltei um suspiro de alívio. Olhei de relance novamente para Kamikuu, caminhando sob a intensa luz do sol. Seu rosto estava contorcido de pesar mas era tão belo que resplandecia, talvez por ela estar agora prestes a assumir os deveres do Oráculo no lugar de Mikura-sama — mas ela também parecia estar tensa.

Quando o chefe da ilha, que estava liderando a procissão, alcançou a minha casa, ele murmurou alguma coisa com meu pai. Meu pai virou-se para olhar para mim e disse:

— Namima, ande ao lado do outro caixão. Vá com ele para o Amiido.

Eu estava prestes a perguntar a ele quem estava naquele caixão quando mamãe fez um gesto para mim, como se dissesse: "Corra e faça o que lhe foi ordenado." Confusa, eu corri para me juntar à procissão. Kamikuu olhou para mim de relance e sorriu ligeiramente.

— Você está bem? — sussurrei.

Ela assentiu com a cabeça.

— Quem está naquele caixão? — perguntei.

— Nami-no-ue-sama — respondeu Kamikuu. — "Mulher-Sobre-As-Ondas".

Eu jamais ouvira aquele nome antes.

— Quem era ela?

— A irmã mais nova de Mikura-sama. Ela era nossa tia-avó.

Eu não tinha conhecimento de que Mikura-sama possuía uma irmã mais nova. Eu queria fazer uma outra pergunta a Kamikuu, mas os homens corpulentos que estavam carregando o caixão surgiram entre nós duas e eu não consegui. Os homens jovens em nossa ilha tinham uma constituição física avantajada, a pele queimada de sol com um tom brônzeo. Eles vigiavam Kamikuu e a mim com olhos afiados. Mas não podiam esconder o fascínio que sentiam pela beleza de Kamikuu. Ela teria de se casar com um dos pescadores em seu devido tempo, se quisesse dar à luz uma filha. Se a união fracassasse na geração de um filho, ela escolheria um outro homem. Os jovens vigiavam-se uns aos outros — competindo entre si para apresentar uma fachada de dignidade — enquanto ao mesmo tempo lançavam olhares furtivos na direção de Kamikuu.

A procissão finalmente chegou no Amiido. Uma trilha escura abriu-se como um túnel estreito entre os pândanos e as figueiras. Ela era tão estreita que fomos obrigados a prosseguir em fila única. Parecia a trilha que ultrapassava o Alerta e levava ao promontório mais ao norte. Eu fui seguindo através do túnel atrás do caixão de Nami-no-ue-sama. Subitamente, a mata abriu-se formando uma clareira circular. Logo à frente pude ver a entrada escancarada de uma caverna de pedra calcária. Devia ser o local para onde levavam os mortos da ilha. Próxima à caverna havia uma pequena choupana de colmos, talvez pertencente a quem quer que cuidasse dos túmulos. Os homens colocaram delicadamente os caixões de Mikura-sama e de Nami-no-ue-sama em frente à caverna. Eu jamais havia visto o cemitério antes e a visão naquele momento fez com que eu perdesse o fôlego. Eu queria sair dali o mais rapidamente possível. Era um lugar desolado, proibitivo.

Kamikuu parou e começou a cantar numa voz luminosa:

Hoje, hoje mesmo
No jardim dos deuses elas se escondem;
No jardim dos deuses elas se deliciam;
No jardim dos deuses elas permanecem;
Dos céus alguém desce.
Dos mares alguém surge.
Pois hoje, hoje mesmo,
Elas oram.

Os homens responderam à canção de Kamikuu, elevando suas vozes de modo roufenho enquanto cantavam as mesmas palavras que haviam cantado na procissão fúnebre. Eu segui o que as outras mulheres estavam fazendo: elas curvaram-se na altura da cintura e apertaram-se as mãos. Os homens corpulentos levantaram-se e ergueram o caixão, levando-o para o interior da escuridão da caverna. Primeiro o caixão de Mikura-sama e depois o caixão de Nami-no-ue-sama. Então, como se estivessem assustados ou algo parecido, eles olharam para o chão e retiraram-se da clareira. As mulheres também mantinham os olhos fixos no chão e nunca olhavam na direção da caverna. Elas se retiraram atrás dos homens. Então aquele era o Reino dos Mortos. Eu ouvira falar muito a respeito dele. Os mortos, nos haviam dito, viajavam ao longo da parte subterrânea da ilha. Eu olhei ao redor, curiosa. Kamikuu apareceu ao meu lado e começou a cantar a canção da procissão fúnebre, seus olhos fixos em mim.

Ó Grande Oráculo,
Te escondeste;
Ó irmãs abençoadas,
Ambas escondem-se.

E então, assim que ela soprou a concha branca, todos viraram-se na direção da estreita trilha. Eu comecei a descer atrás dos outros. Mas o chefe da ilha, e meu pai, bloquearam a minha passagem.

— Namima, Mulher-Em-Meio-Às-Ondas, você não pode sair.

Eu fiquei lá parada, petrificada. O que eles queriam dizer com aquilo?

— Deste dia em diante você será a guardiã do Amiido. Kamikuu, Filha dos Deuses, é *yang*. Ela é a alta sacerdotisa que governa o reino da luz. Ela reside no Kyoido no limite leste da ilha, onde o sol nasce. Mas você é *yin*. Você deve presidir o reino das trevas. Você morará aqui, no Amiido, no limite oeste onde o sol se põe.

Eu me virei para olhar, chocada, a minúscula choupana perto da caverna cheia de cadáveres. Então aquela deveria ser a minha casa? Eu estava em estado de estupor.

O chefe da ilha berrou uma ordem:

— Namima! Pelos próximos vinte e nove dias você erguerá as tampas dos caixões e verificará se Mikura-sama e Nami-no-ue-sama não retornaram à vida. Você jamais terá permissão para voltar ao vilarejo. Comida será deixada para você na entrada do Amiido. Você comerá essa comida. Existe um pequeno poço atrás da choupana. Nada lhe faltará.

— Eu nunca mais vou poder morar com minha mãe e meu pai?

Quando fiz essa pergunta, meu pai, que estava bem queimado de sol, disse em tom de tristeza:

— Nós nos reencontraremos quando morrermos.

— Eu não posso fazer isso! Papai, por favor, ajude-me! Mamãe!

Eu agarrei a barra da vestimenta branca de meu pai. Mas ele afastou as minhas mãos.

— Namima, você precisa se controlar. Nós não podíamos lhe contar porque isso precisava vir de Kamikuu. Você nasceu na família mais importante da ilha e é destinada a tornar-se a alta sacerdotisa das trevas. É seu destino e você não tem poderes para mudá-lo. Você está aqui para guiar com segurança os mortos em seu caminho até o mundo da escuridão. Você deve desempenhar essa função com orgulho.

Eu entendia agora por que Kamikuu olhara para mim antes com olhos tão cheios de piedade.

— Mas Kamikuu não me disse nada disso!

O chefe da ilha e meu pai olharam um para o outro, surpresos. O chefe falou comigo seriamente:

— Eu vou lembrar a você a lei da ilha. A filha mais velha, nascida no lar do Oráculo, serve o reino da luz. A segunda filha serve o reino das trevas. Depois que o sol aquece a ilha durante o dia, ele afunda sob a ilha em direção aos mares onde brilha ao longo do leito do mar e lá faz seu percurso de volta à superfície e nasce novamente no leste. A filha mais velha protege a luz do dia, a mais nova, a da noite. É tarefa dela governar o fundo do mar. Em nossa ilha a noite torna-se o mundo dos mortos. A filha mais velha é responsável por continuar a linhagem do

Oráculo. Ela deve dar à luz uma filha. A linhagem da segunda filha termina em uma geração. Ela não pode ter união com nenhum homem.

O chefe da ilha olhava o céu a oeste enquanto falava. O sol estava apenas começando a escorregar em direção ao mar, tingindo de vermelho sua barba branca.

— Espere, senhor! — implorei. — Se Nami-no-ue-sama estava encarregada de proteger a ilha à noite, por que eu nunca ouvi falar dela? E por que ela está sendo enterrada ao mesmo tempo que Mikura-sama?

O chefe da ilha deixou escapar um profundo suspiro.

— Quando Mikura-sama tornou-se o Oráculo, Nami-no-ue-sama entrou naquela choupana. Ela viveu ali sozinha daquele momento em diante. Então, ninguém jamais a via. Evidentemente, os adultos entravam no Amiido sempre que havia um funeral, e viam Nami-no-ue-sama nessas ocasiões.

— Mas como é possível que ela tenha morrido na mesma hora que Mikura-sama morreu?

— Quando o sol não volta a nascer, a noite também não pode retornar.

O que aquilo significava? Que assim que Mikura-sama morreu, Nami-no-ue-sama passou a não poder mais viver? Será que foi por isso que nós havíamos rezado tão fervorosamente pela vida longa de Mikura-sama? Na mesma toada, eu agora teria também de rezar para que Kamikuu vivesse muito, não teria? Será que era isso o que mamãe quis dizer quando me contou que Kamikuu e eu havíamos nascido para sermos opostos? Eu não entendera quando ela me dissera que Kamikuu era *yang* e eu era *yin*, ou quando Mikura-sama dissera que eu era "impura". *Eu era a impura*. Mas Mahito e eu havíamos ingerido a comida que fora preparada para Kamikuu. Nós havíamos nos unido em amor. E agora eu estava carregando em meu ventre o filho dele. Quando pensei em todas as minhas transgressões, fiquei tão aterrorizada que desmaiei.

Quando voltei a mim, o sol havia se posto e eu estava cercada de escuridão. Eu estava deitada na grama macia no centro do círculo. É claro que ninguém estava ali agora. A lua estava visível, e eu pude ver os caixões que haviam sido colocados dentro da caverna. Quando olhei mais de perto, pude ver o que pareciam ser outros caixões mais atrás. Vários deles. Eu jamais havia visto um cadáver, e estava tão assustada que comecei a rastejar no chão, agarrando a grama alta. Comecei a pensar que eu mesma poderia estar morta. Eu estaria melhor assim. Pensei em me jogar no mar. Eu teria de sair do Amiido para fazer isso. Toda a minha força seria necessária para escalar o penhasco circundante.

Comecei a procurar o caminho de saída, olhando com firmeza ao luar. Por fim, encontrei o túnel em meio às árvores. Mas assim que tentei forçar a passagem por elas, descobri que um portão havia sido colocado no caminho, tornando impossível para mim sair dali. Eu estava trancada no interior do cemitério. Meu pai e meus irmãos estavam em pé na escuridão do outro lado do portão. Eu me enchi de alegria, corri na direção deles e chamei:

— Papai! Irmão Mais Velho! Por favor, ajudem-me a abrir o portão.

— O portão permanecerá onde está pelos vinte e nove dias de vigilância. Nós o tiraremos depois disso. Ele está aqui para que possamos ter certeza de que os espíritos dos que morreram recentemente não saiam do Amiido e vaguem pela ilha.

O mais velho de meus irmãos falava baixinho. Em geral eles não eram particularmente delicados comigo, provavelmente porque o pai deles e o pai que eu compartilhava com Kamikuu não fossem o mesmo. Mas naquela noite eu ouvi delicadeza na voz de um deles.

— Irmão, eu estou com medo de ficar aqui sozinha. Como vou poder viver aqui por vinte e nove dias?

Sem saber o que dizer, ele fixou os olhos no chão. Eu enfiei os braços através das grades do portão e segurei meu pai, mas ele empurrou minhas mãos para longe.

— Namima, eu lamento por você, mas não há nada que eu possa fazer. Ninguém pode desafiar as leis da ilha. Kamikuu precisa viver sozinha e dedicar sua vida às orações e aos rituais. Nós homens devemos sair para pescar e passar nossos dias no mar. Outros precisam ficar com fome. Nessa ilha, nós vivemos a vida que nos foi dada, ou nos tornamos iguais à família Umigame, deixada de lado para apodrecer.

Meu pai falava com uma voz tão baixa que os finais de suas frases eram engolidos pelo som das ondas. Eu estava tendo dificuldades para ouvi-lo. Mas entendi uma coisa com perfeita clareza. Eu não podia escapar dali. Deveria passar toda a minha vida trancada lá em cima com os mortos, como Nami-no-ue-sama antes de mim, cuidando de seja lá qual novo cadáver me fosse entregue. E se, antes da própria Kamikuu morrer, eu tivesse um filho, ele seria certamente morto pelo chefe da ilha assim que as pessoas soubessem de sua existência. Antes de perceber, eu estava gritando.

— Eu quero ver a minha mãe! Por favor, tragam-na aqui.

Meu irmão ficou aborrecido com a minha explosão.

— Você não é mais uma criança, Namima! Por acaso Kamikuu não deixou a família quando tinha apenas seis anos de idade para começar seu treinamento para tornar-se o Oráculo? Você viveu em casa e desfrutou de uma infância feliz. Isso é o suficiente!

Eu continuei a chorar e a choramingar, mas meu pai e meus irmãos dirigiram-se à trilha, recusando-se a voltar. Eu fiquei parada ao lado do portão até o nascer do dia. Estava aterrorizada com o cemitério. Aquelas noites em que eu percorrera a trilha escura até minha casa vindo da choupana de Mikura-sama pareciam agora um sonho — as noites em que eu encontrava Mahito, compartilhava secretamente com ele a comida sagrada e me deitava com ele. Agora eu havia sido jogada naquele mundo desconhecido, mantida ali por um enorme portão. Eu podia ver o Alerta ao longe, além do qual eu não podia voltar a pisar. E quando pensei que jamais seria capaz de ver Mahito, fiquei tão sufocada de tristeza que mal consegui respirar.

Quando o dia finalmente nasceu, eu enxuguei as lágrimas e voltei ao cemitério. Entrei na diminuta choupana de Nami-no-ue-sama. Era rústica, apertada e desgastada. A luz do sol que penetrava pelas frestas revelava uma prateleira pendente e, jeitosamente dispostos sobre ela, havia uma colher e um par de pauzinhos feitos de concha, um pequeno vaso feito de um coco que muito provavelmente chegara à praia e uns poucos utensílios. Eu jamais havia me encontrado com Nami-no-ue-sama, mas quando vi a frugalidade de sua vida, flagrei a mim mesma dando suspiros incontroláveis. Eu seria a próxima a levar uma vida semelhante.

De repente, senti vontade de saber quem havia sido Nami-no-ue-sama. Eu queria ver o rosto dela. Virei-me com determinação e entrei na caverna. A parte mais profunda estava repleta de caixões em todos os estágios de decomposição.

Havia alguns pequeninos entre os outros que eu imaginei pertencerem aos irmãos bebês de Mahito. O cheiro úmido e bolorento de decomposição que exalava em meu rosto era indescritivelmente atroz. Os dois novos caixões estavam na entrada da caverna. Ergui lentamente a tampa do menor e mal talhado deles e vi o corpo de uma mulher velha, baixa de estatura e com compridos cabelos brancos. Eu arquejei. Aquela era a mulher que eu vira na primeira noite em que entreguei a comida de Kamikuu. A pessoa que eu imaginara ser uma deusa. Ela se parecia com Mikura-sama. Quando eu nasci ela já estava no Amiido, servindo como a sacerdotisa das trevas.

"Você viveu em casa e desfrutou de uma infância feliz!" Eu lembrei as palavras que meu irmão dissera para mim na noite anterior. Kamikuu escolhera propositalmente não me contar isso. Ela sabia que Mahito e eu estávamos comendo suas sobras. Foi graças a ela que eu fora capaz de desfrutar de uma infância feliz. Mas será que eu desfrutara mesmo? Eu ainda podia sentir a pressão do dedo de Mikura-sama tanto tempo atrás no dia do aniversário de Kamikuu. Aquele gesto havia vaticinado o fim da minha "infância feliz". Pode ser até que as pessoas não fofocassem a meu respeito escancaradamente, mas eu sentia que elas olhavam para mim como alguém digna de pena, ou desprezada, porque eu havia sido pronunciada impura.

Ninguém me falava de Nami-no-ue-sama porque viam a mim como a haviam visto — como alguém indigna de ser notada. Era como se eu fosse invisível. Eles não se comportavam assim por ódio mas era, entretanto, um comportamento nefasto. Para eles, eu não era melhor do que um pequenino grão de areia preto no fundo do mar, bem no fundo do oceano, onde os raios do sol não chegam nunca. Era bastante apropriado que a sacerdotisa das trevas recebesse a incumbência de governar o fundo do mar.

E quanto a Mahito? Meu coração ficou congelado. Ninguém entregaria comida a Kamikuu agora, não é verdade? Certamente ela seria cercada por propostas de casamento feitas pelos jovens da ilha, ansiosos para auxiliá-la na produção da próxima geração do Oráculo e da sacerdotisa das trevas.

O reinado de Mikura-sama estava encerrado. Essa verdade tomou conta de mim enquanto eu olhava de relance para o outro caixão recente na caverna. Eu era a única ali na escuridão, a única trancada com os mortos. E se eu jamais tivesse conhecido Mahito, não teria motivos para me preocupar tanto com isso.

Mais uma noite chegou. Eu havia aberto os dois caixões e olhado o rosto das mortas. Mas assim que escureceu fiquei aterrorizada por estar ali sozinha. Pensei em Nami-no-ue-sama passando a vida ali sozinha e meus olhos encheram-se de lágrimas. Mas na noite em que eu a vi, ela havia saído do Amiido e estava vagando pelas praias do mar escuro.

O reino da noite é o reino dos mortos. É um reino além do alcance dos raios de sol. Um reino bem abaixo das ondas no leito do mar. Quando o sol contornasse lentamente a ilha, eu deveria vagar em meio aos rochedos do leito do mar onde não existe luz, oferecendo orações para os mortos. Eu não sabia como fazer algo assim. Sentei-me trêmula dentro da choupana, esperando que o sol voltasse a nascer.

Ouvi passos. Os espíritos e fantasmas devem ter escapado de dentro da caverna para cercar a choupana, eu pensei. Eles vieram atrás de mim, da que acabou de chegar. Eu não sabia acalmar um espírito inquieto. Lembrei o que as outras mulheres haviam feito quando a procissão do funeral alcançara o cemitério: juntei as mãos e baixei a cabeça com todo o poder que consegui reunir. Meus dentes estavam batendo de medo. Ouvi uma batida.

— Namima, abra a porta.

Mahito? Eu estava aturdida demais para me mover. A porta abriu e ao luar vi a figura alta de um homem entrando. Mahito viera me ver, mesmo em um lugar imundo como aquele. Sem conter a alegria, pulei nos braços dele. Seu peito era aconchegante e seu coração estava batendo insanamente. Enquanto nos abraçávamos, compreendi o que significava estar viva. Eu amava Mahito e não conseguia me soltar de seus braços.

— Mahito, eu...

Ele colocou o dedo em meus lábios para interromper minhas palavras.

— Eu sei. Mas Mikura-sama pode nos ouvir. Precisamos ficar em silêncio.

Tremi só de pensar que tínhamos de ser cautelosos até mesmo na presença dos mortos. O espírito dela provavelmente ainda estaria vagando por este mundo. Nós tínhamos de ser cautelosos. Eu sussurrei a Mahito, enquanto lágrimas escorriam-me pelo rosto:

— Eu carrego um filho seu.

Vi a surpresa espalhar-se no seu rosto. Ele pensou por um minuto e então murmurou, a voz forte:

— Namima, nós precisamos sair da ilha.

Mesmo que tivéssemos um barco, as ondas eram ferozes — e os ilhéus tinham suas embarcações de pesca atracadas no litoral não muito distante dali: se tentássemos navegar até uma ilha vizinha, eles nos pegariam e nos trariam de volta. Eu ouvira falar que, muito distante dali, havia uma grande ilha conhecida como Yamato. Ninguém jamais viajara até um destino tão distante.

— Eu vou arrumar um barco e algumas provisões. Quero que você espere por mim.

Eu assenti com a cabeça, como se estivesse em um sonho. Imaginei se o fantasma de Mikura-sama podia nos ouvir.

— Mahito, por favor espere até que os vinte e nove dias tenham acabado.

— Isso é tempo demais.

Eu também duvidava que pudesse esperar até lá. Mas sentia muita pena por Nami-no-ue-sama, esquecida por sua família e forçada a ficar num lugar onde ela só tinha contatos com outras pessoas durante os funerais. Nami-no-ue-sama sorrira para mim naquela noite tanto tempo atrás. Eu queria cuidar para que seu espírito seguisse para o outro mundo.

— Eu volto para te buscar.

Assim que acabou de dizer isso, Mahito desapareceu na escuridão. Eu estava certa de que meu pai e meus irmãos estavam vigiando a entrada do Amiido para garantir que eu não tentasse escapar. Mahito deve ter entrado por um caminho diferente. Rezei para que ninguém o visse saindo. E rezei pelo repouso dos espíritos de Mikura-sama e Nami-no-ue-sama. Depositei a minha confiança em Mahito.

Depois que alguns dias se passaram, a pele dos rostos de Mikura-sama e Nami-no-ue-sama começaram a rachar. A decomposição começara. O cheiro da morte impregnava novamente a caverna. Fiquei assustada, mas mantive a vigilância sobre os corpos em decomposição das duas mulheres.

Eles eram exatamente como os corpos dos animais em decomposição, eu disse a mim mesma. Eu precisava permanecer forte.

Uma noite Mahito apareceu. Ele entrou na choupana silenciosamente e me abraçou. Eu senti a excitação dele, e senti a mim mesma voltando à vida. Ele falou rapidamente, num tom de voz baixo:

— Namima, eu ouvi falar que a sua mãe está tão preocupada com você que vem todo dia até a entrada do Amiido. Espera-se que Kamikuu se case com Ichi, o primogênito da família Samé, homônimo de Tubarão. As núpcias acontecerão quando os vinte e nove dias tiverem se encerrado. Se a nossa intenção é escapar, temos de fazê-lo na noite do casamento deles. Todos estarão bêbados e distraídos e os homens adiarão sua pescaria até que a cerimônia tenha acabado.

Soltei um suspiro de alívio. Ultimamente, a minha barriga começara a crescer. Contanto que eu estivesse no Amiido, ninguém saberia que eu estava esperando um filho, mas quando fosse descoberto que a guardiã da degradação da morte não era mais virgem, o chefe da ilha provavelmente mandaria me matar.

— Você tem um barco?

— Meus irmãos mais novos me ajudaram. Eles consertaram o barco velho do meu avô. E estamos com comida estocada.

Eu rocei a face no braço de Mahito.

— Mahito, como você conhece o caminho até o Amiido?

— Eu vinha aqui cuidar dos meus irmãozinhos mortos. Eu conhecia Nami-no-ue-sama.

Eu imaginei se ela ficara sabendo do que Mahito e eu faríamos. Eu queria perguntar a Mahito se ele havia contado a ela, mas ele saiu silenciosamente da choupana.

— Eu volto — disse ele antes de ir embora.

Mahito aparecia de vez em quando. Suas visitas me mantinham viva. Todo dia eu comia a comida que alguém colocava na frente do portão para mim. Eu bebia a água do poço atrás da choupana. E todas as manhãs eu levantava as tampas dos dois caixões e verificava os corpos lá dentro. A carne começava gradualmente a desaparecer. Sempre que caía uma chuva forte, a umidade alcançava até o fundo da caverna e o cheiro de decomposição dominava tudo.

Uma noite pensei ter ouvido passos contornando a choupana. Comecei a chamar por Mahito, mas parei no último segundo e fechei a boca. Havia mais de um par de pés. Será que um grupo chegara do vilarejo? Fiquei assustada, mas abri a porta e dei uma espiada lá fora. Mikura-sama e Nami-no-ue-sama estavam juntas na clareira. Elas haviam reconquistado suas formas originais e estavam carinhosamente de mãos dadas.

— Obrigada, Namima — disse Mikura-sama, cumprimentando-me. — Temos de ir embora agora.

Nami-no-ue-sama sorriu com doçura e acenou para mim delicadamente. Elas deram a impressão de flutuar sobre a relva até desaparecerem na mata. A lua brilhava intensamente enquanto eu as segui em silêncio. Meu temor havia desaparecido. Elas estavam com a aparência feliz e senti-me compelida a ir atrás delas. Elas começaram a escalar o penhasco atrás do Amiido com algum esforço. Ao atingirem o topo, avançaram um passo como se fossem se jogar no mar, e mais uma vez deram a impressão de flutuar ao longo da superfície. Enquanto eu as observava partirem, percebi que os meus vinte e nove dias de vigilância haviam acabado. Sentei-me no chão e chorei.

Na manhã seguinte, quando caminhei até a entrada do Amiido, vi que não havia mais portão. Eu era a sacerdotisa das trevas. E sabia que, com portão ou sem portão, não me era permitido ir até o vilarejo na luz do dia. Eu era a sacerdotisa dos mortos, a impura.

Naquela noite, da minha choupana no Amiido, eu ouvi as festividades do casamento. Eles tocavam o grande tambor taiko e tangiam o arco de duas cordas. As vozes do povo em festa reverberavam através da ilha. Mahito apareceu. Eu agarrei a mão dele e, quando saí da cabana de Nami-no-ue-sama, levei comigo a colher feita de concha e nada mais. Nós caminhamos juntos em meio à escuridão.

Passamos pelo Alerta e descemos a estrada em direção ao promontório mais ao norte. Tomamos cuidado para não sermos picados pelos espinhos de pândano e prosseguimos lentamente na direção norte. O barco de Mahito estava atracado no promontório norte, onde apenas os Oráculos haviam pisado. As ondas ali eram grandes e poderiam muito bem engolir nossa pequena embarcação ou nos mandar para alguma ilha desconhecida. Mas nós seguimos em frente, de mãos dadas. Eu não estava com medo. Eu estava indo para uma terra desconhecida, e lá daria à luz os filhos de Mahito um após o outro. Liberdade! Meu coração saltava no peito como uma bola. Olhei para o perfil de Mahito. Ele carregava uma tocha feita de galho de pinheiro enquanto passávamos pelo bosque de pândano. Eu o amava do fundo de meu coração. Daria a minha vida por ele de bom grado.

RUMO AO REINO DOS MORTOS

1

Minha morte veio sem aviso. Não havia vento, não havia ondas, e a lua e as estrelas ainda não haviam aparecido. A noite estava tão escura e mesmo assim era como se tudo e todos no mundo houvessem ficado imóveis. Foi quando aconteceu.

O barquinho que levava meu marido, Mahito, nosso bebezinho e eu adejava delicada e suavemente, como um berço. Na pura escuridão, as ondas mal eram perceptíveis. Eu mantinha meu bebê junto ao peito, e Mahito, sentado atrás de mim, envolvia-me em seus braços. Nós dormíamos na mais completa paz.

Subitamente, eu acordei sentindo uma horrível inquietude. Abri meus olhos e olhei ao meu redor, mas não vi coisa alguma. O céu estava negro e infinito. Era como se o tempo tivesse acabado. A magnitude do firmamento pesava sobre mim como um dossel escuro.

Eu enfraquecera. A longa viagem pelo mar me esgotara. Mas eu também estava exausta devido ao parto. Poucos dias antes eu dera à luz nossa filha a bordo do pequeno barco. E que parto doloroso fora aquele. Eu berrei de agonia por um dia e uma noite inteiros. Então, quando tudo acabou, e eu segurei minha preciosa filha pequenina de encontro ao peito, fiquei embriagada por uma felicidade suprema: eu cumprira uma tarefa muito importante e nós logo chegaríamos a Yamato. Se eu sentia alguma incerteza, ela era proporcionada pela preocupação acerca do bem-estar de minha filha, nascida no mar. Será que ela chegaria em segurança em terra firme? Jamais havia me ocorrido que seria eu quem morreria. Eu dei à minha filha o nome de Yayoi, pois significava "a calada da noite".

Até aquele ponto nossa viagem seguira tão sem percalços que mais parecia um milagre. Ocasionalmente dávamos de cara com uma tempestade forte o bastante para afundar nosso barquinho num piscar de olhos, mas conseguíamos nos desviar dela. Nós estávamos no mar havia mais de seis meses, e um infindável número de infortúnios poderia nos ter atingido, mas nada aconteceu. Mahito e eu permanecíamos saudáveis. Era como se tivéssemos sido abençoados por uma sorte desmedida, como se alguém estivesse cuidando de nós. Evidentemente, isso não significava que nós nunca nos desesperávamos para alcançar nosso destino, mas tais momentos eram raros e quase sempre afugentados em função de um novo golpe de sorte.

Havia dias em que nossa água potável estava no limite, e então uma grande nuvem escura se formava no horizonte para nos proporcionar uma chuva doce e cálida. Quando nossa comida escasseava, nós nos víamos cercados por um cardume de pequeninos peixes. Aves marítimas, desgastadas por suas longas viagens, caíam em nosso barco como se dissessem, comam-nos, por favor! Quando estávamos justamente à beira da exaustão e incapazes de seguir em frente, uma suave brisa guiava nosso barquinho até um banco de areia onde podíamos descansar. Imperceptivelmente à deriva no meio do oceano, os bancos de areia eram feitos de coral e compunham pequenas e delicadas formações de terra. Pequenos demais para serem chamados de ilhas — e facilmente obscurecidos por alguma onda grande que os atingisse — eles eram como miragens flutuantes. E, o mais estranho de tudo, no coração desses pequenos e simpáticos bancos de areia, nós encontrávamos uma borbulhante fonte de água fresca cercada de palmeiras. Como era possível encontrar um local como esse no meio do mar? Mesmo estando parcialmente descrente e parcialmente crente no que víamos diante de nós, quando nossos olhos afundavam na areia depois de tantos meses no mar, nós mal nos contínhamos de tanta alegria. Nós enchíamos nossas bocas de folhas verdes, e bebíamos a água fresca até que nossas barrigas começassem a doer. E então, quando voltávamos para nosso barco e para a longa viagem que ainda tínhamos pela frente, nos sentíamos renovados, nossos espíritos restaurados.

Talvez toda essa boa sorte tenha nos acompanhado para que eu pudesse dar à luz em segurança minha preciosa filha. E, na mesma toada, talvez tivesse sido preestabelecido que eu morreria pouco antes de chegar em Yamato. Era assim que deveria ser: eu tinha de ir até a deusa para servir ao lado dela. Mas naquele momento eu não sabia nada disso e, tonta de felicidade, eu acreditava que — Mahito e eu, tão jovens e fortes, poderíamos fazer qualquer coisa. Que arrogância!

No dia em que minha filha nasceu, talvez porque o tempo estivesse surpreendentemente bom, nós conseguimos ver a forma de uma ilha assomando no horizonte à nossa frente. Meu coração acelerou de expectativa.

— Ali deve ser Yamato. Nossa longa e árdua viagem está chegando ao fim — sussurrou Mahito enquanto eu estava deitada de lado, os olhos fechados. Eu estava exausta, mas consegui sorrir, estimulada pela esperança. Quando alcançássemos

Yamato, Mahito me dizia, nós construiríamos uma pequena cabana em frente ao mar, onde viveríamos, pobres porém felizes. Isso era o que ele me dizia seguidamente. Como eu ficava feliz, sabendo que a minha filha escapara da sina que seria imposta a ela em nossa ilha.

E como eu estava enganada! Sempre fora a minha sina tornar-me a sacerdotisa das trevas, meu fardo desde o nascimento — não, até antes do nascimento. Mas eu tentara desafiar o destino. Eu me apaixonara por um homem que estava amaldiçoado, fugira da ilha com ele e tivera uma filha dele. Muito embora meus pecados fossem muitos, a deusa não me castigou. Em vez disso, ela me atraiu até ela. Como eu fiquei grata por sua leniência.

2

Despertada pela inquietude, encontrei-me mirando o céu noturno. Ao longe ouvi peixes saltitando no mar. Virei-me para ver e captei o brilho de uma luz bem distante, iluminando o céu retinto. Nesse único e breve segundo, avistei as cristas brancas das ondas estendendo-se até onde a vista alcançava. Eu sabia que nós ainda estávamos no mar, mas eu tinha a sensação de que estávamos vagando por um lugar vasto, escuro e hostil. Temerosa, grudei-me à minha filha, aterrorizada com a possibilidade de ela ser arrancada de mim.

— O que foi? — perguntou Mahito, sobressaltado com meus movimentos.

— Estou com medo.

Enquanto falava, eu sentia meu peito se contraindo. Eu não conseguia respirar. Tentei gritar mas não consegui emitir nenhum som.

E então percebi que a pressão na minha garganta estava sendo feita pelos dedos cálidos de Mahito. Ele estava atrás de mim, me estrangulando. Mahito? Por que ele estava tentando me matar? Eu não conseguia acreditar naquilo. No entanto, os dedos em minha garganta eram dele. Eu os ataquei com violência. A pequena Yayoi em meu peito começou a berrar. E então, pouco antes de dar meu último suspiro, ouvi Mahito dizer numa voz sofrida:

— Namima, perdoe-me.

Eu morri sozinha, confusa. Não fazia a menor ideia do que aconteceria comigo. Aquelas palavras de despedida haviam sido ditas de modo tão repentino: "Namima, perdoe-me." Aos poucos, meu corpo foi ficando frio, mas eu ainda conseguia ouvir a voz trêmula dele, sentir as lágrimas escorrendo por meu rosto, e os pequenos lábios de Yayoi em meu peito. Meus sentidos permaneciam vivos, mas meu corpo enrijeceu e, à medida que os dias foram se passando, minhas entranhas começaram a apodrecer. Meus sentidos foram sumindo aos poucos.

Mahito preparou meu corpo para o funeral. Ele enfeitou meus cabelos com ornamentos brancos que confeccionou com ossos de peixe e adornou meu corpo com penas de aves marinhas e com algas que recolhera quando elas passavam flutuando pelo barco. Quando terminou, jogou meu corpo no mar.

Eu fiquei deitada no escuro leito do mar, meus ossos lentamente afundando na areia. Por um tempo, permaneci vagamente consciente, meus sentidos reduzidos porém ainda presentes. Entretanto, gradativamente, também eles começaram a desaparecer. Somente a minha consciência permanecia. Pequenos peixes refestelavam-se da carne grudada ao meu esqueleto. E quando ela terminou de ser consumida, eu não era nada além de ossos.

Eu sentira uma enorme felicidade em dar as costas ao tabu da ilha, em assumir o controle de meu próprio destino — até a minha morte súbita. Por que Mahito fizera isso comigo? Mahito, meu amado. Perturbada, confusa, eu gemia de angústia. Mas não havia nada que eu pudesse fazer agora. Eu estava sozinha no fundo do mar escuro. As areias do leito do oceano me aconchegavam, e cada onda que passava balançava meus ossos para a frente e para trás. Era como se as vagas fossem causadas pelas lágrimas que minha irmã Kamikuu e minha mãe Nisera deviam estar vertendo por mim. "Pobre Namima." Eu podia imaginar o lamento delas. Com o tempo, fiquei mais calma. Não só Mikura-sama como também Nami-no-ue-sama ainda caminhavam pelos mares e eu podia sentir os olhares carinhosos delas nas minhas costas. Era estranho, é claro, já que eu não tinha costas, nenhuma forma visível, no entanto eu conseguia sentir o calor percorrendo suavemente a minha coluna, e comecei a ficar novamente feliz. Em pouco tempo, fiquei acostumada à minha vida no leito do mar.

Quando os meus sentidos retornaram a mim, eu estava numa escuridão tão completa que não conseguia ver os dedos na frente do rosto, mas podia afirmar que não estava mais no mar. Eu estava deitada de costas em um piso úmido. Abri os olhos e olhei ao redor, em busca de algum sinal de vida. Não havia ninguém por perto. Eu não sentia mais a presença de Kamikuu ou de minha mãe. Quando percebi que estava completamente sozinha, fiquei tão atormentada que minha tristeza tornou-se quase insuportável. Mas espere, eu não estava morta? Como eu podia sentir o que quer que fosse? Meu corpo afundara em direção ao leito do oceano e dissolvera-se em diminutos pedacinhos, como se fosse coral decomposto. Eu sabia que agora não era mais do que grãos de areia.

Lentamente, senti meus seios que, não muito tempo atrás, estavam tão cheios que esguichavam leite e molhavam os lábios de Yayoi. Mas meu corpo agora estava vazio — não havia nada a ser tocado, nada com que tocar. O tempo passava. Eu me levantei e tentei andar. Dei um passo, depois outro, cautelosamente, desequilibradamente. Eu parecia estar num túnel. Bem à frente, bem à frente mesmo, eu consegui distinguir uma fina faixa de luz. Encaminhei-me em direção a ela ao longo de uma trilha escura e estreita.

Eu cheguei ao que parecia ser uma abertura. Mas uma imensa pedra havia sido colocada nela, como se para bloquear o caminho. Tênues faixas de luz percorriam as bordas. Eu olhei para meus dedos. Aquela luz brilhava através deles.

— Namima, que bom que você veio.

Eu ouvi uma voz baixa e rouca atrás de mim. Quando me virei na direção dela, vi uma mulher vestida de branco na trilha embaixo de onde eu estava, seus longos cabelos presos num coque no alto da cabeça. Ela estava andando na minha direção. Parecia de origem nobre e uma luz emanava de seu corpo. Ela parecia ligeiramente mais jovem do que minha mãe, mas era também tão magra e pálida que talvez fosse até mais velha do que Mikura-sama. Suas sobrancelhas estavam unidas, demonstrando irritação.

— Namima, não se assuste. Por favor, aproxime-se.

Eu andei em direção a ela. Quando me aproximei, parei e fiz uma mesura, tremendo.

— Eu sou Namima, Mulher-Em-Meio-Às-Ondas, de Umihebi, a ilha das Cobras Marinhas.

— Eu sei muito bem quem você é, Namima. Você é a sacerdotisa das trevas, não é? Antes de você chegar eu não tinha ninguém para me fazer companhia, por isso estou muito contente em ver você.

— Sou grata por sua gentileza, mas posso perguntar qual é o seu nome?

— Izanami, Deusa do Mundo Subterrâneo.

A voz dela não tinha expressão e, para uma deusa, sua aparência era de dar pena.

Eu jamais ouvira o nome Izanami antes. Mas estava claro que ela não era um ser humano e eu estava aterrorizada demais para levantar a cabeça e olhar para ela. Ela disse que era uma deusa — uma divindade — então devia ser. Mas ela não se parecia nem um pouco com a imagem que eu tinha de uma deusa. Quando eu morava na ilha, a deusa com a qual sonhava tinha um rosto delicado e gentil.

— Namima, olhe para mim.

Lentamente, ergui os olhos. Izanami estava em pé bem à minha direita. Eu quase dei um grito de medo. A expressão em seu rosto causou-me perplexidade. Suas sobrancelhas estavam bem juntas, o cenho profundamente franzido. Em um momento ela parecia estar prestes a ter um ataque de fúria, em outros parecia que iria chorar. Eu jamais conhecera ninguém com um rosto tão indecifrável.

Numa voz baixa, Izanami disse:

— Aqui é Yomi, o Reino dos Mortos. Agora que você está aqui, nunca mais poderá voltar ao mundo dos vivos.

— O Reino dos Mortos?

— Exato.

Eu jamais poderia retornar ao mundo dos vivos. Então era verdade. Mahito me matara. De repente, senti novamente os dedos dele em minha garganta e um calafrio percorreu-me a espinha. Eu percebi que estava chorando. Eu podia sentir lágrimas escorrendo pelo meu rosto. Quando me trancaram no cemitério de Amiido, eu ficara tremendamente assustada. Mas embora Amiido fosse um reino da morte, ainda assim eu recebia pessoas vivas. Este lugar, por outro lado, não demonstrava o menor indício de que algo assim pudesse acontecer. Era verdadeiramente o mundo dos mortos.

— Você está chorando, não está, Namima? Este lugar deve dar a impressão de ser bem solitário.

Izanami falara com delicadeza. Eu levei meus dedos transparentes até o rosto. Como era estranho poder afirmar que ele estava úmido de lágrimas geladas.

— Namima, em vez de chorar, olhe à sua volta. Nós estamos em uma encosta chamada Yomotsuhira-saka — a Colina de Yomi. Logo à frente, no alto da grande colina, encontra-se a passagem entre o Reino dos Mortos e o mundo dos vivos.

A voz de Izanami estava saturada de tristeza. Eu levantei os olhos. Ela abriu sua mão delgada sobre a minha cabeça, como se para proteger meus olhos da luz que vazava através de meus dedos.

— Meu marido, Izanaki, colocou aquela pedra ali para bloquear a passagem, portanto ficarei presa aqui por toda a eternidade.

O discurso de Izanami ficou mais áspero, denunciando um toque de desesperança. Quanto mais zangada ficava, mais brilhante se tornava a luz que emanava dela. Eu virei a cabeça para evitá-la e perguntei:

— Antes de seu marido fazer isso, você podia ir e vir de um mundo ao outro? — Eu estaria mentindo se dissesse que não havia um tênue fio de esperança em minha pergunta. Eu podia até estar morta e não estar mais de posse de meu corpo terreno, mas não conseguia deixar de querer voltar ao mundo dos vivos. Eu queria saber o que acontecera com Mahito e Yayoi. Se ao menos conseguisse descobrir por que ele fizera o que havia feito... Se ao menos eu pudesse ver o tipo de mulher que Yayoi tornar-se-ia...

— Se alguém do outro mundo quiser entrar neste aqui, poderá fazê-lo.

Izanami estava de costas para a pedra, a faixa de luz atrás dela. Embora seu corpo fosse emaciado como um galho podre, ela ainda possuía uma postura nobre. Ela levantou bem o braço e apontou para o túnel escuro que se espalhava por baixo dela.

— Namima, esse caminho leva ao Palácio dos Mortos. Lá é frio como o gelo, escuro e completamente vazio. Izanaki e eu fomos no passado um casal feliz. No entanto, aqui estou eu sozinha, separada dele para sempre pela morte.

Eu olhei para baixo na direção do túnel escuro que levava ao fundo da terra. Era como se eu estivesse entrando numa tumba. Será que eu teria de servir a essa deusa e passar o resto da eternidade naquele submundo? Fui assaltada por uma nova espécie de desespero.

Na ilha onde nasci, os mortos eram depositados em túmulos grandes o bastante para que seus espíritos encontrassem a paz. Por fim eles partiriam, sozinhos, para o fundo do mar. Nós acreditávamos que a parte subterrânea da ilha era o mundo dos mortos. Passamos a ter essa crença observando a passagem do sol. Depois que o sol aquece a ilha durante o dia, ele mergulha no mar abaixo da ilha, onde brilha ao longo do leito do mar e então faz seu caminho de volta à superfície para nascer novamente no leste. Sempre que mergulhávamos no mar e víamos a beleza lá embaixo, acreditávamos que tudo isso estava lá para os mortos, o que nos deixava calmos e felizes. Os raios de sol podiam até não alcançar as partes mais fundas do oceano, mas adoráveis vegetações marinhas cresciam nas mais brancas das areias. Correntes de água fria passavam como brisas e acariciavam delicadamente os ossos dos mortos. Mas neste escuro submundo não havia nenhum peixe para beliscar os ossos, nenhuma suave vegetação marinha em que enroscar os pés. Não havia nada além de escuridão, ar fétido e o cheiro de terra.

— Izanami, os mortos nunca têm permissão para sair daqui?

— Até que alguém mova a pedra, nós estaremos aqui para sempre nessa tumba fria e escura.

Izanami estava na minha frente. Ela não olhava para trás enquanto falava.

A pedra. Uma prova de que nossos mundos se ligavam. A pedra lembrava-me o Alerta em minha ilha, o abrupto marco no caminho que seguia em direção ao promontório norte. Ninguém tinha permissão para pisar além daquela rocha. Mas eu pisara, não pisara? Eu estivera além do Alerta e acabei aqui no Reino dos Mortos. A lembrança encheu-me de tristeza.

— Mas isso não significa que não exista uma saída. — De repente, Izanami virou o rosto para mim. Ela olhou fixamente em meus olhos, como se tentando descobrir alguma verdade oculta ali. — Você quer voltar, Namima? Você não pode voltar na forma viva. Mas se quiser voltar, eu lhe direi como pode fazer isso.

Eu estava confusa demais para falar. Izanami jogou os ombros para trás e, com um ar astucioso, disse:

— Mas você não deveria, sabia? Assim que voltar vai sentir muita inveja dos vivos. Vai imaginar por que foi você que veio para um lugar como esse. Isso só lhe trará infelicidade. Namima, o Reino dos Mortos é o lugar que recebe aqueles espíritos que não têm mais para onde ir. Almas intranquilas chegam aqui, aquelas que queimam de ódio, que ainda sentem amor, aquelas incapazes de flutuar livremente para longe de seus anseios terrenos.

Ela estava certa. Eu odiava Mahito e ainda sentia um profundo amor por Yayoi. Eu desejava muito saber como ela estava. O Reino dos Mortos era o lugar perfeito para uma mulher como eu.

3

O breu era tudo o que havia ao meu redor, mas quando eu escutava cuidadosamente, eu conseguia ouvir de tempos em tempos — apenas vagamente — o som das ondas e, bem ao longe, uma tênue batida "zaza... zaza...", como se a própria terra estivesse pulsando. Tendo crescido em uma ilha, eu sentia uma aguda inquietude sempre que ouvia algo assim, imaginando que o som pudesse estar sinalizando para os espíritos dos mortos que eles deviam despertar. A ilha em que nasci, com suas belas praias de areias brancas de coral que cintilavam ao sol, era pequena, facilmente engolida pelos mares quando se formava uma tempestade. Mas uma coisa era constante: o som das ondas. Abaixo da terra, na escuridão total, meu coração ficava dilacerado ao ouvir o que devia ser as ondas. O som fazia com que eu me lembrasse mais ainda do desamparo da minha sina. Ao mesmo tempo, instigava-me a questionar Izanami. Ela estava imersa em pensamentos, sua belas sobrancelhas unidas, seus olhos baixos, como se estivesse aflita. Eu dei tempo ao tempo e, quando a oportunidade aflorou, perguntei:

— Izanami-sama, esse som... ao longe... é das ondas? Nós estamos perto do mar?

Izanami mirou ao longe, como se estivesse ponderando a resposta que daria. Mas ela não estava olhando para nada em particular. Somente a escuridão pairava diante dela. Nosso palácio subterrâneo era iluminado pelo tênue fulgor de fogos-fátuos. A luz fria e débil que eles forneciam parecia nos prender em sua órbita. Além disso, eu vim a perceber, havia escuridão ilimitada. Eu jamais escaparia de algo assim. Eu compreendi isso. No entanto, enquanto a fagulha no fundo de meu ser esfriava, encontrei-me assaltada por lampejos de esperança. Eu estava meditando acerca disso quando Izanami finalmente falou, sua voz grave:

— Yomotsuhira-saka, que separa os vivos dos mortos, localiza-se onde a terra e o mar se separam. O que você ouviu, Namima, são os ecos das ondas, eu suponho.

O lugar onde eu estivera deitada antes, então, seria a entrada de uma caverna de frente para o mar. Era profundamente comovente pensar que as ondas que eu estava ouvindo agora existiam no mundo dos vivos. Fez com que eu desejasse ainda mais retornar ao nada anterior da morte. Por que eu fora trazida para cá? Por que eu deveria sofrer novamente os desejos e a mágoa que conhecera antes, quando estava viva?

— Izanami-sama, o que me trouxe até aqui? Eu estava morta, não estava? Eu quero voltar para aquele estado de oblívio. Quando eu morri, fui separada dos vivos por toda a eternidade. Eu quero dormir em paz, livre de tudo. Por favor, deixe-me voltar à morte.

— Namima, nem eu nem você temos permissão para estarmos naquele nada. Você é indicada para essa existência. É a sacerdotisa das trevas, então, quem melhor do que você?

Eu olhei para o átrio do palácio ao meu redor. Enormes pilares de pedra assomavam acima do frio piso de pedra, cada conjunto a uma distância igual do outro. Havia tantos pilares que eu mal conseguia contá-los. Eles estendiam-se até onde a vista alcançava, os mais distantes dissolvendo-se na escuridão. Eram imensos, tão largos que três pessoas podiam juntar as mãos ao redor de um deles e ainda assim não conseguir abraçá-lo, e tão altos que os topos desapareciam na escuridão acima. O Palácio de Yomi parecia interminável, seguindo em direção a um espaço infinito.

Nas sombras lançadas pelos pilares, serviçais encontravam-se em atenção silenciosa, prontos para atender o chamado de Izanami. Aqui e ali eu avistava lampejos de espíritos pairando em forma humana.

— Aqueles que não conseguem se libertar de seus apegos vêm para o Reino dos Mortos. A maior parte são espíritos que rastejam pela escuridão. Eles não possuem nenhuma forma, nenhum sentimento, nenhum pensamento. São meramente os espíritos que perduram de ex-seres humanos. Olhe ao seu redor, Namima. Pode parecer apenas escuridão a você, mas inúmeros espíritos estão a nossa volta.

— Eu comecei a sentir a presença deles.

Enquanto eu falava, um grupo de espíritos sem nome aproximou-se de mim e eu pude sentir o ar escuro ficar mais denso com sua presença: os espíritos de humanos que haviam morrido com desejos não resolvidos. Subitamente acometida de uma inquietude que não conseguia nomear, eu me afastei e falei novamente com Izanami:

— Nami-no-ue-sama está aqui?

— Ela não está. Ela cumpriu o seu destino.

Eu me lembro de como ela sorrira para mim. Nami-no-ue-sama, Mulher-Sobre-As-Ondas. Ela acabara sua vida junto com Mikura-sama e se resolvera bem. Mas, aparentemente, eu não teria um fim semelhante.

— E Mikura-sama, ela está aqui?

— Mikura-sama também não está aqui.

— Onde elas estão?

Izanami apontou para cima.

— Elas estão nos céus com os deuses, eu suponho.

Confusa, eu olhei fixamente para o rosto dela.

— Mas, Izanami-sama, você também não é uma deusa? Por que você não está nos céus? Por que está aqui?

Izanami respondeu com frieza:

— Eu fui mandada para cá na condição de deusa que governa o Reino dos Mortos, a divindade do mundo subterrâneo.

— Mas como isso se deu?

— Porque meu marido, Izanaki, demorou a visitar-me. E depois quebrou sua promessa. Eu guardo rancor de meu marido, Namima, exatamente como você.

A explicação de Izanami deixou-me ainda mais perplexa do que antes. Eu não conhecia as particularidades da briga entre Izanami e Izanaki; e estava igualmente em dúvida acerca das qualidades que eu tinha e que haviam me levado a servi-la. Ela disse que era porque eu era a sacerdotisa das trevas. Mas eu abandonara o meu posto e infringira a lei da ilha.

— Izanami-sama, antes você disse que eu era indicada para esse lugar porque sou a sacerdotisa das trevas. Mas eu dei à luz uma criança e isso em si já me desqualifica para o papel.

Os lábios de Izanami franziram-se ligeiramente para cima no que pareceu ser um sorriso.

— É precisamente porque você deu à luz uma criança que você é perfeitamente talhada a me servir. Para mim, existe uma profunda conexão entre morte e nascimento. Eu morri dando à luz, sabia?

— É mesmo? E meu marido me matou depois de eu ter dado à luz.

— Sinto pena por você, Namima. Minha morte não teve um décimo da amargura que a sua teve. Depois que eu morri, meu marido veio ao Reino dos Mortos encontrar-se comigo, e nós nos separamos depois disso.

Fiquei surpresa com o fato de Izanami, que certamente morrera há muito, muito tempo, ser capaz de sentir-se solidária comigo. Isso deve ser porque a minha sina havia sido muito mais trágica do que a de qualquer outra pessoa. Mas o que *acontecera* comigo? Por que eu tive um fim como aquele? Eu podia sentir a escuridão da incerteza exasperada rastejando sobre mim. Será que havia alguma forma de escapar disso?

4

Um único dia no subterrâneo Reino dos Mortos passava lentamente, muito mais lentamente do que os dias no mundo dos vivos. Enquanto eu servia Izanami, Mahito teria envelhecido e Yayoi se tornado uma mulher adulta. Ou talvez ela já estivesse velha. Será que ainda estavam vivos? Se tivessem morrido, teriam morrido em paz, disso eu tinha certeza. Do contrário, estariam aqui.

Izanami sabia tudo sobre os mortos inquietos. Todos os dias ela escolhia mil pessoas para morrer. Era a sua principal tarefa. Certamente ficávamos a par daqueles que eram incapazes de fazer uma passagem tranquila, cujos espíritos inquietos continuavam desejosos de reclamar. Hoje, um grupo de homens e mulheres estavam alinhados na entrada dos aposentos de Izanami clamando para entrar, olhares aturdidos e dispersos em seus rostos.

Izanami, vestida em seus trajes brancos, passava a maior parte de seu tempo em sua câmara parcamente iluminada. Um mapa do mundo dos vivos estava aberto no centro da sala. Quando olhei para ele pela primeira vez, pareceu-me o enorme leito seco de um lago. Mas olhando atentamente para a escuridão, logo vi que ele continha representações de oceanos e ilhas. Altas montanhas e seus picos e rios formando canais profundos. Izanami postava-se diante do diagrama de Yamato e dava alguns passos para a frente e para trás. Ela segurava um vaso branco transparente cheio de uma água escura, que ela borrifava sobre o mapa. A água era levada todas as manhãs por seus serviçais, que a tiravam de um poço no interior do palácio.

Se as gotas de água de Izanami pousavam em uma pessoa, esta morreria — a menos que já estivesse morta devido a alguma doença, um acidente ou à idade avançada. Entre os escolhidos, apenas os inquietos faziam a viagem até o Reino dos Mortos, aqueles incapazes de flutuar livremente para longe de seus desejos. Quando Izanami decidia essas mortes, eu ficava ao lado dela para lhe prestar auxílio. Eu imaginava, enquanto estava lá parada, como era possível que uma deusa tão bela passara a desempenhar uma tarefa tão desagradável.

Um dia, as gotas de água negra voaram até o pico de uma montanha e espirraram em meu rosto. O calafrio fez com que eu estremecesse e levantei a mão para enxugá-las.

— Izanami-sama, antes de começar você já sabe quem vai marcar com a água da morte?

Izanami virou-se na minha direção.

— Eu as seleciono.

— Como?

— Eu mato todas as mulheres com quem Izanaki se uniu.

Eu respirei fundo.

— Como sabe quem são elas?

— Ele assumiu a forma de um homem e viaja para todos os cantos. Mas eu recebo relatórios de todos os tipos de seres vivos, e dos mortos também. Sou capaz de segui-lo aonde quer que ele vá. Ele jamais será capaz de escapar de minha mão mortífera.

— Mas você não mata Izanaki.

Izanami virou-se para mim com um olhar vazio.

— Izanaki é um deus. Ele não pode morrer.

— Mas você morreu.

O rosto de Izanami ficou sombrio.

— Eu sou uma divindade, é verdade. Mas morri por causa do parto. É sempre a mulher que morre. — Uma profunda amargura vazava de seus olhos, junto com um olhar de resignação. O que estaria se passando na sua cabeça? O que acontecera com ela? Meu coração estremeceu. Que poder tinha eu para me proteger agora? Evidentemente, eu já estava morta. Não havia possibilidade de ela ou de qualquer outra pessoa me matar novamente. De que eu deveria ter medo? Mas mesmo assim eu estava aterrorizada.

— Izanami-sama, eu ficaria muito grata se você me contasse como foi que se tornou a Deusa do Mundo Subterrâneo. Eu gostaria de saber da sua dor, de seus sofrimentos. — Fiz um esforço combinado para olhar diretamente para ela enquanto falava.

Izanami abriu bem os olhos mas — talvez porque tivesse passado tanto tempo cercada pela escuridão — eles não conseguiam se fixar em coisa alguma. Eu pensei que ela estivesse olhando para mim mas não tinha como ter certeza. Eu olhava fixamente para os olhos dela, achando difícil distinguir a escuridão do palácio da escuridão daqueles olhos. Alguns momentos se passaram e então Izanami por fim começou a falar.

— Finalmente eu tenho alguém que ouvirá o que tenho a dizer. Eu posso tirar o peso de meu coração e dar vazão a todos os meus sentimentos. Eu vivo presa aqui, atada a essa roda de sofrimento. Desde que me descobri trancada no Reino dos Mortos, tenho passado o meu tempo selecionando aqueles que devem morrer. Isso me traz algum alívio. Mas então, quando penso nele, um ódio descomunal acumula-se em meu ser, e é ainda mais intenso porque não tem para onde ir. Portanto, eu sofro. É claro que decidir quem vai morrer não é algo que nos traga alegria. É doloroso para aqueles que são escolhidos, e eu preciso suportar o fardo do sofrimento deles por toda a eternidade. Namima, você sabe qual é a pior sensação que existe? O ódio. Agora eu preciso esperar que o fogo do meu ódio seja extinto. Até isso acontecer, não pode haver paz. Mas quando o fogo será extinto? Foi graças a Izanaki que fui obrigada a ficar nessa tumba fria e escura embaixo da terra e, enquanto eu ficar presa aqui, o fogo do ódio jamais se apagará. Por favor, ouça-me.

5

A voz de Izanami assumiu um tom de formalidade elevada.

— Eu falarei da criação de nosso mundo, milhares e milhares de anos antes de você nascer, Namima. Num passado, muito, muito longínquo, não havia nada, não havia terra, não havia mundo, apenas o caos turbulento. Dessa desordem, a matéria informe e sem fronteiras foi dividida em céu e terra. E em seguida ocorreram outras divisões, sempre em pares complementares até chegarmos ao mundo como nós sabemos que foi concebido. Céu e terra, homem e mulher, nascimento e morte, dia e noite, luz e treva, *yang* e *yin*. Você pode estar imaginando por que tudo foi disposto em pares dessa maneira, mas uma entidade única teria sido insuficiente. No começo, dois tornaram-se um e, dessa união, uma nova vida se fez. Sempre que uma entidade única era disposta em par com seu oposto, o valor de ambos tornava-se claro a partir do contraste, e a associação mútua apenas enriquecia o significado de ambos.

"O céu nasceu do caos, bem como a terra. Quando céu e terra dividiram-se, Ame-no-mi-naka-nushi, a divindade do Centro Celestial, emergiu na Planície do Alto Céu e passou então a governar no coração dos céus, sendo exaltado acima de todos. Logo depois, Takami-musuhi, a divindade da Criação Celestial, e Kamu-musuhi, a divindade da Criação Terrena, nasceram. Elas não são nem masculinas e nem femininas mas sim divindades únicas, sem sexo, de modo que nenhuma das duas pode aparecer na forma física.

"E a terra? Talvez você esteja imaginando como ela era naquele tempo. Na verdade, a terra flutuava sobre os mares tão sem forma quanto óleo, balançando nas ondas como água-viva. Aqui, dois deuses surgiram. O primeiro foi Umashi-ashi-kabi-hikoji, o estimado Soberano do Cálamo, que dá vida às coisas soprando sobre elas uma energia vital. O outro foi Ame-no-toko-tachi, a divindade Eternamente Presente no Céu, que guarda os céus por toda a eternidade. Esses deuses protegem a permanência dos céus e incitam o desenvolvimento da terra abaixo — a própria existência deles aponta o valor de ambos. Nem Umashi-ashi-kabi-hikoji nem Ame-no-toko-tachi assumem formas físicas. Os cinco deuses que eu apresentei, não possuindo nem corpo nem sexo, são conhecidos como as Cinco Divindades Celestiais Separadas.

"Os próximos deuses a aparecer foram Kuni-no-toko-tachi, a deidade Eternamente Presente na Terra, que protege a terra por toda a eternidade, e Toyokumono, o Espírito das Nuvens Abundantes, que possui uma energia semelhante a nuvens agitadas, soprando vida em todas as coisas vivas. Esses dois também são divindades únicas e independentes, sem forma física ou distinção de sexo.

"E então, por último, foi o momento de as deidades aparecerem aos pares masculino e feminino. Primeiro veio o deus masculino Uhi-ji-ni e o deus feminino Suhi-ji-ni, as deidades da Lama da Terra, que preparam a terra para que ela possa suster vida. Em seguida veio o deus masculino Tsu-no-gu-i, ou o Embrião que Integra, e sua consorte, a deusa Iku-gu-i, a Que Integra a Vida. Eles dão forma à vida para que ela possa brotar sobre a terra. Em seguida veio o deus masculino Oo-to-no-ji e sua consorte Oo-to-no-be, as deidades da Grande Porta para a Vida. Elas determinam se as formas de vida criadas serão masculinas ou femininas. Em seguida veio o deus masculino Omo-daru e o feminino Aya-kashiko-ne — as deidades da Terra Perfeita. Elas tornam os campos férteis, preparam a forma humana e estimulam a prosperidade e a fecundidade.

"E então, Namima, quem você acha que veio em seguida?"

Izanami interrompeu sua récita para olhar para mim.

— Izanami-sama e Izanaki-sama?

— Exatamente. — Izanami assentiu. — Veja, os preparativos foram bem detalhados e bem pensados. Nós não fomos jogados na terra assim sem mais nem menos. Não. Primeiro, céu e terra foram divididos. Então, começando com Ame-no-mi-naka-nushi, as Cinco Divindades Celestiais Separadas criaram e prepararam a terra embaixo. Uma vez isso feito, dois deuses emergiram dos cinco pares de divindades masculinas-femininas. Esse par foi combinado masculino com feminino como os outros mas assumiram uma forma física para poderem gerar filhos.

— Izanami-sama, você foi criada para gerar filhos?

Em minha ignorância, fui grosseira ao fazer essa pergunta. Mas antes ela havia dito que tinha um motivo pelo qual eu era sua sacerdotisa, e agora eu fazia uma vaga ideia de qual motivo era esse. Ela era uma deidade elevada, mas também era feminina, e era sua sina acasalar-se com Izanaki e ter filhos dele.

— Esse não é o único motivo. Eu também fui criada para desejar os homens, para amá-los. Izanaki e eu éramos os deuses do amor conjugal.

— Mas se foi isso mesmo, por que você veio sozinha para o Reino dos Mortos? Você disse que Izanaki-sama assumira uma forma humana, mas onde ele está agora?

Minhas perguntas impuseram um silêncio a Izanami que se prolongou indefinidamente, prolongou-se tanto, na verdade, que eu tive certeza de que um ciclo de crescimento deve ter chegado e saído da terra. Sentindo que a ofendera, fiquei tão aflita que mal conseguia me conter.

Para grande alívio meu, Izanami finalmente deixou escapar um longo suspiro e então retomou a narrativa.

— Eu vou levar um tempo, mas vou contar a você o que deseja saber. Eu sou a arquetípica mulher desejante, e Izanaki, o homem desejante. E, como o meu nome sugere, eu amei Izanaki. E o convidei. E Izanaki por sua vez me amou. Ele me convidou. Por quê, Namima? Por que você acha que nós fomos criados? Por que *tínhamos* de amar um ao outro, de desejar tanto um ao outro?

— Será que era porque assim você daria à luz bebês, Izanami-sama?

— Exato. A primeira vez que nos unimos como casal, nós geramos a terra.

— Você deu à luz a terra? — papagueei, sobressaltada.

— Certamente. Nós éramos deuses. Nós demos à luz todos os tipos de coisas. Nós criamos. A primeira ordem que recebemos dos deuses na Planície do Alto Céu foi solidificar a terra que estava vagando à deriva nos mares. Nossa tarefa era deixá-la firme. Nós nos dirigimos à ponte flutuante entre céu e terra e juntos arremessamos a lança que havíamos recebido do alto nos mares abaixo de nós. Nós agitamos as águas e, quando erguemos a lança, as gotículas que pingaram da ponta coagularam quando atingiram as ondas salgadas abaixo e formaram uma ilha. Nós a chamamos de Onogoro, descida dos céus, e construímos para nós um palácio no local. O palácio era imenso, maior, muito maior do que este palácio aqui. O pilar principal era tão alto que sua extensão alcançava a Planície do Alto Céu e nos permitia comungar com os deuses que residiam lá no alto. Nós o chamamos de o "Pilar do Céu".

Izanami olhou para cima, a nostalgia estampada no rosto. Eu seguia seus olhos mas não conseguia ver o topo do pilar de nosso palácio subterrâneo. Ele desaparecia na escuridão que se assomava. Até onde eu podia ver, tudo era escuro. Era tão profundo e impenetrável quanto uma noite de inverno, tão denso quanto laca. E nós estávamos aprisionadas nele. Eu de repente me lembrei do cadáver que Mahito jogara no mar. Meu corpo morto atingira o fundo e aninhara-se na areia dos ombros para baixo. Peixes mordiscaram minha carne. A última visão de que me lembro — com o único olho que me restara — era da escuridão do leito do mar. Quando olhei para cima agora, no palácio, lembrei-me dessa última visão.

— Izanami-sama, se me permite perguntar, parece que você foi a primeira das deusas a assumir a mesma forma que nós mulheres humanas temos. Estou certa?

A história de Izanami fora interessante até então, mas eu não podia esquecer a minha própria situação, de modo que fiz a pergunta.

Izanami respondeu:

— Está. Nosso palácio em Onogoro-shima era chamado de Yahiro-dono, ou o Palácio de Oito Braças. Assim que nós o construímos, Izanaki perguntou: "Como é a forma de seu corpo?" Veja bem, eu fui a primeira deusa a aparecer em forma de mulher, e Izanaki não entendia isso. Então eu respondi: "Meu corpo tem uma forma perfeita, mas em um lugar é vazio." A isso, Izanaki respondeu: "Meu corpo é perfeito em forma, mas em um lugar existe um excesso." Ele continuou: "Deixe-me colocar meu lugar de excesso dentro de seu lugar vazio, preenchendo-o, portanto. Nesse dia eu gostaria que nós déssemos à luz a terra. O que você me diz?" E eu concordei.

Enquanto escutava o relato de Izanami, eu não conseguia deixar de me lembrar da primeira noite em que me deitara com Mahito. A lembrança quase me deixou sem fôlego. Eu tinha dois irmãos mais velhos, mas eles eram tão mais velhos do que eu, e haviam sido levados para o mar assim que se tornaram adultos, que eu não fazia a menor ideia de como era um homem. A primeira vez que vi Mahito nu, fiquei assustada mas também fascinada ao perceber como ele era diferente de mim.

Fiquei imaginando se talvez Mahito não estivesse agora apaixonado por uma outra mulher. Eu estava morta, então é claro que fazia sentido para ele estar vivendo com uma outra mulher. Mas eu não estaria morta se não fosse por ele. Então, pensar nele agora amando uma outra mulher enchia-me de amargura. Era uma atitude malévola da minha parte, e ridícula, os mortos sentirem um ciúme como esse.

Enquanto eu afundava em silêncio, Izanami continuava sua história:

— Izanaki sugeriu que contornássemos o Pilar do Céu. Ele foi para a esquerda e eu fui para a direita, e quando me encontrei com ele do outro lado, sem pensar, falei, deliciada: "Que homem de grande formosura eu conheci!" Izanaki pensou que seria o primeiro a falar, mas a primeira fui eu. Mais ou menos desapontado, ele me disse, bastante aturdido: "Que mulher de grande formosura eu conheci." E então nós fomos, de mãos dadas, até o quarto de dormir no palácio e lá realizamos nossa união. Como resultado, demos à luz nossa primeira cria. Nós chamamos a fornada de Hiruko, ou "Criança Sanguessuga", porque, como um sanguessuga, o rebento não possuía ossos e era mole e macio. Nós colocamos o bebê numa canoa de junco e deixamos que a correnteza do mar o levasse. Nosso filho seguinte foi a pequena ilha de Awa. Nossa intenção era produzir uma grande faixa de terra, e uma pequena ilha não era digna de nossa importância. Alguma coisa dera errado. Nós voltamos à Planície do Alto Céu para relatar aos deuses o que acontecera e buscar o conselho deles.

E então Izanami voltou-se para mim e perguntou:

— Namima, você sabe qual foi a instrução que eles nos deram?

É claro que eu não fazia a menor ideia e foi o que eu disse a ela. Mas eu sentia pena de Izanami — ter passado pela dor do parto apenas para descobrir que a criança não tinha ossos! Eu não conseguia imaginar a decepção dela. Era trágico para a criança, certamente, mas era de Izanami que eu sentia pena. Eu dera à luz meu primeiro bebê a bordo de um barquinho e apenas alguém que experimentou uma dor semelhante pode verdadeiramente compreender como ela deve ter se sentido.

Izanami prosseguiu:

— Os deuses da Planície do Alto Céu disseram que quando nós contornamos o Pilar do Céu eu falei fora da minha vez quando exclamei "Que homem de grande formosura eu conheci!". Izanaki deveria ter falado antes de mim. Eu era uma mulher, e mulheres não tinham permissão para falar primeiro. Eles exigiram que nós voltássemos e refizéssemos tudo. Então, Izanaki dirigiu-se à esquerda e eu à direita, e quando nos encontramos do outro lado, Izanaki disse: "Ah! Será essa uma boa mulher?" e eu respondi: "Oh! Será esse um homem encantador?" E mais uma vez nós nos deitamos juntos. O primeiro filho que geramos dessa união foi a ilha de Awaji. Em seguida demos à luz Shikoku e as ilhas Oki. Depois disso foi Kyushu e em seguida as ilhas de Isa, Tsushima e Sado. Por fim geramos a maior ilha de todas, Honshu. Oito ilhas ao todo. Nós pusemos na terra que havíamos criado o nome de País das Oito Ilhas.

Por algum motivo, parecia que a ilha Umihebi — a ilha em que nasci — não estava entre aquelas que Izanami criara. Bem, tratava-se de uma ilha pequenina. E as ilhas que Izanami nomeara eram aquelas que agora formavam o que nós conhecíamos como Yamato. Em épocas passadas, as ilhas não eram tão conhecidas porque nem todas estavam submetidas ao domínio de Yamato. Mas eu estou atropelando a narrativa de Izanami.

Eu me lembro que, poucos minutos antes de morrer, eu avistara o que parecia ser a grande ilha de Yamato e me sentira tranquila. Eu imaginava se Mahito e Yayoi estavam agora morando em Yamato. Como eu ficaria feliz se eles estivessem morando perto de Yomotsuhira-saka, a Colina de Yomi. Eu imaginava que tipo de menina Yayoi havia se tornado. Se tivesse puxado a Mahito, teria um corpo formidável. Talvez ela tivesse um rosto semelhante ao de Kamikuu — se tivesse, seria bem mais bonitinha do que eu fora. Quanto mais pensava nela, mais eu sofria por não ter podido cuidar dela eu mesma.

— Namima, você está absorta. Está pensando no passado?

Por haver detectado desaprovação no tom de voz de Izanami, recompus-me e perguntei:

— Izanami-sama, o que aconteceu depois que vocês deram à luz as ilhas?

Izanami não respondeu imediatamente, fazendo com que eu imaginasse se talvez ela não estivesse cansada de falar. Mas então ela olhou fixamente para mim com aqueles olhos que pareciam estar olhando para o nada e disse:

— Nós havíamos criado a terra. Em seguida eu dei à luz todas as espécies de divindades. — Seu tom de voz tinha um toque sombrio. — O Deus dos Oceanos, o Deus das Águas, o Deus do Vento, o Deus das Árvores, o Deus das Montanhas, o Deus das Planícies e depois o Deus do Fogo. Mas quando eu dei à luz este último, fiquei tão queimada que morri.

Eu arquejei, imaginando como deve ter sido grande a dor que ela suportara.

— Que agonia para você.

Izanami assentiu, um pouco perturbada. E então, da escuridão, eu ouvi a voz de uma mulher, baixa porém inconfundível.

— Izanami-sama, você deve estar muito cansada. Quer que eu conte o resto a Namima? É a parte que você não gosta. Eu conto a ela, e conto também sobre Izanaki-sama.

Sem olhar para a mulher, Izanami acomodou-se numa cadeira baixa.

— Eu tinha pensado em contar a ela o resto da história, mas de repente estou me sentindo bem perturbada.

Uma mulher apareceu diante de nós. Ela era baixa e seu vestido estava amarfanhado. Embora seu aspecto fosse frágil, sua voz soava com uma clareza e uma força surpreendentes.

— Eu sou Hieda no Are, descendente de Ame-no-uzume, conhecida por sua dança sedutora na entrada da Caverna Celestial onde muito tempo atrás a Deusa do Sol isolou-se. Meu dom é diferente. O que quer que eu ouça, eu nunca esqueço. Portanto, foi-me confiada a honra de aparecer diante do imperador para recontar a criação do mundo, da era dos deuses até o presente. Foi a partir das minhas narrativas que Oo no Yasumaro escreveu sua história. Por volta dessa época, fui vitimada pela peste e tive uma morte triste. Havia ainda muita coisa a fazer e meus lamentos foram muitos. Mas agora sinto-me absolutamente extasiada pelo fato de minha morte ter me levado ao Reino dos Mortos, onde eu posso ser útil a Izanami-sama.

— Já chega. Namima não sabe nada disso, de modo que, por favor, comece desfazendo os vários boatos. — Izanami ficara impaciente.

Hieda no Are fez uma mesura e começou a falar numa voz tão melodiosa que suas palavras fluíam como água escorrendo pela terra depois de uma chuva forte.

6

— Eu, Hieda no Are, contarei a história de Izanami-sama e Izanaki-sama. Deuses do desejo masculino-feminino, Izanami-sama e Izanaki-sama formavam um casal adorável. Juntos eles geraram a terra, o mundo natural e os deuses que nele habitam. E embora trabalhassem juntos como um casal, era a deidade feminina, Izanami-sama, que suportava o fardo mais pesado.

"Com isso eu quero dizer, evidentemente, que dar à luz é perigoso, é algo que pode tirar facilmente a vida de alguém. E foi assim que um dia a tragédia se anunciou. Tendo dado à luz grande parte do mundo natural, Izanami-sama finalmente deu à luz Kagutsuchi, o Deus do Fogo e, no processo, suas partes femininas ficaram seriamente queimadas.

"Por mais doente que estivesse, o desejo de Izanami de gerar vida era inesgotável, então do seu vômito surgiram as deidades masculinas e femininas Kanayama-biko e Kanayama-bime. Esses dois são os Deuses da Mineração. De seu excremento brotou Haniyasu-biko e Haniyasu-bime, os Deuses do Barro. Em seguida, de sua urina, surgiu Mitsu-ha-no-me, o Deus da Água Corrente.

"Todos estão relacionados ao fogo. Como o fogo queima nas profundezas da terra, a conexão com a mineração é clara. Quanto ao barro, é necessário fogo para transformar barro em cerâmica. E água corrente apaga o fogo.

"E então, até o fim mesmo de sua vida, Izanami-sama preocupou-se em dar à luz a terra, os elementos da natureza e os deuses que os habitam — tudo o que dá forma a esse mundo nosso. Entretanto, as feridas que ela recebeu do fogo eram tamanhas que por fim ela morreu.

"Quando Izanaki-sama descobriu que perdera sua amada Izanami-sama, seu pesar foi além de qualquer descrição. Ela era a preciosa mulher dele, tão adorada que ninguém poderia substituí-la já que eles, sendo espíritos afins, haviam juntos criado a terra. 'Ó minha adorada Izanami, minha esposa, por que você morreu? Eu nunca sonhei que um de nossos filhos tiraria sua preciosa vida.' Izanaki-sama gritava diante do cadáver de Izanami-sama. E então, furioso, ele começou a se contorcer e a gemer. De suas lágrimas nasceu Nakisawame, o Deus das Fontes. Fontes que fluem incessantemente com água agora simbolizam o infindável pesar de Izanaki-sama.

"Izanaki-sama enterrou Izanami-sama no monte Hiba. Uma vez enterrada, Izanami-sama começou sua jornada em direção ao Reino dos Mortos. Mas Izanaki-sama não conseguia saciar seu pesar. Ele amara Izanami-sama muito profundamente para se conter. Estava furioso com Kagutsuchi, o Deus do Fogo, que infligira os ferimentos mortais a Izanami-sama. Ele pegou a espada que estava atada a sua cintura e, com um único golpe, cortou a cabeça do deus.

"Sangue esguichou do corpo de Kagutsuchi, encharcando a lâmina da espada e pingando no chão. Novas divindades brotaram de cada gota de sangue. Dessas, quase todas eram deuses selvagens, entre os quais, o que reside no poder do golpe da espada, e um outro que representa o fio da lâmina. O sangue que havia grudado no cabo pingou sobre penhascos nas proximidades, e desses pingos nasceram os Deuses do Trovão. Como havia sido a espada que derrotara o Deus do Fogo, o poder espiritual da espada é sabidamente brilhante. Fogo e espada possuem uma ligação inseparável, não possuem? A espada nasce do fogo, e o direito ao fogo é controlado pela espada. Portanto, o nascimento que tirou a vida de Izanami-sama proporcionou a nova força controladora da espada.

"Izanaki-sama ansiava muito poder rever Izanami-sama. Ele saiu à procura dela, seguindo-a até o Reino dos Mortos, determinado a encontrar uma maneira de trazê-la de volta à vida. Ele desceu o Yomotsuhira-saka em direção ao submundo. Chegou ao Palácio de Yomi ao pé da colina. Encontrou a porta trancada mas sabia que sua amada Izanami-sama estava do outro lado, de modo que chamou-a: 'Minha querida esposa, o mundo que você e eu fizemos juntos ainda não está terminado. Então, retorne comigo já.'

"Quando Izanami-sama ouviu-o, respondeu: 'Meu querido marido, anseio muito poder voltar com você. Mas você demorou muito a vir. Portanto, eu já ingeri comida da fornalha desse reino, então, como você sabe, devo agora permanecer aqui. Se ao menos você tivesse chegado antes! Ó, como eu o amava. E que imenso prazer estou sentindo, meu amado marido, por você ter vindo encontrar-se comigo nesse mundo corrompido, muito embora tenha chegado tarde demais. Eu quero muito voltar com você. Por favor, espere aqui um pouquinho. E prometa-me uma coisa, prometa-me que você só olhará para mim quando eu lhe der permissão para tal.'

"Tudo ficaria bem quando Izanami-sama retornasse, então Izanaki-sama esperou. Ele esperou e esperou, mas ela não voltou. Por fim, Izanaki-sama começou a perder a paciência e, esquecendo-se de sua promessa, decidiu ir em busca dela. Quando abriu a porta que dava acesso ao Palácio de Yomi, ele achou o interior tão escuro que não conseguiu enxergar coisa alguma. Seus cabelos, repartidos ao meio e presos em dois nós no alto da cabeça, estavam enfeitados com pentes de madeira. Ele tirou o pente do nó esquerdo e arrancou um dos dentes. Acendeu-o e, usando-o como uma tocha, foi em busca de Izanami-sama.

"Nesse momento ele ouviu o que parecia uma trovoada e sentiu um cheiro pútrido. Determinado agora a ver o que havia ali, ele ergueu sua tocha de pente capilar acima da cabeça e viu Izanami-sama deitada diante dele. O que acontecera com ela? Sua bela mulher mudara completamente. Seu corpo estava infestado de larvas, seu belo rosto afundara em si mesmo. O trovão que ele ouvira era o som das larvas se contorcendo. E, no rosto dela, em suas mãos, em suas pernas, em sua barriga, em seu peito e em suas partes femininas, os deuses do trovão estavam agachados se contorcendo. Por isso é tabu levar consigo uma única fonte de luz para o interior de um recinto escuro.

"Evidentemente, quando viu que Izanami-sama estava mudada, Izanaki-sama virou-se para ir embora. Assim que o fez, Izanami-sama percebeu que ele entrara em seus aposentos e gritou: 'Eu disse para você não olhar! Você me envergonhou!' Ela então chamou as fortes mulheres conhecidas como Bruxas de Yomi e enviou-as para que capturassem Izanaki-sama, que agora já se encontrava fugindo pelo longo túnel. As Bruxas correram em seu encalço, de modo que Izanaki-sama puxou um dos cordões pretos que prendiam seus cabelos e jogou-o atrás de si. Assim que o cordão atingiu o chão transformou-se num cacho de uvas silvestres. Quando as Bruxas viram aquilo, pararam e caíram sobre as uvas, lutando umas contra as outras para comê-las.

"Izanaki-sama foi assim capaz de distanciar-se das Bruxas mas, assim que elas terminaram de devorar as uvas, voltaram novamente a persegui-lo. Dessa vez Izanaki-sama puxou o pente do outro nó de seus cabelos no lado direito de sua cabeça e lançou-o atrás de si. Assim que o pente atingiu o chão, os dentes transformaram-se em suculentos brotos de bambu que surgiam do solo. Quando as Bruxas viram aquilo, enterraram seus dentes neles e mastigaram avidamente.

"Quando imaginou que havia escapado, Izanaki-sama viu que Izanami-sama enviara os oito Deuses do Trovão que vinham habitando seu corpo, acompanhados de uma poderosa horda de mil e quinhentos guerreiros. Izanaki-sama desembainhou sua espada de dez palmos e brandiu-a atrás de si enquanto fugia.

"Quando por fim alcançou a Colina de Yomi, ele pegou três dos pêssegos que estavam amadurecendo ao longo da encosta e arremessou-os atrás de si. Com isso, seus perseguidores viraram-se e recuaram.

"Vendo que suas tentativas anteriores de detê-lo haviam fracassado, Izanami-sama foi ela mesma perseguir seu marido. Quando viu isso, Izanaki-sama pegou uma enorme pedra, tão grande que nem mesmo mil homens poderiam movê-la, e rolou-a para a frente da entrada do Yomotsuhira-saka, bloqueando a passagem. Ao partir, ele falou para

Izanami-sama: 'Minha amada esposa, Izanami! Você é agora a deusa do Reino dos Mortos e devemos seguir caminhos separados. Nosso divórcio está, portanto, estabelecido.'

"Mas para Izanami-sama, do outro lado da pedra, separada de Izanaki-sama, a questão estava longe de estar resolvida. Como Izanaki-sama demorara a visitá-la, ela experimentara a comida preparada na fornalha do Reino dos Mortos e estava pronta para ficar para sempre no submundo. Justamente quando ela acabara de resignar-se com sua sina, Izanaki-sama aparecera e a vira em seu estado deplorável. Ela estava tão perturbada pela sucessão de eventos que respondeu, do outro lado da pedra: 'Meu amado Izanaki, seu comportamento é repreensível. Você me prendeu aqui neste lugar, e agora afirma que deseja um divórcio. Desse dia em diante, eu tomarei a vida de mil pessoas por dia em sua terra dos vivos.'

"A isso Izanaki-sama respondeu: 'Minha amada Izanami, você pode fazer isso, mas eu construirei mil e quinhentas cabanas de nascimento e cuidarei para que nasçam diariamente mil e quinhentas novas vidas.'

"E é por isso que todos os dias mil pessoas inevitavelmente encontram sua morte, e mil e quinhentas crianças nascem. Presa pela grande pedra, Izanami-sama tornou-se conhecida como Yomotsu-ookami, a deusa de Yomi, o Reino dos Mortos."

Hieda no Are parou e olhou para Izanami. Ela vinha falando como se jamais fosse se cansar, e talvez até continuasse, mas queria primeiro certificar-se disso com Izanami, avaliar sua reação. A cabeça de Izanami pendia para o lado e ela olhava para o espaço vazio, os olhos sem expressão.

Imaginei se ela não estaria rememorando os eventos do passado. Que emoções evocariam nela? Mas era impossível julgar os sentimentos de Izanami a partir de sua expressão.

Eu, por minha vez, estava chocada ao descobrir como Izanami começara a selecionar mil pessoas para morrer diariamente. Ela proferira seu odioso desafio durante o calor da batalha com Izanaki. Certamente se lamentara por isso. Mas, longe de qualquer lamento, Izanami parecia conhecer apenas amargura. Ela odiava Izanaki por tê-la envergonhado; odiava-o por tê-la prendido no submundo do Reino dos Mortos. E eu havia sido levada até lá para auxiliá-la em seu amargo empreendimento, a saber, arrancar a vida daquelas mil pessoas. Eu de repente me lembrei da gota gelada de água que espirrara sobre o meu rosto e meu coração congelou.

Hieda no Are, indiferente a meus pensamentos, continuou seu relato.

— Assim que rompeu seus laços de fidelidade com Izanami-sama, Izanaki-sama retornou à Terra Central das Planícies de Junco e, olhando na direção dos céus, gritou: "Eu estive num mundo deveras pestilento! Devo lavar meu corpo e purificá-lo de imediato!"

"Ele dirigiu-se até Himuka na ilha Kyushu. E lá, num rio localizado num lugar conhecido como Odo no Awaki-hara, ele despiu todas as vestes que estava usando e ficou nu. De suas roupas, de seu cajado e de sua bolsa brotaram deuses variados. E como entre eles havia deuses que incitavam desastre, Izanaki-sama começou a lavar-se para livrar-se de todas as impurezas. A correnteza na parte superior do córrego estava rápida demais, e aquela na parte inferior estava lenta demais. Izanaki-sama nadou até o centro do córrego e mergulhou na correnteza para esfregar seu corpo. Da imundície que se grudara em seu corpo enquanto ele estava na terra corrompida brotaram dois deuses, Yaso-maga-tsuhi, a Deidade do Infortúnio Abundante, e Oo-maga-tsuhi, a Deidade da Grande Calamidade. Estes também são deuses malévolos que incitam o perigo. Para endireitar o mal que esses deuses induziam, Izanaki-sama lavou-se novamente. E quando o fez, três outros deuses apareceram: Kamu-naobi e Oo-naobi, os Grandes Retificadores do Mal, e Izu-no-me, a Deidade da Feminilidade Consagrada.

"Izanami-sama mergulhou até o fundo do rio e, desse gesto, nasceram Soko-tsuwa-tatsumi, Espírito das Águas Profundas, e Soko-tsu-tsu-no-o, o Senhor das Moradas Inferiores. Quando ele se banhou no centro do córrego, passaram a existir Naka-tsuwa-tatsumi, Espírito das Águas do Centro, e Naka-tsutsu-no-o, Senhor das Moradas do Centro. E quando ele voltou à superfície da água e ali enxaguou-se, Ue-tsuwa-tatsumi, Espírito das Águas da Superfície, e Uwa-tsutsu-no-o, Senhor das Moradas da Superfície, nasceram. Esses deuses Wa-tatsumi estão relacionados às águas e ao mar, e são, portanto, deuses do mar e nascidos do mar.

"Assim que se limpou das impurezas do Reino dos Mortos, Izanaki-sama lavou seu olho esquerdo. Uma belíssima deusa emergiu. Ela foi chamada Amaterasu, que significa Deusa do Sol, e era isso o que ela era. Quando Izanaki-sama lavou seu olho direito, fez surgir uma esplêndida deidade masculina, Tsuku-yomi. Este nome é escrito com os caracteres para 'lua', *tsuki*, e leitura, *yomu*, e significa 'ler ao luar'. Ele era o Deus dos Céus Noturnos. E, finalmente, Izanaki-sama lavou seu nariz. Quando o fez, um Deus de Grande Coragem nasceu, Take-haya-susano-o.

"Como resultado das purificações realizadas por Izanaki-sama ao retornar do submundo, ele deu à luz três esplêndidas crias, ficando, portanto, tremendamente satisfeito. Entres estas, ficou particularmente impressionado com Amaterasu, de modo que disse: 'Eu continuei gerando filhos por algum tempo. Esses três são tão esplêndidos que estou agora saciado.'

"Então, sem aviso, ele tirou seu colar — belas contas pendentes — e colocou-o no pescoço de Amaterasu. Ele fez dela uma deusa acima de todos os outros deuses e escalou-a para uma posição na Planície do Alto Céu, onde ela ficaria com o controle de tudo. Tsuku-yomi ele enviou para que governasse os céus da noite. E Susa-no-o tornou-se o Deus dos Oceanos e das Tempestades.

"Izanaki-sama gerou a terra com Izanami-sama. Como era possível que ele fosse capaz de gerar depois tantos deuses por conta própria? Dizem que esse poder aderiu a ele porque ele viajara para o Reino dos Mortos. E quando deu à luz a bela e radiante Amaterasu, sentiu que seu trabalho alcançara o pináculo. Com um ar de grande contentamento ele disse: 'Deste modo, eu produzi deuses suficientes.'

"Entretanto, Izanaki-sama não se esquecera das palavras proferidas quando rompera seus laços de fidelidade com Izanami-sama. Se Izanami-sama tirasse a vida de mil pessoas a cada dia, ele teria de fazer valer sua promessa de construir mil e quinhentas cabanas de nascimento. Izanaki-sama assumiu a forma de um ser humano do sexo masculino e foi colocar em prática sua decisão de criar filhos superiores. Ele ouviu falar que havia belas mulheres na região de Yamato, de modo que foi para lá que se dirigiu, fazendo de toda mulher que encontrava sua esposa. Nesse tempo, cada uma de suas belas esposas teve filhos. Dessa forma, Izanaki-sama reagiu à destruição de vida imposta por Izanami-sama gerando mais vida."

— Já chega! — interrompeu Izanami.

Hieda no Are olhou para ela e soltou um longo suspiro. Pela primeira vez ela reparou que seu monólogo deixara Izanami de mau humor.

O comportamento de Izanaki ao retornar do Reino dos Mortos, após romper seus laços de fidelidade com sua esposa, efetuara uma completa negação de seu tempo anterior com ela. E sua referência ao reino dela como um lugar de degradação ofendia não apenas Izanami como a todos os mortos que lá estavam, eu incluída. Além do mais, muito embora as duas deidades tivessem trabalhado juntas para gerar a terra, Izanaki não demorara nada para confiar exclusivamente em seus próprios esforços para procriar. E quando terminou essa tarefa, foi efusivo acerca da satisfação que obtivera por conta de sua capacidade em criar gloriosos deuses como Amaterasu e Tsuku-yomi.

Izanami estava confinada no interior do Reino dos Mortos e humilhada porque seu marido olhara para seu corpo apodrecido e repulsivo. A vergonha era tanta que ela perdera toda a dignidade que uma vez conhecera na condição de mãe da terra. Ela fora antes responsável por gerar vida. Ela produzira a terra e muitos dos filhos que lá vivem — uma responsabilidade que alegremente compartilhara com Izanaki. Mas agora a mãe do mundo tornara-se a doadora da morte, com a tarefa diária de tirar a vida de mil pessoas. Que coisa horrivelmente irônica!

Eu recordei as palavras de Izanami: "Céu e terra, homem e mulher, nascimento e morte, dia e noite, luz e treva, *yang* e *yin*. Você pode estar imaginando por que tudo foi disposto em pares dessa maneira, mas uma única entidade teria sido insuficiente. No começo, dois tornaram-se um e, dessa união, uma nova vida se fez. Sempre que uma única entidade era disposta em par com seu oposto, o valor de ambos tornava-se claro a partir do contraste — e a associação mútua apenas enriquecia o significado de ambos."

Mas, uma vez que Izanami morrera, o valor da disposição em pares se perdeu e ela ficou associada apenas à metade escura: terra, mulher, morte, noite, escuro, *yin* e, sim, degradação. Pode até ser presunçoso da minha parte afirmar isso, mas o que aconteceu a ela não foi muito diferente da minha própria sina. Na ilha Umihebi, eu fora designada para o papel de *yin*, e chamada de "impura". Eu compreendia a raiva e a amargura de Izanami.

Izanami começou a falar:

— Tudo que Hieda no Are falou é verdade. Todos os dias, quando eu procuro os mil aos quais devo retirar o ar, os primeiros que estrangulo são as esposas de Izanaki. Você poderia imaginar que, quando vissem a aproximação de Izanaki, as pessoas saberiam que ele traz o desastre e sairiam correndo para evitá-lo.

Hieda no Are juntou suas finas sobrancelhas, adquirindo um semblante de seriedade.

— Izanami-sama, o que você acabou de dizer transborda crueldade.

Izanami não se incomodou em dirigir-lhe o olhar.

— Onde está a crueldade? Fui eu que fui trancada neste lugar. Por acaso não sou eu a Deusa do Mundo Subterrâneo? Não estou, dessa maneira, aquiescendo ao meu destino?

Eu podia sentir a chama preta da raiva emanando do corpo de Izanami. Instintivamente, Hieda no Are e eu caímos de joelhos e nos prostramos. Uma mortalha caiu no átrio, como se até mesmo os espíritos que flutuavam sem destino pelo palácio estivessem contendo a respiração.

— E então, Namima?

Izanami olhava fixamente para mim com seus olhos frios. Mas eu estava aterrorizada demais para dirigir-lhe o olhar.

— A sua raiva é natural — falei, com franqueza. É claro que eu também concordava com Hieda no Are. Eu achava excessivamente cruel matar as esposas de Izanaki e me preocupava com o que tais atos haviam feito com a reputação de Izanami. Mesmo assim, eu sabia exatamente como ela se sentia. Izanaki continuara vivendo sua vida, procurando esposas e tendo filhos com elas, não demonstrando nenhuma preocupação com ela. Eles haviam agido juntos antes, gerando a terra. Ela dera inclusive a própria vida. E com que propósito? Quem estava cuidando dela agora, defendendo sua dignidade? Como ela devia se sentir quando pensava no marido que amara tão intensamente? Eu jurei naquele instante e naquele lugar que faria o que quer que estivesse a meu alcance para ajudar Izanami.

— Izanami-sama, eu agora compreendo por que você está aqui. De agora em diante, eu me dedicarei a você e a seu trabalho.

Eu falei de todo o coração, mas a expressão de Izanami não se alterou. Sem dizer palavra, ela se virou e saiu da sala onde trabalhava — a sala em que determinava todos os dias as mil pessoas que morreriam.

COMO TUDO QUE FAÇO NESTE MUNDO

1

Era tarefa de Izanami selecionar quem morreria — mil pessoas a cada dia. E sempre que ela se punha a realizar sua função, eu estava a seu lado, esperando para servi-la, observando-a espalhar silenciosamente as gotas de água negra sobre o mapa. Seres humanos não podem viver para sempre, é claro, mas muitos daqueles que Izanami convocava à morte ainda eram bem jovens. A morte chegava a eles sem aviso. As mortes mais proeminentes eram das mulheres que Izanaki tomava como esposa. Uma após a outra, elas eram submetidas a um fim precoce, certamente desencadeando tumultos no mundo dos vivos. Eu ficava ao lado do mapa, observando, enquanto o drama se descortinava.

Izanami colocou inesperadamente o vaso com a água no chão e deu um suspiro angustiado.

— Namima, você é de opinião que os esforços aos quais fui submetida e a dor que suportei ao criar a terra e os deuses com Izanaki foram em vão?

— É claro que não! Izanami-sama, você estabeleceu os fundamentos para a criação de Yamato. Nada do que fez foi em vão.

— Então por que eu estou em um lugar desses? — Izanami apontou para a infindável escuridão acima dela. Seu movimento súbito deve ter sobressaltado os espíritos que vagavam ao nosso redor, pois eu os senti saltando tresloucadamente.

— Porque após a sua morte você foi enviada para governar o submundo. É a rainha desse domínio.

— Essa, todavia, não foi uma decisão que eu tomei de livre e espontânea vontade. E, além do mais, deuses não morrem.

Izanami falava com uma amargura sem disfarces, o que era incomum para ela. Eu segurei a minha língua. Estava claro que eu não tinha como saber quem determinara o destino de Izanami. Talvez ele tivesse sido decidido pelos deuses superiores que habitam a Planície do Alto Céu. Eu sabia, entretanto, como ela se sentia. Eu podia entender com muita facilidade o seu desespero.

— Izanaki e eu nos unimos como casal e geramos a terra com muito esforço. Por que será que só Izanaki tem permissão para caminhar livremente no mundo da luz do sol? — Ela desabou sobre seu grande assento de granito, aparentemente exausta.

Desesperada para animá-la, eu disse:

— Izanami-sama, foi o parto que causou a sua morte. Não havia nada que você pudesse fazer. E como Izanaki é macho, a vida dele jamais esteve tão ameaçada. Foi o parto que decidiu a diferença entre o seu destino e o dele.

Mas a raiva de Izanami não diminuía.

— É o que você diz mas, embora seja macho, Izanaki deu à luz todos aqueles outros deuses depois que saiu do Reino dos Mortos, não deu? E, como Hieda no Are relatou, ele teve um enorme prazer em gerar a divindade mais alta na hierarquia, a Deusa do Sol, Amaterasu. E os filhos que eu, a deidade da feminilidade, gerei? Por que nenhum deles foi digno de tornar-se ainda mais alto? Terá sido porque fui corrompida e, nessa condição, fui trancada neste submundo de morte? Namima, você consegue compreender o quanto essa deusa é triste? Eu estou separada do único homem que amei e sou forçada a viver em meio aos mortos enquanto ele, Izanaki, move-se de uma esposa jovem a outra, criando novas vidas ininterruptamente. — Izanami começou a choramingar.

Eu não conseguia imaginar o que dizer, de modo que baixei a cabeça. Mas, até nas partes mais recônditas de meu ser, eu era solidária com seu lamento.

Ela continuou com sua tarefa silenciosa e desanimadamente. Determinar quem morreria era, na realidade, uma tarefa que deixava um sabor desagradável na boca. Uma vez que a morte fazia sua visita a uma pessoa, esta era cruelmente arrancada de seus entes queridos e forçada a confrontá-la sozinha. A morte é inescapável, mas morrer de maneira inesperada é desesperadamente triste. Certamente aqueles que recebiam a sentença de morte de Izanami tornavam-se espíritos atormentados incapazes de passar apaziguadamente para a outra vida.

O mundo subterrâneo era cheio de almas desconsoladas esperando desamparadamente na escuridão, seus corações torturados pelo arrependimento enquanto pensavam: se ao menos eu soubesse que a convocação dela chegaria tão cedo, talvez eu tivesse feito isso ou aquilo...

O trabalho de Izanami invocava o desastre e trazia tristeza a muitos. Em contraste, Izanaki construía cabanas de nascimento que viam mil e quinhentas novas vidas a cada dia; sua tarefa trazia muita alegria. O casal, cujos cônjuges haviam sido tão dedicados um ao outro, separara-se pela morte dela e fora forçado a seguir trajetórias diferentes. Por que será que isso acontecera? Eu podia afirmar, apenas olhando para o rosto amargurado de Izanami, que ela também era atormentada com a mesma pergunta.

— Izanami-sama, eu preciso lhe fazer uma pergunta. — Eu dera tempo ao tempo, e agora sentia que era o momento certo.

— O que deseja saber, Namima? — Izanami pegou o vaso e entregou-o a mim.

Tomando cuidado para não derramar nenhuma gota, eu o segurei e então depositei-o cuidadosamente no piso de pedra fria.

— Izanami-sama, como é que você tem informações sobre o reino dos vivos? Você disse antes que recebe relatórios dos vivos e dos mortos. Mas eu não entendi exatamente o que quis dizer com isso.

Izanami sorriu. Fazia tanto tempo desde a última vez que eu a vira sorrir que meu coração saltou no peito.

— Você ainda não notou, Namima?

— Notei o quê?

— Olhe ali.

Eu não fazia a menor ideia do que ela estava falando. Mas olhei nervosamente ao redor da câmara enquanto Izanami apontava aqui e ali na escuridão.

— Está vendo? Moscas.

De fato, pequenas moscas estavam voando em meio à escuridão. Então, pequenas criaturas vivas realmente visitavam o Reino dos Mortos.

— Elas entram através do Yomotsuhira-saka. Cobras, moscas, abelhas, formigas pretas, todo tipo de pequena criatura consegue entrar aqui e me trazer notícias do mundo além. Aves migratórias espalham as notícias a outras aves, as aves contam para os insetos e estes vêm me visitar.

Eu me curvei para a frente.

— Então é assim que você fica sabendo dos feitos de Izanaki-sama!

— Exato. Mas Izanaki não sabe que eu sei!

As feições de Izanami ficaram duras. Eu deveria ou não prosseguir? Eu hesitei, e então arrisquei:

— Izanami-sama, você acha que os insetos seriam capazes de lhe dizer o que aconteceu com o meu marido e com a minha filha?

— Eu perguntei assim que você chegou, Namima — respondeu Izanami. — Um pequenino inseto alado me contou.

Eu fiquei perplexa. Será que ela estava querendo dizer que eles estavam mortos? Será que estavam aqui, flutuando por aí como aqueles espíritos diáfanos? Muito embora o odiasse agora, eu ainda queria entender o que Mahito tinha na cabeça quando fez o que fez. Eu queria muito revê-lo.

— Meu marido e minha filha estão morando em Yamato, não estão? — perguntei impacientemente.

A resposta de Izanami me surpreendeu.

— Eles não estão em Yamato. Mahito retornou à ilha com sua filha.

Eu não conseguia acreditar em meus ouvidos. Por que ele teria voltado depois daquela viagem longa e árdua? Qual teria sido o motivo de tal ação? Será que ele navegara para longe apenas para poder me matar? Mas a nossa fuga não havia sido somente por minha causa. Ele por acaso não queria sair da ilha para poupar nossa filha ainda não nascida da cruel sina que a esperava lá? Nós havíamos arriscado tudo para sair de lá. Isso não fazia sentido.

— Izanami-sama — comecei a implorar, as lágrimas escorrendo-me pelo rosto —, eu quero saber mais, por favor. Eu sofrerei qualquer punição, pagarei qualquer preço, se puder apenas descobrir como eles estão.

Izanami não disse nada. Sempre que ela se demorava em seu silêncio, poderia demorar um tempo muito longo até que ela voltasse a falar. E quanto maior o silêncio, mais importante era o que tinha a dizer. Eu esperei o mais pacientemente possível até que, finalmente, ela respondeu:

— Não haverá nenhuma punição. Mas, Namima, mesmo que você descubra o que quer saber a respeito dos vivos, você não se sentirá aliviada.

Eu assenti vigorosamente.

— Eu compreendo. Eu só quero saber como Mahito e minha filha estão levando a vida.

— Eu a aconselharia a renunciar a esse desejo.

— Por quê? Você deve saber alguma coisa que não me disse.

Izanami balançou a cabeça.

— Tudo o que sei é que eles voltaram à ilha, e eu não quero saber mais do que isso. Quanto mais nós sabemos acerca dos vivos, menos nos beneficiamos. É melhor para aqueles dentre nós que estão no Reino dos Mortos esquecer os vivos.

Eu me lembrei o que Hieda no Are disse. Depois que Izanaki separara-se de Izanami no Yomotsuhira-saka, ele purificara seu corpo, afirmando ter estado num "lugar corrompido". Quando dera à luz um deus atrás de outro, ele sentira uma profunda alegria. Procurara mulheres humanas, tomara-as como esposas e gerara filhos.

Mas aqueles que existiam no Reino dos Mortos eram para sempre corruptos. Acontecia o mesmo comigo. Eu olhei para Izanami, para sua expressão sombria, e percebi que precisava falar.

— Izanami-sama, agora que eu sei que meu marido e minha filha estão na ilha onde nasci, eu não consigo me conter. Mesmo que seja apenas por um breve espaço de tempo, eu quero retornar ao mundo dos vivos. Eu quero vê-los com meus próprios olhos.

— Existe uma maneira de você fazer isso. Namima, você não é uma deusa. Você existe meramente na condição de espírito. Mas se você for transformada numa pequenina mosca ou em um verme ou em alguma outra criatura congênere, poderá sair daqui.

Antes Izanami dissera: "Isso não quer dizer que não haja uma saída." Deve ter sido isso o que ela quis dizer.

— Tem certeza, Namima? — Izanami parecia ansiosa para dissuadir-me. — Você não pode sair na forma humana. Mas transformar-se em uma mosca ou em um verme será uma experiência bem-vinda? Seja lá o que você tenha visto quando era um ser humano, seja lá o que tenha sentido, não será o mesmo agora. Afinal de contas, seres humanos não são deuses.

Ela parecia determinada a testar a minha decisão. Eu suponho que estivesse em dúvida a respeito de eu ter a coragem para tornar-me uma criatura tão repulsiva.

Ela pareceu ceder:

— Muito bem. Mas quando o inseto que você se tornar morrer, você deverá retornar ao Reino dos Mortos. Ainda assim deseja ir? É claro que você não terá nenhum controle sobre a sua morte, ou sobre como irá morrer. Pode ser que você seja obrigada a suportar uma outra morte agonizante.

Izanami pegou o vaso enquanto falava e começou a lançar a água que sobrara no centro de Yamato. Gotículas respingavam aqui e ali sem muita ordem, e sempre que aterrissavam, pessoas em Yamato morriam sem aviso. Muitas, muitas pessoas morrendo subitamente...

Eu saí da câmara e vaguei na direção do corredor escuro. Eu queria ver as coisas com meus próprios olhos, eu disse a mim mesma. Mas, assim que voltasse ao mundo dos vivos, seria doloroso deixá-lo novamente e retornar ao Reino dos Mortos. Quanto mais eu pensava nisso, mais a minha resolução enfraquecia. Mas não, eu precisava vê-los. Eu precisava saber. Eu mostraria isso a Izanami... Ainda assim, eu estava confusa, meus pensamentos emaranhados e fragmentados.

— Como está, Namima?

Hieda no Are saiu da sombra de um gigantesco pilar. Percebendo que sua narrativa deixara Izanami de mau humor, ela se retirara da presença da deusa. Mas eu desfrutara de suas histórias. Falar diante de pessoas exaltadas era a tarefa dela, e ela fora capaz de descrever a era dos deuses de modo tão vívido que eu vira as histórias se desenrolando diante de meus olhos. E, independentemente de quantas vezes ela contasse os fatos, sua narrativa jamais variava, nem uma frase ou palavra jamais mudava. Quando contava suas histórias, ela tornava a minha vida atroz no Reino dos Mortos quase que aprazível, mesmo que apenas por um curto espaço de tempo.

— Namima, você parece perturbada.

Hieda no Are era uma cabeça mais baixa do que eu e era obrigada a esticar o pescoço para olhar-me no rosto. Eu me senti desconfortável sob seu escrutínio e dei-lhe as costas.

— Algo a tem perturbado desde que chegou ao palácio? Izanami repreendeu-lhe? — Ela segurou a minha mão nas suas. Nós éramos ambas espíritos e praticamente invisíveis, exceto por um ínfimo contorno de forma humana, de modo que ela não podia apertar a minha mão, mas seu poder avançou sobre mim, assustando-me. Ela e eu éramos as existências mais insubstanciais — só emoção e consciência, pouco mais do que isso. No entanto, surpreendentemente, naquele momento eu podia sentir a pressão de um corpo humano de carne e osso. Fui acometida de uma nostalgia sobrepujante. A vida era tão maravilhosa. E lá estava eu, morta, trancada naquele lugar horrível, completamente separada do mundo dos vivos. O que eu deveria fazer? Eu me sentia presa por minha incerteza. Sem pensar, abri-me com Hieda no Are.

— Izanami-sama me contou que meu marido e minha filha voltaram à ilha depois que eu morri, e agora não sei o que fazer. Essa notícia deixou-me tremendamente perturbada.

— Mas, Namima, você está morta. Por que isso importa? Os vivos pranteiam os mortos por um tempo mas se esquecem deles à medida que os dias passam. Os vivos são tão egoístas, tão mimados, tão ligados ao próprio ato de viver que não se lembram por muito tempo. E por que deveria ser diferente conosco? Nós não temos nada a ver com os vivos. Não seria melhor para você deixá-los para trás?

Ela era clara em sua convicção, mas eu não conseguia compartilhá-la. Mahito e eu éramos absolutamente inabaláveis em nossa resolução e muito determinados a escapar de nossa sina na ilha, mas Hieda no Are não tinha família e fora amada apenas pelos governantes de Yamato: ela não teria condições de entender a minha situação.

— Eu lamento não ser capaz de ajudar a minha filha.

Dessa vez ela sorriu e começou a implicar comigo.

— É o que você diz mas... Namima, você não está apenas preocupada com a sua filha, está? É o seu marido que você não consegue esquecer! Você era muito jovem quando morreu, e está preocupada com a possibilidade de ele estar se divertindo com uma outra mulher. Estou errada?

Não. Embora eu esteja morta, não se passa um dia sequer em que eu não pense em Mahito. Havia uma única coisa que eu gostaria de saber. Quais haviam sido suas verdadeiras intenções? Meus sentimentos não eram muito diferentes dos de Izanami quando ela pensava em Izanaki. Os vivos são arrogantes. Eles vivem para perseguir sua própria felicidade. Evidentemente, a morte os espera também. Não há escapatória. Izanami quis dizer a Izanaki: "Independentemente do que você faça, pelo menos não negue o que conquistamos juntos, ou todas as coisas sobre as quais conversamos tão seriamente." Agora, quando eu penso em Mahito, eu sinto as mesmas dúvidas que Izanami deve sentir. Nós havíamos deixado a ilha correndo um risco tão grande que eu me pergunto: por que, depois de tudo isso, ele resolvera voltar?

"Como tudo que faço neste mundo
Jamais esquecerei
A adorável que comigo dormia

Na ilha onde se aninham patos selvagens
Vindos do mar..."

Hieda no Are explicou que Ho-ori, conhecido como Yama-sachi-hiko ou Sorte da Montanha, apresentara o poema a Toyo-tama, princesa do Palácio de Watatsumi. Quando chegou a hora de ter o filho de Ho-ori, ela transformou-se num crocodilo. Mas sentiu tamanha vergonha por Ho-ori tê-la visto naquela forma que abandonou o filho e voltou ao Palácio de Watatsumi no fundo do mar. Embora estivesse longe, muito longe, sentia-se incapaz de esquecer-se de seu filho, de modo que enviou sua irmã mais nova, a princesa Tama-yori, para que cuidasse de seu filho em seu lugar. Esse poema, disse Hieda no Are, foi escrito por Ho-ori em resposta ao que a princesa Tama-yori levara para ele de sua irmã mais velha.

"Como tudo o que faço neste mundo/Jamais esquecerei", disse Ho-ori em seu poema, e eu não me esqueci de Mahito, muito embora meu mundo tivesse acabado. E exatamente como a princesa Toyo-tama lamentava-se pelo filho que abandonara, eu ainda me preocupo com Yayoi. Como ela irá sobreviver na ilha Umihebi, com seus costumes cruéis? Quanto mais eu pensava na história, mais eu desejava possuir uma irmã mais nova como a princesa Tama-yori, a quem ela pôde confiar tudo. Mas Kamikuu e eu estávamos em mundos separados agora, e eu não podia confiar na ajuda dela.

— Are-san, estou pensando em deixar o Reino dos Mortos e voltar à minha ilha.

— Você consegue fazer tal coisa? — perguntou ela, descrente.

— Izanami-sama me disse que eu conseguiria se estivesse disposta a trocar de lugar com um dos pequeninos insetos que entram aqui pelo Yomotsuhira-saka. Aparentemente, muitos insetos entram aqui vindos do mundo dos vivos.

Hieda no Are bateu as palmas das mãozinhas de júbilo.

— Eu também vou! Eu gostaria de ver como o mundo mudou desde que morri. Eu imagino o que pensam de mim agora, e que tipo de funeral eu tive! Com certeza eu vou sair daqui para ver isso.

— Mas, Are, você só pode fazer isso uma vez. E assim que o seu inseto morrer, você precisa voltar para o Reino dos Mortos. Ainda assim você quer ir?

— Certamente. Qual é o seu plano, Namima?

Assim que decidi ir, não consegui ficar mais nem um minuto no Reino dos Mortos. Hieda no Are e eu partimos na direção da Colina de Yomi. Izanami estava bem ciente do que nós duas estávamos prestes a fazer. Quando passamos por seus aposentos ela nos chamou, embora não saísse para nos ver. Nós deixamos o palácio e entramos no túnel escuro e estreito. Este era o caminho que Izanaki percorrera quando Izanami, furiosa, enviara as Bruxas de Yomi em seu encalço. Mas hoje a passagem estava silenciosa e sem movimento. Não havia nenhum sinal de outra alma. Nós fomos tateando em meio à escuridão sem falar nada.

Finalmente, vimos uma fresta de luz bem ao longe. Nós havíamos alcançado a Colina do Yomotsuhira. Foi aqui que Izanami se despedira para sempre de Izanaki. E foi aqui que eu me deitei após a minha morte. Eu olhei para a forte luz emanando da terra dos vivos e fui tomada por um pensamento ofuscante. Eu queria retornar aos vivos. Eu não queria virar um inseto: eu queria ter mais uma chance de viver a minha vida como um ser humano. Eu sabia que isso era impossível, e meus olhos encheram-se de lágrimas.

— Namima, você gostaria muito de não ter de se transformar num inseto e de poder recomeçar a sua vida, não é?

A pergunta de Hieda no Are veio em pequenos arquejos. Ela era ancestral e a subida deixara-a sem fôlego. Aterrorizada com a possibilidade de Izanami ouvir, eu sussurrei:

— É exatamente isso o que estou pensando.

Hieda no Are era velha o bastante para ter a idade da minha avó, e falou comigo com pena:

— Você tinha apenas dezesseis anos quando perdeu a vida, logo é natural que se sinta assim. Quando eu tinha dezesseis anos eu já passara a servir na corte e já fora convidada a falar com todo tipo de gente da nobreza. Todos diziam que eu era uma criança prodígio. Quando alguém me dizia alguma coisa uma vez, eu a guardava na memória de modo tão perfeito que era como se eu a tivesse ouvido mil vezes. Por mais longa que fosse a história que eu tinha de recitar, eu jamais cometia erro algum. — Ela estava cheia de nostalgia.

— Are-san, quando chegou nesse reino, onde você estava quando percebeu o que havia acontecido?

Ela virou-se e mirou a escuridão.

— Eu estava na frente da porta do palácio. Quando abri os olhos, não entendi por que eu estava deitada num lugar tão escuro. Eu ficara doente, com um resfriado, e meu peito doeu muito antes de eu morrer. Eu queria viver mais tempo para recitar mais histórias, e mal me contive de tanta tristeza por não ser mais capaz de fazê-lo. Quando abri os olhos, eu me enchi de alegria porque imaginei que ainda estava viva. Foi quando Izanami-sama abriu a imensa porta do palácio e falou: "Você é Hieda no Are? Você conhece as histórias dos deuses. Eu quero ouvi-las todas, cada uma delas." Assim que a vi, eu soube que ela era Izanami-sama, e fiquei profundamente comovida. Entendi então que as histórias que eu contara eram verdadeiras, todas elas. É por isso que não me importo em estar aqui, muito embora me sinta às vezes solitária. A tarefa que tenho agora está relacionada àquela que eu realizava no outro mundo.

Enquanto eu a ouvia, ocorreu-me que eu não abraçara o meu destino como ela havia abraçado. Eu nasci para ser a sacerdotisa das trevas, portanto era a minha sina servir Izanami. Agora o meu desejo de voltar ao mundo dos vivos e descobrir o paradeiro de meus entes queridos era tão grande que eu estava disposta a me tornar um verme, ou uma cobra que rastejava na sujeira, ou um cigarra que, assim que atingia a maturidade, vivia apenas por mais sete dias.

— Olhe, Namima! É uma formiga, uma formiga vermelha. Formigas são lentas mas têm vida longa. Acho que eu vou me tornar uma formiga para ver o que aconteceu com o mundo. — Hieda no Are mantinha os olhos fixos no chão enquanto falava. — Namima, quando voltarmos a nos encontrar aqui, eu vou lhe contar tudo o que vi. Até lá... cuide-se.

Eu não fazia a menor ideia de como fazer para me transformar em uma formiga, mas, antes de eu perceber isso, Hieda no Are já desaparecera. A pequenina formiga mudara de trajetória e estava agora rastejando na direção da luz.

Eu não queria virar uma formiga e rastejar no chão. Eu tinha um mar para atravessar se quisesse mesmo voltar a ver a ilha Umihebi. Eu não podia me transformar numa ave, mas pelo menos podia virar um inseto que possuísse asas e voasse. Postei-me diante da gigantesca pedra que Izanaki colocara na entrada da caverna. Protegi os olhos com a mão, olhei para a faixa de luz e rezei. Não muito tempo depois, ouvi um zumbido alto, e quando olhei mais de perto, vi uma grande vespa amarela de listras pretas ao longo do corpo. Eu jamais vira uma vespa antes, mas ela era veloz e parecia forte...

2

Na condição de vespa, fui capaz de passar pela estreita ranhura ao longo da pedra e sair da caverna. Fazia um bom tempo desde a última vez em que eu sentira o sabor do ar fresco. Era fragrante e aparentemente infindável. Contente por estar viva, alcei voo livremente, delirantemente feliz. Mas eu tinha diante de mim uma longa viagem, lembrei a mim mesma, e desci lentamente para avaliar as minhas cercanias.

Exatamente como dissera Izanami, um mar profundo em tons de jade estendia-se à frente da entrada do Reino dos Mortos. Ondas fortes rolavam na praia uma atrás da outra. Eu voei para cima e para baixo ao longo da costa em busca de um barco. Mas as únicas embarcações atracadas ao longo da praia mais próxima eram pequenos barcos pesqueiros. Eu não podia me dar ao luxo de desperdiçar meu tempo ali, de modo que voei para o sul, onde esperava encontrar um porto de maiores proporções. Ao longo do caminho avistei um melão maduro que havia caído e encontrava-se aberto no chão. Parei e comi avidamente.

Agora que eu era uma vespa, eu não fazia a menor ideia de quanto duraria a minha vida mas, independentemente do tempo que estivesse destinado a mim, eu precisava chegar em casa, na ilha das Cobras Marinhas. Eu tinha de encontrar Mahito e

Yayoi. Estava ansiosa demais para perder tempo comendo. Eu não tinha tempo para descansar.

Voei por três dias e três noites. Na manhã do quarto dia finalmente alcancei um grande porto bem ao sul de Yomotsuhira-saka. Exausta, pousei no tronco de uma árvore e avaliei os barcos, procurando um que pudesse talvez navegar na direção da familiar cadeia de ilhas. Avistei um deles descarregando conchas brancas. Era uma grande embarcação com velas brancas, grande o bastante para carregar mais de trinta homens. Eu jamais vira um barco como aquele tão próximo da minha ilha. Homens parcialmente despidos estavam descarregando enormes engradados cheios de mariscos — conchas com bocas largas, gigantescas conchas-aranhas e conchas verdes com suas iridescentes camadas internas. Os engradados eram tão grandes que era necessário um sem-número de homens para erguer um deles. Eu me lembrei de casa. A concha de boca grande tinha uma vívida coloração branca e a carne em seu interior era espessa e suculenta. A única maneira de coletar uma dessas era mergulhar até o leito do oceano, onde elas encontravam-se enfurnadas na areia. As mulheres na minha ilha, que haviam sido treinadas para prender a respiração por um longo tempo, as coletavam e traziam para a praia, bem como os homens, que estavam no mar pescando.

Eu ouvira falar que a concha de boca grande era usada para adornar pulseiras e colares, mas ninguém na minha ilha trabalhava com artesanato de conchas, e eu jamais vira qualquer adereço desse tipo. A concha era usada principalmente para escambo e, assim que coletavam uma quantidade suficiente, os homens na ilha enchiam seus barcos e trocavam-nas por outras mercadorias. Eu concluí que, se subisse a bordo daquele barco que avistara no porto, ele provavelmente me levaria para perto da minha ilha. Voei o mais silenciosamente possível na direção dele e grudei-me no mastro.

Na manhã seguinte o barco partiu. Eu me escondi nas sombras do carregamento, de modo a não ser soprada para longe pelos fortes ventos. Ocasionalmente, eu descansava na amurada. Os dias foram passando e eu não tinha nada para comer ou beber.

— Ei, tem uma vespa amarela aí. Mate-a!

De repente, um remo veio na minha direção. Eu voei em pânico e pairei sobre a superfície do mar. Minha garganta estava ressecada, então bati as minhas asas na direção do barril que continha água potável.

— É a primeira vez que eu vejo uma vespa amarela num barco.

Os marinheiros apontavam para mim, surpresos com o fato de eu não ter voado para longe.

— Parece que ela quer ir para algum lugar!

Havia um piadista entre eles.

— Bem, se ela te picar, você morre. Eu vou matar esse bicho se ele voltar para cá.

O homem com o remo ficou de prontidão. Pela primeira vez eu percebi o quanto seres humanos eram perigosos para uma vespa. Um homem mais velho, vestido de branco, veio da proa do barco para apaziguar a tripulação.

— Aquela vespa pode muito bem ser um encanto de boa sorte. Se ela voltar, deixem-na em paz.

Aliviada, voei de volta ao barco, o que fez com que os homens rissem.

— A vespa entende o que nós estamos falando. Se você prometer não picar ninguém, pode seguir viagem conosco. Voe em círculo se estiver de acordo.

Eu voei em círculo. Os marinheiros irromperam em aplauso e em seguida entreolharam-se, embasbacados. O homem que tentara me matar com o remo apontou para mim.

— Pode ser que ela seja uma divindade que nos protegerá nesta viagem.

Eu pousava ao lado do barril e bebia a água despejada pelos marinheiros. Ou então voava para a despensa do barco e caçava os insetos menores que lá viviam. Vespas amarelas comem mais do que apenas o néctar das flores.

Quantos dias e noites se passaram enquanto eu estava a bordo do barco? Duas semanas? Mais. Quanto mais nós navegávamos no oceano, mais fraca eu ficava. Se demorasse ainda mais, eu teria morrido no percurso. Eu teria de retornar ao Reino dos Mortos antes de alcançar a ilha. Eu queria evitar isso.

Por duas ou três vezes fortes ventos açoitaram o barco, e eu quase fui soprada em direção ao mar enquanto lutava para voar abaixo do convés. Sempre que isso acontecia o barco dirigia-se a um pequeno porto, um grupo de ilhas ou algum lugar onde pudesse escapar da tempestade. Se nenhum porto ou enseada fosse encontrado, o barco era lançado implacavelmente nos mares de altas ondas. Minha passagem foi recheada de intranquilidades. Eu me preocupava constantemente: será que eu morreria antes de alcançar meu destino? O suspense era agonizante. Mesmo assim, a viagem foi muito mais rápida do que aquela que Mahito e eu havíamos feito em nosso barquinho sem vela. Nos dias em que ventava, o barco pairava sobre as ondas como se estivesse voando. O barco que Mahito e eu utilizáramos era obrigado a seguir as correntes, e nós ficávamos à deriva ao capricho das ondas.

Um dia o barco chegou a uma grande ilha de mata fechada. Os marinheiros navegaram cautelosamente em direção a um adorável porto com altas castanheiras na costa e praias com deslumbrantes areias brancas.

Eu pousei na amurada, avaliando a cena, enquanto meninos e meninas amontoavam-se ruidosamente no porto. Balançando os braços, eles pareciam deliciados com a chegada do barco. Seus rostos eram bem queimados de sol. Suas sobrancelhas eram espessas, seus olhos grandes e as feições familiares. Suas vestimentas também faziam lembrar em corte e padrão aquelas das pessoas da minha ilha. Certa de que devia estar perto da ilha Umihebi, eu voei e me afastei do barco.

— Olhe só para isso — disse o capitão do barco, apontando na minha direção. — A vespa amarela está indo embora.

— Quer dizer então que o seu destino são as ilhas ao sul!

— Boa sorte!

Os marinheiros acenaram para mim com palavras gentis de despedida. Eu voei em círculos no céu para sinalizar a minha gratidão.

Eu esqueci as durezas da longa viagem. Estava embriagada pela paisagem das ilhas do sul. Durante o lânguido calor do início da tarde, a gloriosa manhã à beira-mar cumprimentou-me gentilmente, dando as boas-vindas aos insetos. Quando a noite caiu, os hibiscos mudaram de rosa para bege e espalharam-se no chão. Eu voei para cima e para baixo quase que enlouquecida de alegria por estar entre flores que não via há muito tempo. Eu beberiquei o néctar da doce naia e bebi o orvalho acumulado nas folhas das camélias. Então voei em meio à densa mata e subi na direção das luxuriantes montanhas onde capturei e comi besouros e aranhas e, finalmente, tirei uma soneca à sombra de uma folha. Para onde quer que eu olhasse havia trepadeiras e arbustos emaranhados, animados insetos e serpentes marinhas rastejando pela areia branca.

Tudo me fazia lembrar o meu antigo lar, mas eu ainda não estava na ilha Umihebi.

Na manhã seguinte, as energias restauradas, comecei a voar pelos mares na direção do sol nascente. Sempre que me aproximava de uma ilha eu diminuía a velocidade para olhar, mas nenhuma delas era Umihebi. Por duas vezes o sol nasceu e se pôs enquanto eu voava, mas eu continuava a voar na direção leste. Muitas foram as vezes em que fiquei tão exausta que pensei que fosse morrer.

Aos poucos fui compreendendo que estava me aproximando do fim de minha vida. Por mais que tentasse estimular a mim mesma, eu simplesmente não conseguia encontrar forças para seguir voando. Eu morreria antes de alcançar a minha ilha. A noite caíra e, à medida que sobrevoava a superfície das ondas, eu lembrava da fria escuridão do Reino dos Mortos. Um mundo desprovido de cor, desprovido de aroma. Aqui, em contraste, eu estava exausta mas tinha o cheiro salgado do mar, a doçura do ar, o infindável céu noturno — tanta beleza e liberdade que jamais teria conhecido se não estivesse viva. Se eu morresse agora, tudo seria perdido. Eu precisava continuar. Eu tinha de ver Mahito e Yayoi. Apenas um vislumbre, apenas um vislumbre, eu cantava para me incentivar a seguir em frente.

Subitamente, vi uma gigantesca rocha projetando-se do mar. Esforcei-me para voar na direção e me grudei em sua superfície. Eu não sabia em que ilha eu me encontrava ou de que ilha estava próxima, tudo o que sabia era que podia descansar ali. Aninhei-me numa diminuta reentrância e adormeci profundamente.

Na manhã seguinte, quando acordei, vi que lilases imaculados floresciam ao longo da rocha. Eu já vira isso antes. Por acaso essa não era a costa norte de onde Mahito e eu havíamos zarpado? Olhei na direção dos mares e vi terra assomando sobre as ondas. O promontório. Não havia dúvida. Eu podia ver seu paredão do mar, mas os belos lilases brancos agraciavam os rochedos e cumprimentavam gentilmente, como se dando boas-vindas aos deuses em sua descida até a ilha.

Mahito e eu, assim que nos afastamos o bastante da terra firme, ficamos muito felizes em pegar as correntes que nos levaram da ilha e nos lançaram em nossa fuga. Nós nos demos as mãos em comemoração e só então, quando olhamos para a ilha que ficara para trás, a visão dos lilases brancos enfeitando os penhascos escuros foi de uma beleza tão grande que nos tirou o fôlego.

E agora, por fim, parecia que eu havia retornado a Umihebi. Minha vida, eu podia dizer, estava por um fio. Eu imaginava que a vida útil de uma vespa seria, na melhor das hipóteses, um mês. Antes que a luz em meu coração se apagasse, eu tinha de encontrar Mahito e minha filha. Eu imaginava se teria tempo para isso.

A ilha que eu não via há muito tempo era preciosa para mim. Enquanto voava por sobre a faixa de terra e olhava para os bosques de pândano, para os sagueiros e os grupos de palmeiras, as lágrimas brotavam em meu coração. Abaixo de mim eu podia ver agora o grande rochedo que chamávamos de O Alerta. De cima, dava para ver que ele ficava bem no centro da ilha em forma de gota, como se alguém tivesse feito um corte no meio.

Eu imaginava se Kamikuu, Filha dos Deuses, estava bem. Ela era agora o grande Oráculo. Será que Nisera, nossa mãe, ainda estava viva? Eu não sabia quanto tempo havia se passado desde que eu fora convocada para servir Izanami, e esperava poder ver minha família o quanto antes.

Segui na direção de minha casa, voando em velocidade. Não vi ninguém no caminho. Era como se todo mundo na ilha estivesse morto. Eu não vi nenhuma fumaça subindo das casas, nenhuma mulher saindo para o trabalho. Mas eu vira poucos barquinhos, tão característicos de nossa ilha, amontoados no porto ao sul. Talvez fosse o momento em que os homens estivessem retornando de suas pescarias.

Se estivessem ainda vivos, meu pai e meus irmãos mais velhos também estariam em casa. Eu esqueci que era uma vespa e meu coração ficou acelerado como acontecia quando eu era uma menininha. Comecei a olhar aqui e ali ansiosamente em busca de sinais de minha família. O ar estava com um cheiro seco e salgado; as areias cintilavam ao sol, tão brilhantes que quase cegavam. E as rochas calcárias ao redor pareciam fervilhar de calor. Suculentos loureiros cobriam o chão entre as praias e as casas. A ilha podia até ser pobre, mas era rica de luz e beleza natural. Possuía vida em abundância. Eu esqueci a sina cruel que suportara ali e voei mais alto, perdida em sonhos.

Mas as pessoas, queimadas de sol, tinham de trabalhar se quisessem comer. Onde elas estavam?

Subitamente, vi-me diante de uma procissão fúnebre. As pessoas estavam vestidas de branco e caminhavam lentamente lado a lado, exatamente como haviam feito quando do funeral de Mikura-sama. Mas, ao contrário daquele, todos os participantes deste cortejo eram mulheres. E havia apenas um caixão de madeira. Não era grandioso como aquele que acomodara minha avó. Mas tampouco se assemelhava ao caixão de Nami-no-ue-sama, simples e toscamente entalhado. Quatro jovens fortes e robustos que eu jamais vira antes o estavam carregando, um em cada canto.

De quem era aquele funeral? Eu não podia imaginar, e também estava sobressaltada pelo estilo do funeral, tão diferente daquele que eu vira antes. Impulsionando ainda mais meu corpo exausto, disparei em várias direções.

Havia uma sacerdotisa na frente da procissão vestida de branco. Ela exibia folhas de samambaias trançadas ao redor da cabeça, e dois ramos de flor de pândano amarela estavam enfiados em ambos os lados da faixa em sua cabeça, protuberantes como chifres. Seu pescoço estava adornado com diversos colares de pérolas. Ela cantava e dançava enquanto caminhava, soando uma concha. Era uma mulher de meia-idade com uma impressionante forma física. Ela se parecia bastante com Mikura-sama mas, evidentemente, Mikura-sama não estava mais viva. A menos que eu tivesse regredido no tempo. Mas será que isso era possível?

Hoje, hoje mesmo
Pequena sacerdotisa, tu te escondeste
Três dedos pressionados em triângulo
Sobre as areias tríplice deferência
O arco da onda, o arco da cabeça
Tu deves baixar

Hoje, hoje mesmo
Pequena sacerdotisa descanse em paz
Os céus dão-te boas-vindas
Os mares elevam-te
Pois hoje, hoje mesmo
Oferecemos nossas preces

Não. Eu imaginara que fosse Mikura-sama, mas era Kamikuu. Ela devia estar com mais de trinta anos. Sua aparência era exatamente igual à de Mikura-sama quando éramos pequenas. Não, não exatamente. Ela era mais bonita do que Mikura-sama. Ela era majestosa. Eu não sei muito bem como descrever sua feminilidade de uma maneira que outras pessoas possam entender.

Seu rosto e seus braços eram tão brancos quanto a neve, praticamente um milagre numa ilha do sul como a nossa que absorvia toda a energia do sol. Seus lustrosos cabelos caíam-lhe nas costas até abaixo da cintura, e seus olhos escuros tinham uma mirada imperiosa. Eram brilhantes e confiantes, como se imbuídos da completa e perfeita felicidade da vida. E sua voz soava como um sino resplandecente que poria em transe quem quer que a ouvisse. Seus dedos eram flexíveis e graciosos, e ela movia os pés na cadência do ritmo de seu canto. A bainha de sua veste branca balançava enquanto ela girava o corpo. Aquilo mal se assemelhava a uma prece: ela parecia estar no meio de uma dança. Mikura-sama deixara embevecidos todos que a viram com sua dignidade. Mas Kamikuu capturava corações com sua beleza e vitalidade. Muito embora estivessem participando de uma procissão fúnebre, todos seguiam como se estivessem enfeitiçados pela voz e pelos movimentos de Kamikuu.

Eu tinha a sensação de que uma eternidade se passara desde que eu vira a ilha pela última vez. Aturdida, vasculhei as redondezas em busca de algum rosto familiar. Mas, fora Kamikuu, eu não reconhecia ninguém. Talvez Yayoi estivesse entre elas. Havia mais ou menos dez mulheres no fim da procissão, mas nenhuma delas dava a impressão de poder ser Yayoi.

E se eu ainda estivesse viva? Eu adorava a minha irmã mais velha, e estava cheia de alegria por poder vê-la mais uma vez. Eu a contornei, batendo as asas. Sua voz elevada devido ao canto, Kamikuu de repente olhou para mim.

— Kamikuu! Sou eu, sua irmã! Namima, Mulher-Em-Meio-Às-Ondas.

Eu voei em círculos na frente do rosto de Kamikuu. Esta, enquanto batia as conchas com a mão direita e sacudia os colares de pérolas com a esquerda, olhou para mim zombeteiramente.

— Kamikuu, você é o grande Oráculo, uma xamã, não é? Você não compreende o que estou dizendo? Por favor, por favor... Sou eu, Namima!

Eu esqueci de que havia vindo do submundo, do Reino dos Mortos e da degradação. Bati minhas asas com toda a força de que dispunha. De repente, as conchas na mão de Kamikuu voaram no ar. Eu não sei o que aconteceu em seguida. Eu caí ao lado da procissão e perdi a consciência.

Quando voltei a mim senti que tinha sorte por estar viva. Eu podia muito bem ter sido pisoteada até a morte, ou me tornado refeição para algum pássaro ou aranha. Eu escapara inclusive de ser levada por formigas. Por um tempo permaneci deitada na terra suja, parcialmente morta. O sol estava se pondo e tudo ao meu redor estava escurecendo. Tentei alçar voo apenas para descobrir que minha asa esquerda estava quebrada e amassada de encontro à minha barriga. Eu voara perto demais de Kamikuu e ela me atingira. Eu não conseguia acreditar que a irmã que eu adorara pudesse ter me atingido. Fiquei de coração partido só de pensar nisso.

A procissão fúnebre já acabara havia um bom tempo e a cerimônia do Amiido também já devia estar encerrada. Eu imaginei quem havia se tornado a sacerdotisa das trevas. Porém, mais do que isso, eu queria saber quem havia morrido.

Kamikuu usara na canção a expressão "pequena sacerdotisa". Eu precisava descobrir quem era a "pequena sacerdotisa". Eu jurara nunca mais pisar no Amiido, mas dirigi-me para lá. Eu não conseguia voar bem. O estrago em minha asa era grave. Eu percebia cada vez mais que minha vida aproximava-se rapidamente de seu fim.

Eu precisava de mais um dia, quem sabe apenas metade de um dia. Por favor! Eu rezei para Izanami. Visualizei-a olhando para o espaço com aqueles olhos que não se fixavam em nada, fingindo não reparar. E eu tinha certeza de que ela estava desapontada, até mesmo chateada comigo, com a minha disposição em pagar tamanho preço para uma última olhada no mundo dos vivos. Mas fora escolha minha trocar de lugar com a vespa. Eu poderia ter virado uma formiga e vivido uma vida mais longa. Mas eu escolhera a vespa porque esta podia voar longas distâncias. Então, se eu morresse antes de ver Mahito e Yayoi, eu não tinha ninguém a culpar além de mim mesma. Eu procurei a macia floração feminina de um sagueiro e me encolhi dentro dela, ciente de que a morte viria logo, logo.

Acordei na manhã seguinte com um sobressalto, irritada por uma barulhenta borboleta. O tardio sol de verão ainda não nascera. Por algum golpe de sorte, eu ainda estava viva. Pus-me novamente a caminho do Amiido, localizado na parte mais a oeste da ilha.

O sol nascente tingira de vermelho a clareira redonda e gramada do Amiido. Diante de mim encontrava-se a grande abertura que dava na caverna de pedra calcária branca. Vinte anos deviam ter se passado desde que eu fora deixada lá sozinha para abrir as tampas dos caixões todas as manhãs, verificar Mikura-sama e Nami-no-ue-sama, consolá-las e assisti-las em suas passagens para a eternidade. Meu medo voltou a mim com rapidez e intensidade. E muito embora fosse uma vespa, meu coração batia aceleradamente.

O Amiido era a morada temporária dos mortos. Era onde os cadáveres ficavam, depois que os espíritos partiam. Evidentemente, os caixões decrépitos alinhados na caverna continham os ossos brancos de Mikura-sama, Nami-no-ue-sama e meus ancestrais. Alguns dos caixões estavam tão deteriorados que ossos projetavam-se deles. Em alguns casos, os caixões haviam se partido, deixando-os expostos. Aqueles mais próximos à entrada eram os mais recentes.

O teto da diminuta choupana onde eu morara uma vez havia recebido novas folhas de pândano. Ele aguentaria a chuva pesada que caía todas as noites de verão e até mesmo fortes tempestades e ventanias. Pousada na sombra de um lírio branco, eu mirava a choupana, colorida pelos raios do sol matinal.

A porta se abriu e uma menina saiu. A sacerdotisa das trevas. Sua presença era indispensável à ilha, mas era trágico o fato de ter nascido com semelhante destino. Seus olhos estavam inchados de lágrimas. Ela deixou escapar um longo suspiro. Eu tive a sensação de estar olhando para o meu próprio passado. Eu estava assustada demais para entrar na choupana na minha primeira noite no Amiido. Essa menina parecia mais resignada com sua sina do que eu era. Talvez ela soubesse desde bem pequena que se tornaria a próxima sacerdotisa das trevas. Seu corpinho era muito magro, mas seus braços e pernas eram longos e ágeis e ela parecia forte.

Ela pareceu hesitar antes de se virar na direção da caverna. Ela entrou, soltou a tampa do caixão mais recente e espiou seu interior. Ela deu início a sua aterrorizante tarefa:

— Bom-dia, mamãe.

O brilho do sol matinal refletia nas lágrimas que escorriam de suas faces. Será que a morta era a mãe da pequena sacerdotisa? Eu me aproximei, com cuidado para não fazer muito barulho com as asas. Olhei o interior do caixão abaixo por cima dos ombros da menina. A morta era velha, de cabelos brancos. Seus olhos estavam fechados, o rosto, tranquilo.

— Mamãe, eu agora farei todas as coisas que você estava acostumada a fazer. Mas a minha primeira tarefa é colocá-la a caminho. Isso me deixa muito triste.

A menina grudou-se ao caixão, lágrimas escorrendo-lhe pelo rosto. Ela enxugou-as com as palmas das mãos. Seu rosto, muito bonito, me era familiar de uma forma ou de outra. Mas eu não conseguia dizer exatamente de onde. E eu entendi, pelo que ela dissera, que a velha no caixão havia sido a sacerdotisa das trevas, mas isso não fazia sentido. Na minha época, Mikura-sama e Nami-no-ue-sama eram um par — uma dia, outra noite. Elas eram irmãs. Uma cuidava do mundo dos vivos, a outra, do mundo dos mortos.

— Mas, graças a você, mamãe, eu não tenho nem um décimo do medo que talvez tivesse. Mesmo que seu corpo comece a ficar infestado de larvas, eu não vou ficar assustada. É claro que eu te amo, mamãe. Você foi muito boa comigo. Agora é a minha vez de cuidar de você. Eu vou cuidar de você até que os vinte e nove dias tenham se passado, e você tenha se transformado num espírito e tenha viajado para o fundo do mar.

Eu ainda posso me lembrar daquela noite enluarada. Mikura-sama e Nami-no-ue-sama apareceram diante de mim em seus corpos vivos para me oferecer sua gratidão. Mas eu não merecia a gratidão delas. Eu as havia traído. Eu estava levando em meu ventre uma criança.

A menina falou corajosamente:

— Mamãe, Nisera-sama está aqui também. Ela sempre foi muito gentil comigo e com meus irmãos mais velhos. Eles estão aqui, portanto não estou com medo. E, além disso, você fez esse trabalho antes de mim. Estou pronta. Sinto-me triste e solitária, mas alguém precisa cumprir a tarefa. Não há alternativa.

Nisera? Então a minha mãe morrera e fora deixada ali também? Seu corpo havia sido depositado em algum lugar da caverna. Eu senti uma onda aguda de decepção ao saber que agora não voltaria mais a vê-la. Mas se ela fosse para o mundo subterrâneo, para o Reino dos Mortos, o local deixaria de ser tão solitário.

A menina recolocou a tampa no caixão, juntou as mãos e baixou a cabeça em oração. Ela se levantou e andou na direção da entrada da caverna. Na noite em que eu me tornara sacerdotisa das trevas, meu pai e meus irmãos haviam colocado um portão na entrada do Amiido e me trancado lá dentro. Também havia um portão ali agora. Mas não era feito de espinhos de pândano, como o que fora feito quando eu fui presa lá dentro. Era um portão apenas na acepção da palavra, feito de copas de samambaia trançadas.

Do outro lado do portão eu reparei um homem alto de pé curvando-se para a frente. Sua pele cor de cobre destacava-se em contraste com a brancura dos trajes que usava, fazendo com que seu corpo robusto parecesse ainda mais arrebatador. Quem era ele? Eu o vira antes. Não podia ser Mahito, podia? Ele estava abrindo a boca para falar. Eu levantei as orelhas.

— Yayoi, você está bem?

Chocada, olhei fixamente o rosto da menina. Era a minha filha, a que nascera na "calada da noite". Agora eu conseguia ver. Seu rosto era como o de minha mãe, Nisera. E seu corpo comprido e magro era como o meu. A força em seus olhos me fizeram lembrar de Kamikuu. Não, eu tenho a impressão de que eles eram mais parecidos com os de Mahito. Os olhos dele sempre foram tão cheios de propósito. Quanto mais eu a examinava, mais eu sabia que se tratava de minha filha, a menina mais bonita do mundo. Mas por que Yayoi se tornara a sacerdotisa das trevas? Eu era *yin*, portanto ela seria *yang*.

Yayoi correu rapidamente na direção do homem.

— Mahito, Irmão Mais Velho! Você veio, exatamente como prometera que viria!

Então *era* Mahito. Eu olhei fixamente para o rosto dele. Seus olhos possuíam a mesma aparência intensa, seu nariz, o mesmo cavalete. O corpo tranformara-se no corpo de um robusto marinheiro. Mas ele ainda possuía em torno de si a delicadeza e a generosidade de sua juventude. Eu estava enlouquecida de alegria. Por fim eu encontrara meu marido e minha filha! Mas por que Yayoi chamara a velha de "Mãe"? E Mahito de "Irmão Mais Velho"? Eu dei várias voltas no ar, zumbindo.

Mahito olhou com fúria na minha direção e fez como se fosse me dar um tapa.

— Que esquisito — disse ele. — Não existem vespas nesta ilha. E essa aqui é grande e provavelmente está enraivecida. Tenha cuidado, Yayoi.

Yayoi seguiu meu voo com os olhos.

— Eu sou tão solitária aqui que qualquer companhia me deixa feliz, até mesmo a de uma vespa!

Tive a sensação de ter sido apunhalada. Eu queria muito ter uma forma humana para poder falar com Yayoi. Queria contar a ela que era a sua mãe, que escapara da ilha todos esses anos atrás para salvar a vida dela. E, afinal, por que ela estava ali?

Como se nada estivesse errado, Mahito entregou a ela alguma coisa embrulhada na folha de uma palmeira.

— Seu jantar.

Yayoi pegou o pacote das mãos dele.

— Irmão Mais Velho, mamãe não parece morta. Ela parece estar dormindo. Gostaria de vê-la?

Mahito permaneceu em silêncio. Ele levantou as mãos para bloquear o sol matinal. Com as juntas grandes, elas eram bonitas. Aquelas eram as mãos firmes que haviam apertado as minhas próprias mãos na noite tempestuosa tanto tempo atrás quando eu estava voltando para casa após entregar a comida a Kamikuu. Mãos que haviam explorado o meu corpo e desvendado os recantos secretos do meu prazer. Nas noites em que não conseguia dormir, aquelas eram as mãos grandes que cobriam meus olhos — e as mãos que haviam me apertado o pescoço, mãos sobre as quais o caldo de cobra marinha havia derramado. Eu olhei fixamente para as mãos agora banhadas pelos raios do sol matinal e fiquei mais enlouquecida ainda de dúvida.

Será que Mahito fizera Yayoi se passar por sua irmã mais nova? Se fosse mesmo isso, a mulher no caixão era a mãe dele. A família dela, os Umigame, estavam submetidos a uma maldição porque ela não havia sido capaz de cumprir seu papel de fornecer à ilha uma *miko* substituta.

Mahito retornara à ilha com a recém-nascida Yayoi e enganara os ilhéus, fazendo-os acreditar que sua mãe havia finalmente dado à luz uma menina. Aquilo significava que ele, seus pais e seus irmãos mais novos haviam sido poupados da morte certa. A mãe de Mahito era a *miko* auxiliar, de modo que tornara-se a sacerdotisa das trevas depois de eu ter fugido da ilha. Era o papel de sua família preencher a vaga. E isso significava que, quando Kamikuu, o grande Oráculo, morresse, minha filha Yayoi deveria segui-la em sua morte.

— Por favor, não me peça para fazer isso. Você sabe que encontrar os mortos à luz do dia traz má sorte aos pescadores. Se eu fosse dar uma olhada em minha mãe, estaria desrespeitando as regras e atraindo eventuais castigos. — Mahito franziu o cenho e olhou ao redor de si, preocupado. Eu estava furiosa. Ele e eu havíamos desrespeitado uma regra atrás da outra, não havíamos? Quantas vezes nós dois havíamos comido as sobras de Kamikuu, a comida que eu deveria ter jogado penhasco abaixo? E todas aquelas noites em que fizemos amor? Eu deveria permanecer virgem para sempre. Mas engravidei e nós fugimos da ilha. Depois de todas as regras que desrespeitamos, quem seria castigado? Apenas Yayoi. Meu coração dava-me a sensação de que se partiria em dois.

O que eu deveria fazer? Dei várias voltas no ar, zumbindo. É claro que Yayoi era inocente e não estava ciente de nada disso. Ela estava apenas se esforçando ao máximo para desempenhar da melhor forma possível o papel que imaginava ser o dela.

— Irmão Mais Velho, quando seu barco partirá? — perguntou ela ansiosamente.

— Esta noite. Meu filho trará as refeições.

— Obrigada.

— Eu já ia esquecendo. Use isso.

Mahito puxou uma colher do interior de sua veste e entregou-a a Yayoi. Era uma concha. Por acaso aquela não era a colher que Nami-no-ue-sama usara enquanto vivera na pequena choupana do Amiido? Na noite em que Mahito e eu fugimos, aquela foi a única coisa que levei comigo.

— O que é isso? — perguntou Yayoi, enquanto olhava para o objeto.

Mahito hesitou antes de responder:

— É uma coisa que uma mulher chamada Nami-no-ue-sama usava. Ficou comigo.

— Ah, eu sei por quê! Ela era a sacerdotisa antes de mamãe assumir o posto.

Nenhum dos dois fez menção alguma a mim. Eu imaginei por quê. E por que Mahito não havia contado a verdade para a filha? Namima era a sacerdotisa que deveria suceder Nami-no-ue-sama. Ela era a sua mãe. Mas Mahito falava tão facilmente com Yayoi, como se ela fosse uma pessoa completamente diferente.

— Sim. E agora isso pertence a você, Yayoi. Use-a em sua cabaninha.

— Obrigada por sua gentileza.

Mahito apertou a mão dela.

— Você se sentirá solitária, a princípio. Mas concentre-se em suas tarefas. Quando os ritos fúnebres tiverem se encerrado, os espíritos retornarão para vê-la. Então, por favor, esforce-se ao máximo para conduzir mamãe à próxima vida. Ela sofreu longa e duramente para dar à luz você.

— Eu o farei. E você, irmão, cuide-se também. Como está Kamikuu-sama?

— Está bem.

— Eu não poderei vê-la por um bom tempo. Por favor, diga que eu mandei lembranças.

— Pode deixar que eu direi. — Mahito exibiu os dentes brancos enquanto sorria.

Eu pousei nas costas dele, tão silenciosamente que ele não notou.

Um homem bem-apessoado no auge de sua forma física, Mahito andava com passadas vigorosas pelas trilhas da ilha comigo agarrada em suas costas. Sempre que se encontrava por acaso com alguém ao longo do caminho, a pessoa olhava para ele com respeito, quase como se estivesse deslumbrada, e o cumprimentava com uma pronunciada mesura. Que contraste com os dias em que sua família estava amaldiçoada porque fracassara em gerar uma filha. Mahito não tinha permissão para se juntar aos outros homens nas embarcações pesqueiras mas era obrigado, isto sim, a sair na companhia das mulheres para colher algas e mariscos nas praias. Aqueles dias humilhantes eram agora passado. E tudo porque ele mentira para o chefe da ilha e apresentara minha filha como sua irmã recém-nascida. Meu coração estava cheio da mais sombria desconfiança.

Mahito entrou numa pequenina cabana no limite do Kyoido. Era o mesmo lugar onde Mikura-sama tinha sua cabana — onde eu costumava deixar a cesta de comida para Kamikuu. Mas a cabana de Mikura-sama não estava mais de pé. Agora havia lá uma casa nova com um telhado de galhos de pândano e um piso alto de estacas que lhe dava uma aparência agradavelmente simpática.

Dois jovens estavam em pé na frente do poço no jardim, atando corais a uma pesada rede de pesca. Eles se viraram e acenaram para Mahito. Um dos meninos tinha quase o tamanho de um adulto e o porte de um bom pescador. O outro tinha provavelmente por volta de oito anos de idade. A exemplo de seu irmão mais velho, parecia um menino inteligente.

— Seja bem-vindo, papai!

Mahito acenou para eles e perguntou:

— Onde está a mamãe?

— Ela está no altar, oferecendo preces pela segurança da frota pesqueira — respondeu o menino mais velho. O mais novo olhou para o pai com um prazer acanhado e então voltou à tarefa de consertar a rede. Mahito deu-lhe um tapinha no ombro e em seguida pôs-se a caminhar na direção do altar. Então, Mahito casara-se com Kamikuu e juntos eles haviam tido todos aqueles filhos. Em seguida, uma jovem de aproximadamente dezesseis anos saiu da casa, uma menininha de mais ou menos cinco anos a seu lado.

— Bem-vindo, papai!

Uma filha. O lar do grande Oráculo estava assegurado. Kamikuu cumprira sua tarefa com desenvoltura. Esplêndida e excelsa como *miko*, bem-sucedida como mãe e ainda de posse do amor de Mahito.

Lembrei-me de como, muito, muito tempo atrás, ela confessara seu desejo por ele. "Eu logo, logo deverei começar a ter filhos. Esse é o meu destino. Se eu pudesse ter um filho com um homem como Mahito, eu seria feliz. Mas Mikura-sama me disse que eu não posso enquanto a família dele estiver submetida à maldição."

Esse foi o motivo pelo qual Mahito voltara depois de estar tão perto de Yamato. Ele tinha de realizar o desejo de Kamikuu. Eu queria rezar pela felicidade de minha irmã, e pela felicidade de meu ex-marido. Mas jamais conseguiria perdoar Mahito por haver mudado o destino de minha filha.

Ainda sem saber que eu estava grudada em suas costas, Mahito andou na direção do altar aninhado num bosque de figueiras no centro do Kyoido. Kamikuu, vestida de branco, estava lá de pé, voltada para o leste, seriamente concentrada em suas preces. Mahito esperou pacientemente até que ela tivesse terminado. As palavras que ela cantava eram as mesmas que Mikura-sama entoava. Eu me lembrava vagamente delas.

Céus... nos curvamos diante de ti.
Mares... nos curvamos diante de ti.
Ilha... por ti oramos.
Sol que corre no céu, reverenciamos a ti,
Sol que rasteja no fundo do mar, evitamos a ti,
Nossos homens cantam as sete canções.
Nossos homens proferem os três versos sobre as ondas.
Céus... nos curvamos diante de ti.
Mares... nos curvamos diante de ti.
Ilha.. em ti confiamos.

Kamikuu virou-se, sentindo a presença de Mahito.

— Kamikuu — chamou ele.

Ainda usando suas vestes de oração, ela voou para os braços dele.

— Eu não quero ficar tanto tempo sem você.

— Não há alternativa. Um homem precisa ir para o mar.

— Prometa-me que vai voltar para casa em segurança, Mahito.

— As suas preces vão me proteger.

Eles permaneceram abraçados, em silêncio. Estava claro que se amavam. Eu não suportava olhar para eles. Sem emitir um som sequer, voei para a figueira e aterrissei sobre uma raiz. Kamikuu ergueu o rosto na direção de Mahito.

— Se as minhas preces alcançarem os céus, eu continuarei rezando até morrer.

— Se você morrer, Kamikuu, a ilha perecerá. — Ele enterrou o rosto na nuca dela enquanto falava.

— Quando a sua mãe morreu, ela parecia saber que você seria reinvestido em segurança. Ela era uma verdadeira *miko*, afinal de contas. E nos deu uma maravilhosa substituta em Yayoi. Eu tenho certeza de que ela morreu em paz. Mas Yayoi não será capaz de ter filhos, de modo que não haverá uma *miko* alternativa.

Kamikuu olhou para Mahito com piedade nos olhos.

— Não há alternativa, Kamikuu. Você precisa viver uma vida longa. Nós esperaremos por uma neta. Essa é a regra da ilha, não é?

Agora Mahito estava disposto a aceitar a sina que a ilha impunha a ele. Esse era o motivo pelo qual ele havia me matado: eu era um obstáculo. Assim que entendi isso, o choque foi quase avassalador. Ele e eu havíamos empreendido uma batalha contra as cruéis sinas que tínhamos diante de nós. Mahito levara secretamente as sobras de comida de Kamikuu para sua mãe. E quando ela fracassara em parir uma filha, ele compartilhara a comida comigo e me engravidara, embora eu fosse sacerdotisa das trevas. Em seguida nós fugíramos da ilha. Ele havia desrespeitado todas as regras da ilha comigo. E agora oferecera a minha filha àquelas regras.

— Mahito, mesmo quando você está ausente por um breve período de tempo eu me sinto solitária. — Kamikuu esfregou o rosto no dele. — Eu sou apaixonada por você desde a minha infância. Eu dizia a mim mesma: "Se eu não puder ter Mahito como marido, não vou querer ninguém."

— Eu sentia da mesma forma. — Mahito aproximou-a de si. — Eu sempre a amei loucamente, Kamikuu, desde que consigo me lembrar. Mas como a minha família estava amaldiçoada e desfavorecida, eu podia apenas pensar em você como uma pérola preciosa que jamais deveria tocar.

Em nenhum momento dessa conversa eu ouvi o meu nome. A irmã mais nova de Kamikuu que morrera tanto tempo atrás. A sacerdotisa das trevas que havia desaparecido. Aquele pequeno rascunho de menina de que ninguém se lembrava. Essa era eu. E agora a vespa que eu me tornara tremia de fúria.

— Eu fiquei tão feliz quando a sua mãe deu à luz Yayoi. Eu não tinha ouvido falar nada a seu respeito por tanto tempo que estava preocupada.

— Bem, a minha mãe estava doente.

— E depois Namima pulou no mar e afogou-se. O papel de sacerdotisa das trevas deve ter sido insuportável para ela.

— Ela recusou-se a aceitar sua sina.

Quando ouvi Mahito dizer isso, reuni toda a força que ainda me restava e alcei voo. Pairei bem em frente ao rosto dele. Quando Kamikuu me viu, seu semblante escureceu.

— Eu vi essa vespa ontem. Eu achava que a tinha afugentado.

— Ela também estava no Amiido, e não existem vespas nesta ilha. Ela deve ser perigosa.

Quando Mahito aproximou-se de mim para me matar, eu enterrei meu ferrão entre suas sobrancelhas, gritando:

— Mentiroso!

Um olhar de absoluto choque estampou-se em seu rosto, como se ele tivesse ouvido o que eu dissera, e então desabou no chão. Kamikuu berrou. E eu, no meio de minha raiva, dei meu último suspiro.

3

Eu estava deitada em frente à porta do palácio subterrâneo. Eu voltara ao escuro e frio Reino dos Mortos e o contraste do lugar com a ilha Umihebi encharcada de luminosidade era absoluto. Foi exatamente como Izanami dissera que seria. E, caso ela me perguntasse se eu estava desapontada, eu seria obrigada a dizer que sim. A volubilidade e a traição de Mahito haviam me deixado com o coração congelado. Eu sentia que o Reino dos Mortos era agora um lugar adequado para me abrigar.

— Bem-vinda, Namima — disse Izanami, empurrando a porta e postando-se ao meu lado.

Eu me levantei e fiz uma mesura.

— Obrigada. Ver o mundo dos vivos acalmou-me, Izanami-sama. Obrigada do fundo do coração por ter permitido a minha ida.

— Namima, que palavras insensíveis! — Izanami riu com amargura. — Os que viram a radiante beleza da vida acham um pouquinho mais doloroso voltar para cá.

— Não, Izanami-sama. A minha experiência proporcionou-me uma lição valiosa. Você me disse que era melhor eu não saber o que acontece com os vivos depois que nós morremos. Eu não entendi a sabedoria de suas palavras naquela ocasião.

Mas agora eu entendo. Eu era ingênua. De agora em diante eu lhe servirei com confiança e sinceridade absolutas.

Izanami assentiu com a cabeça a sua aprovação. Então abriu bem as duas portas que davam acesso ao palácio subterrâneo.

— Entre, por favor, Namima. Eu tenho uma surpresa para você.

Minha cabeça pendeu um pouco para o lado por pura curiosidade. Eu segui Izanami ao longo do corredor ladeado pelos imensos pilares. À frente vi um homem alto vestido de branco em pé nas sombras. A perspectiva de olhar para ele era-me tão repugnante que não consegui dar mais um passo adiante.

— Qual é o problema, Namima? — Izanami virou-se para mim. — É Mahito, não é?

— Por que ele está aqui? Izanami-sama, você lançou sobre ele uma de suas gotas da morte? — Eu prostrei-me diante dos pés dela.

— Do que você está falando? — disse Izanami suavemente. — *Você* o matou.

Eu ergui a cabeça, incrédula. Quando eu era uma vespa eu o piquei entre os olhos. Será que a picada causara a morte dele? Agora Kamikuu e as crianças estavam sozinhas. O que eu fizera?

— Foi a picada, Izanami-sama?

— Foi. O veneno da vespa é poderoso. Normalmente, o espírito de Mahito teria vagado à deriva. Mas parece que ele morreu com arrependimentos, de modo que está aqui em sua forma viva. — Ela retirou-se para sua câmara.

Mahito parecia não saber o que fazer consigo mesmo. Ele olhava desamparado para o teto, que se dissolvia na escuridão.

— Mahito.

Quando me ouviu chamando-o, desviou o olhar na minha direção. Seu rosto não traiu nenhuma emoção.

— Sou eu, Namima, não se lembra de mim?

— Namima? — Mahito fixou em mim seus olhos inexpressivos e balançou a cabeça. — Eu tenho a sensação de já ter ouvido esse nome, mas não consigo me lembrar de onde. Sinto muito.

Ele virou-se para mirar em outra direção, um olhar confuso e desamparado em seu rosto.

— Eu era a sua esposa. Eu dei à luz sua filha a bordo de um barco. Nós a chamamos Yayoi. Depois disso, você me matou. E eu acabei vindo para cá.

Como era possível que ele *não* se lembrasse de mim? A reação dele me deixara tão chocada que a minha cabeça começou a girar, e era tudo o que eu consegui fazer para me conter e não gritar com ele.

Mas Mahito apenas balançou a cabeça novamente.

— Quando foi isso? E você está dizendo que eu a matei? Tem certeza? Eu não me lembro de nada disso. E, além do mais, Yayoi é a minha irmã menor.

— Não, ela não é. Ela é nossa filha, sua e minha. E eu sou a irmã mais nova de Kamikuu. Eu era a sacerdotisa das trevas.

Mahito não registrava nem mesmo a mais ínfima lembrança.

— Kamikuu é a minha esposa, a sacerdotisa da luz. Mas a sacerdotisa das trevas era Nami-no-ue-sama.

— E Namima sucedeu Nami-no-ue-sama. Você ia sempre me ver quando eu estava no Amiido.

Mahito não estava me ouvindo agora.

— Onde fica este lugar? E por que estou aqui?

— Este é o Reino dos Mortos. E você está aqui porque está morto.

— Eu estou morto? Mas Kamikuu estava rezando por mim. Era função dela assegurar que eu voltasse para casa são e salvo.

Mahito desabou desanimadamente sobre uma das frias pedras do palácio. Ele deve ter pensado que havia morrido enquanto estava no mar, pescando. Dando-me conta da inutilidade daquela conversa, saí do átrio. Eu não existia nas lembranças de Mahito. Será que isso significava que as minhas próprias lembranças de tê-lo amado estavam agora apenas vagando a esmo no espaço? Parecia sensato que elas desaparecessem junto com o meu passado. Será que isso significava que eu não existia em parte alguma? Que eu jamais existira? Se fosse esse o caso, não haveria nenhum sentido em implorar que ele me perdoasse por tê-lo matado. Meu ânimo mergulhou fundo nas sombras do palácio subterrâneo.

Cheia de propósito e orgulhosa, será que eu invejava a tarefa de Izanami de selecionar mil pessoas a cada dia para morrer? Será que foi por isso que eu havia matado Mahito com meu ferrão venenoso? Como eu o amara, mesmo depois de ele ter me matado. Mas Mahito — espírito insubstancial que era — estava ele próprio ainda apaixonado por Kamikuu. Separado dela agora por toda a eternidade, tudo o que lhe restava era tornar-se um espírito vazio vagando à deriva, sem jamais poder libertar-se de seus desejos terrenos. Ter ciência disso significava que também para mim a paz era impossível.

E agora eu conhecia uma outra espécie de vazio. Eu imaginara que a minha amargura e a minha raiva evaporariam assim que eu matasse Mahito. Mas, uma vez que a fagulha da amargura é acesa, torna-se difícil extingui-la. Mesmo com Mahito desalentado do jeito que estava, a chama da minha amargura ainda tremeluzia. Será que eu não tinha saída a não ser sofrer?

Izanami dissera que humanos não eram deuses. Então, como ela conseguia entender o tormento dos meus sentimentos? Eu vaguei a esmo ao longo do corredor até encontrar-me em frente à câmara na qual Izanami desaparecera. A porta estava fechada. Como o coração de Izanami.

QUE MULHER AGORA DE GRANDE FORMOSURA

1

As velas cheias de vento, o barco cortava as ondas em golpes vigorosos. Yakinahiko, com um açor branco empoleirado em seu braço direito, posicionou-se na proa, seu olho no curso à frente. Seu jovem subordinado, Unashi, encontrava-se a seu lado. Os marinheiros zanzavam pelo convés e olhavam de tempos em tempos para Yakinahiko, que parecia aliviado por finalmente haver vento em suas velas. Em pé ali com seu açor, ele parecia o Deus da Passagem Segura.

O vento estava constante e o barco ganhou velocidade, deslizando rapidamente por sobre o vasto mar. O ranger do mastro, com um som fantasmagoricamente semelhante a gritos, mantinha um alarido constante. O açor encarava o vento de frente e inflava o peito como se estivesse prestes a alçar voo.

— Velejar é revigorante, não é, Unashi? — Yakinahiko acariciou o bico afiado do açor.

Unashi enjoara, seu rosto ainda pálido de náusea. Mas ele parecia finalmente haver encontrado seu equilíbrio a bordo. Um sorriso resplandecente estava estampado em seu rosto quando ele se virou para seu mestre.

— Se continuar assim, eu acho que vou velejar para sempre. — Seus olhos brilhavam de respeito por seu mestre. Yakinahiko tinha trinta anos e encontrava-se no auge de sua masculinidade. Suas feições eram nobres, a tez clara e sua estatura bem acima de 1,80m. Seus braços e pernas eram compridos, seu peito largo e os cabelos — repartidos no meio e reunidos em nós logo acima de cada orelha — eram fartos e pretos. Unashi, de modo contrastante, tinha dezenove anos e era um mero rapazote. Seu corpo, ainda não de todo preenchido, era esguio e o rosto ainda continha traços de menino, o que emprestava a ele um ar de desamparo. Os dois podiam muito bem ser confundidos como irmãos, separados por uns poucos anos. Eles haviam partido, com o açor Ketamaru, em uma viagem que não tinha um destino claro, parando ao longo do caminho para desfrutar de uma ou outra caçada quando a oportunidade aflorava.

Yakinahiko normalmente viajava a cavalo. Essa era apenas a segunda vez que ele subia a bordo de uma traineira para pesca de mariscos. A primeira vez fora cerca de um ano antes. Ele sentira vontade de conhecer o mar ao encontrar homens que usavam braceletes feitos de concha. Isso aconteceu num vilarejo para os lados da extremidade sul de Yamato. Quase todos os habitantes do local enfeitavam o corpo com ornamentos feitos de conchas. As mulheres e as crianças usavam pequenas pulseiras no pulso esquerdo e os homens contornavam o bíceps direito com conchas que antes haviam abrigado uma espessa carne branca.

Quando entrou no vilarejo, Yakinahiko estava a cavalo, seu subordinado Unashi seguindo rapidamente a pé. Os aldeões reuniram-se ao redor deles. A princípio a população masculina ficou intimidada com seu arco e suas flechas e sua longa espada; quando eles avistaram as joias de jade penduradas em seu pescoço, recuaram. Joias eram uma marca de nobreza e reconhecidas como tal por todo o território de Yamato. As mulheres, por outro lado, tiveram uma surpresa agradável ao ver dois cavalheiros tão atraentes e suspiraram audivelmente para o luxo de suas vestes de seda branca. As crianças, levadas pela curiosidade, quiseram mexer com Ketamaru, e quando tentaram tocar na longa espada de Yakinahiko, Unashi foi obrigado a repreendê-las.

— Que tipo de concha vocês usam nos braços? — perguntou Yakinahiko.

Um homem na casa dos quarenta anos abriu caminho em meio à multidão e respondeu respeitosamente:

— Os braceletes dos homens são confeccionados com conchas de boca grande. As mulheres e crianças usam conchas menores em forma de cone. Pessoas como nós ganham seu sustento principalmente a partir das colheitas que conseguimos, de modo que a água é algo vital. É por isso que aqueles que trazem a chuva são exaltados, e usam as conchas mais raras de todas. Nesse vilarejo, eu trago a chuva.

O homem falara com um toque de orgulho. Ele devia ser o xamã local. O xamã deslizou o bracelete de concha pelo braço e entregou-o a Yakinahiko. Ele era pesado e a parte externa continha uma bela figura entalhada.

— O artesanato é muito fino — reparou Yakinahiko, com admiração. — Onde você adquiriu isso?

— Existe um arquipélago bem distante daqui onde eles coletam essas conchas. Nós vamos até lá várias vezes ao ano em nossos barcos para trocar nossos grãos e nossa cerâmica pelas joias que eles confeccionam a partir de suas conchas.

Isso surpreendeu Yakinahiko e ele olhou de relance para Unashi. Este balançou a cabeça lentamente. Aparentemente, também ele estava ouvindo falar dessas ilhas pela primeira vez. Os dois haviam viajado a todos os cantos do reino de Yamato, mas jamais ouviram falar de um arquipélago, de modo que nunca haviam se aventurado tão longe.

— Onde fica esse arquipélago?

— Fica ao sul, muito, muito longe daqui. Os mares por lá são cheios de pequenas ilhas que formam um arquipélago. Pode-se viajar facilmente de ilha a ilha porque o mar não é difícil de ser navegado. A ilha mais ao sul não se parece nem um pouco com Yamato. Eu ouvi dizer que é muito bela, mas o veneno que existe por lá é diferente de qualquer coisa que tenhamos ouvido falar.

— Veneno? Que tipo de veneno?

O xamã deu um risinho.

— Eu não saberia dizer. Mas pode ter certeza de que num lugar onde tudo é belo, deve haver pessoas, plantas e animais que contenham alguma armadilha ou veneno terríveis demais para que nós possamos ao menos imaginar. É isso o que as pessoas querem dizer quando mencionam o veneno que existe por lá.

Yakinahiko decidiu que viajaria para aquele distante arquipélago. Ele queria um bracelete como o que o xamã usava mas, mais do que isso, se ele fosse a um lugar onde jamais estivera antes, havia uma grande chance de descobrir mulheres mais belas do que quaisquer outras que já vira antes. A ideia deixou-o agitado e ele não conseguia conter seu entusiasmo. A perspectiva de encontrar um veneno desconhecido fez com que um calafrio lhe subisse pela espinha.

Levado pela curiosidade, Yakinahiko subiu a bordo de uma traineira para pesca de mariscos e viajou através dos mares por duas semanas até aportar em Amaromi, a grande ilha na entrada do arquipélago. Lá, ele conheceu Masago, a bela filha do chefe da ilha, e fez dela sua mulher.

Isso se deu um ano atrás. Agora ele estava velejando de volta para casa, para reencontrar sua princesa ilhéu. Em volta do braço direito, oculto por baixo da manga, ele usava o bracelete feito de concha de boca larga que Masago lhe dera. A radiância da concha e seu esplêndido artesanato eram ainda mais impressionantes do que lhe parecera no bracelete do xamã. Yakinahiko tocou com a mão esquerda o bracelete sob suas vestes. Ele sentira falta de Masago. Jamais sentira tamanha saudade de nenhuma outra mulher que tomara como esposa... Não, talvez houvesse uma outra no passado, muito, muito tempo atrás. Naquela ocasião ele quase enlouquecera de desejo por sua mulher. Ele se lembrava de tê-la desejado tanto que quase preferira a morte à agonia de seu desejo. Mas ele vivera muito tempo, tanto tempo quanto um rochedo, e agora esquecera-se daquilo.

— Yakinahiko-sama, o que é aquilo? — perguntou Unashi, apontando para algo logo à frente do barco. Era um barquinho de junco, balançando para cima e para baixo nas ondas brancas. Sempre que uma das ondas batia na embarcação, dava a impressão de que ela afundaria, mas em seguida o barquinho ajustava-se novamente, subindo e descendo com as ondas.

Por algum motivo, o coração de Yakinahiko começou a bater aceleradamente.

— Eu nunca vi nada parecido com isso.

Unashi parecia ansioso.

— Chame alguém aqui. Eu quero indagar acerca disso.

Unashi cambaleou no convés inclinado e gritou para chamar o timoneiro.

Convocado a comparecer diante do nobre, o marinheiro prostrou-se aos pés de Yakinahiko. Este apontou para o barquinho de junco e perguntou:

— Por que aquele barquinho está ali?

O timoneiro levantou a cabeça. Quando avistou o barco, seu rosto ficou petrificado.

— Ele carrega o cadáver de uma criança. Nas ilhas ao redor daqui, quando uma criança morre ao nascer os pais a colocam num barquinho de junco como esse e lançam-no ao mar. Eles rezam para que o barco leve a criança ao reino de paz do outro lado do mar, onde ela receberá uma nova vida para que possa retornar.

Yakinahiko olhou para o pequenino barco. Ele estava afundando. Ele sentiu um aperto no coração. Em algum ponto do passado ele lançara um barquinho de junco ao mar. Sua mente estava fervilhando. Mas quando? E com quem? Ele não conseguia se lembrar. Ele tinha certeza de que fizera isso. Mas fizera mesmo? Sua memória estava enevoada demais para que ele confiasse nela. Centenas e centenas de anos haviam se passado desde que Yakinahiko assumira o disfarce de homem, de ser humano. Não, milhares e milhares. Originalmente ele era um deus, uma deidade masculina, mas fazia tanto tempo que mal conseguia se lembrar disso.

— Sentir a dor da separação após suportar a dor do nascimento...

O timoneiro ouviu o que Yakinahiko havia murmurado e baixou a testa com um olhar de compaixão. Yakinahiko tendia a sentir as coisas mais profundamente do que a maioria das pessoas, e quando expressava em palavras os seus sentimentos, ele induzia lágrimas em qualquer um que estivesse por acaso ao seu lado. Ele podia, com a mesma facilidade, proporcionar acessos de gargalhada. Como resultado disso, as pessoas eram instintivamente atraídas a ele e amontoavam-se em volta dele. Sempre que ele começava a falar, as pessoas levantavam as orelhas para ouvir o que ele tinha a dizer.

O açor guinchou e saltou no braço de Yakinahiko — ele usava uma luva de pele de veado.

— Ketamaru, parado.

Ketamaru percebeu que seu mestre estava interessado no barco de junco, de modo que estava pronto para voar até ele. Quando Yakinahiko esticou a outra mão para acalmar o predador, Ketamaru atacou-a com as afiadas garras, abrindo um talho na palma da mão. Sangue esguichou da ferida. Sobressaltado, Unashi correu para amarrar um pano branco em volta dela. Yakinahiko estalou a língua, assombrado com o que acabara de acontecer. Um açor é fácil de ser treinado e está sempre ansioso para obedecer seu mestre. Por que naquele dia o pássaro decidira estabelecer um desafio?

Unashi olhava nervosamente para a atadura que enrolara na mão de seu mestre, agora saturada de sangue. Por sua expressão, pensar-se-ia que ele se achava culpado.

— Isso é uma ferida e tanto.

— Vai sarar logo. — Ciente de que Unashi estava preocupado, Yakinahiko tentou tirar o peso da ferida.

— Afundou. — O timoneiro apontou para as ondas. O barco de junco desaparecera.

Yakinahiko sacudiu a cabeça com tristeza.

— Eu não imagino por que eles lançam ao mar a criança num barco como esse. Um enterro seria melhor. Você acha que a criança consegue encontrar algum descanso no fundo do mar?

— Isso é o que o povo dessas paragens acredita. E eles confiam no fato de que o bebê receberá uma nova vida e nascerá mais uma vez. Eles devem estar rezando por isso. — Unashi falava como se acreditasse em si mesmo.

Mas Yakinahiko não tinha certeza:

— Eu imagino. Estar vivo é o que mais importa. Por acaso tudo não se acaba com a morte? Não faz sentido prantear dessa maneira, enviar o pobre bebezinho para o mar sozinho num barco de junco.

Ele sentiu uma pontada. Entre os muitos filhos que as mulheres haviam tido dele, algum nascera morto? Yakinahiko fechou os olhos e pensou nisso, mas não conseguia se lembrar. O número de mulheres que ele tomara como esposa, o números de filhos que elas tiveram era muito, muito maior do que sua capacidade de quantificá-los.

Seu encontro com a morte do pequenino em alto-mar, tão inesperada, deixara-o com uma sensação de inquietude. Tendo sido agraciado com a vida eterna, ele vira mortes em demasia; compreensivelmente, desejava evitar isso agora. A morte era algo desprezível: ela separava os amantes, forçando um deles a viajar para terras distantes enquanto o outro mergulhava fundo num poço de tristeza. A morte perpetrava uma ultrajante atrocidade.

Não que Yakinahiko fosse completamente distante de algo como a morte. Ele era um caçador, afinal de contas. Ele partia em jornadas com o único propósito de matar animais.

Então, sua atitude era contraditória. Quando Yakinahiko caçava com Ketamaru, eles capturavam pequenos pássaros, como tordos e cotovias, assim como faisões e coelhos. Enquanto houvesse caça, ele caçava.

E o alvo da caçada de Yakinahiko nem sempre era os animais. Ele também perseguia mulheres. Procurava virgens, ou mulheres no auge de sua feminilidade — qualquer mulher, diga-se de passagem, contanto que fosse bela. Uma vez que avistasse uma mulher bela, ele iria em busca dela, não importava o quão distante a busca o pudesse levar, e começaria sua sedução até conquistá-la de seu pai, seu marido, seus irmãos. E, numa espécie de reparação pelas vidas dos animais que caçava, ele agraciava as mulheres com um filho.

Quantas vidas ele agraciara? Para poder lutar contra a morte que desprezava, ele era obrigado a continuar gerando vida. Essa tornara-se a missão de Yakinahiko. E como cabia à mulher criar a criança, tudo o que Yakinahiko fazia era procriar. Em seguida partia sem olhar para trás. Ele estava sempre viajando, quase nunca para visitar o mesmo lugar pela segunda vez. Mas aquele arquipélago era diferente.

— Eu imagino se Masago-hime está bem — disse Unashi em tom de preocupação enquanto olhava as águas à frente. Ele tinha aproximadamente a mesma idade da princesa ilhéu e a adorava como se fosse uma irmã mais velha.

— Eu também — respondeu Yakinahiko com entusiasmo. — Ela provavelmente ainda está nadando, mesmo com aquela barriga enorme. — Ele mirou o céu azul. Não havia uma única nuvem sequer. Enfrentar mais uma viagem pouco familiar pelos mares indicava a profundidade da saudade que Yakinahiko sentia por Masago.

Ela era mais bonita do que qualquer outra mulher. Apenas vinte anos de idade, seus grandes olhos pretos eram fascinantes, suas sobrancelhas escuras e espessas, e um corpo encantador. Sua estatura atingia quase o queixo de Yakinahiko, e seus seios e quadris eram fartos. Quando sua pele — morena e macia — encostava no corpo rígido e forte de Yakinahiko, ele sentia que ela havia sido feita para ele. Masago adorava correr, nadar, mergulhar — ela estava sempre em movimento. Para Yakinahiko, que até então conhecera apenas as mulheres pequenas e delicadas de Yamato, a sua tinha um encanto especial, absolutamente irresistível.

No entanto, Yakinahiko não era capaz de permanecer muito tempo em lugar algum. Se fosse, ficaria evidente que enquanto os outros envelheciam, ele não. Finalmente, ele decidira retornar a Yamato para retomar as caçadas que amava. Quando contou a Masago sua intenção, ela chorou e grudou-se a ele, implorando para que ficasse ao lado dela até pelo menos o momento do parto.

Colhida
No fundo do vasto mar
A concha torna-se um bracelete,
Envolvendo teu braço.
E te acompanha aonde quer que vás.

Esse foi o poema que Masago fizera quando presenteara Yakinahiko com o bracelete feito de concha de boca ampla. Para ela recitara Yakinahiko:

"Mais brilhante que qualquer joia,
Mais bela que qualquer gema,
De todas as mulheres que amei
Eu te amo muito mais.
Senhora Masago.
E esse amor,
Como uma joia,
Resplandece em meu coração."

E então ele pegou o colar que jamais deixava sua pele e colocou-o no pescoço de Masago, prometendo que voltaria para ela quando ela estivesse em trabalho de parto.

— Eu suponho que ela já deva ter tido o bebê — imaginou Unashi.

— Eu imagino que sim. Eu tinha esperança de que ela pudesse esperar meu retorno. — Yakinahiko riu ao dizer isso. Dessa vez — e aquela era a única vez — ele ansiava por pegar aquela nova vida, seu filho, em seus braços. O nascimento de uma nova vida criada por ele próprio e sua adorada Masago dava-lhe uma imensa alegria.

Unashi lutou contra a timidez para dizer:

— Eu tenho certeza de que de Masago-hime queria esperar o retorno de seu senhor antes de parir.

2

Os ventos estavam favoráveis e em pouco tempo as ondas se acalmaram. Anoiteceu. No dia seguinte eles já estariam em Amaromi. Yakinahiko decidiu entreter os marinheiros. A bordo do barco, as refeições eram simples — qualquer peixe que eles conseguissem pescar e arroz assado ao sol. Mas Yakinahiko pegou em seus pertences um grande barril de saquê e Unashi ofereceu-o aos vinte e poucos marinheiros e ao timoneiro, que haviam se reunido em torno dele.

— Por favor, todos vocês, bebam!

Levado por um forte vento de popa, o barco seguia seu curso. O céu estava claro e as estrelas cintilantes refletiam-se no mar. Tranquilos devido ao bom tempo, os marinheiros curvaram-se contentes sobre seus copos de madeira, seus rostos emoldurados em sorrisos.

— Quem tem uma história para contar sobre essas ilhas? — Os marinheiros trocaram olhares entre si enquanto Yakinahiko olhava para o mar. — Eu sempre me divirto com as histórias de lugares ou de coisas que jamais vi.

Um homem de meia-idade com barba no rosto quebrou o silêncio.

— Yakinahiko-sama, existem muitas ilhas nesses mares. Houve uma época em que eu pensava que elas fossem todas como pessoas, cada qual com sua própria personalidade.

— Interessante, dê-me um exemplo.

— Muitas ilhas quase chocam-se umas com as outras através desses mares. Uma ilha é o lar de cobras venenosas e a outra talvez não seja. Normalmente é assim que acontece. Ou então, numa ilha as pessoas são simpáticas e convidativas e na ilha vizinha são agressivas. Com apenas uma curta viagem de barco separando-as, as duas ilhas são completamente diferentes uma da outra. É por isso que eu sinto que cada ilha possui uma característica especial, exatamente como as pessoas possuem suas próprias personalidades.

— As mulheres nas ilhas também são diferentes?

Os marinheiros riram. Um camarada baixinho levantou-se, um olhar galhofeiro no rosto.

— É claro que são! As mulheres em Ishiki-shima, uma ilhota a oeste, são conhecidas por serem belas e por trabalharem com afinco. Dizem que qualquer homem que toma como esposa uma mulher de Ishiki tem realmente muita sorte. Mas as mulheres na ilha seguinte, Kokurika, são conhecidas por serem sem graça. Elas são baixas e têm a pele escura, e suas vozes são esganiçadas. E elas obrigam os maridos a fazerem o que quer que elas mandem. Um homem que tomar como esposa uma mulher de Kokurika é ridicularizado a torto e a direito.

— Você sabe disso por experiência própria! — brincou alguém.

O marinheiro coçou a cabeça, constrangido.

— Bem, é verdade, a minha mulher é de Kokurika. Mas ela tem lá seus encantos.

— Você está perdido!

Todos os homens irromperam em gargalhadas.

— E Amaromi? — perguntu Yakinahiko.

Um dos jovens marinheiros sentados na esteira de junco aos pés do mestre respondeu:

— Não se pode falar de Amaromi sem mencionar Masago-hime. Não existe mulher em parte alguma tão bonita quanto ela. Comparada a ela, o resto não passa de sardinha.

Os outros marinheiros suspiraram em concordância. Parecia que ninguém a bordo sabia que Masago era a esposa de Yakinahiko.

— É verdade, ela é a mulher mais bela que existe no mundo. Nós navegamos para todos os lugares e eu nunca conheci outra mulher tão linda quanto ela.

Unashi encheu os copos de todos com o saquê do barril.

— Yakinahiko-sama — chamou uma voz do escuro —, eu me pergunto se já ouviu falar de Umihebi, a ilha das Cobras Marinhas.

Yakinahiko engoliu sua bebida e balançou a cabeça.

— Onde fica?

O homem que falara aproximou-se da tocha. Vestido em andrajos, ele tinha cabelos brancos e uma barba branca — era bem mais velho do que se poderia esperar de um marinheiro. Os outros homens, agora inflamados pelas discussões que travavam acerca de mulheres jovens, olharam para ele com certa repugnância.

— Fica a leste do limite do arquipélago. Não mais do que uma pontinha de terra no mar.

Se ela ficava no limite leste, devia ser onde o sol nascia. O interesse de Yakinahiko ficou aguçado. Ele virou-se para o velho e perguntou:

— Por que ela é conhecida como a ilha das Cobras Marinhas?

— Uma cobra marinha sagrada chamada *naganawa-sama* vive nas águas que banham a ilha. Na primavera, todas as mulheres na ilha reúnem-se e coletam o máximo de cobras vivas que conseguirem e as colocam num grande depósito. Depois que as *naganawa-sama* secam, elas as comem. Eu ouvi falar que elas usam os ovos para preparar um caldo nutritivo. Dizem que é delicioso, mas nunca o experimentei. Ouvi dizer que apenas algumas pessoas têm permissão para desfrutá-lo: os escolhidos para viver uma vida longa.

— E a ilha em si? — perguntou Yakinahiko, ansioso para aprender mais, instando o homem a continuar.

Talvez porque sentisse que capturara a curiosidade de Yakinahiko, o velho abriu a boca exibindo um amplo sorriso desdentado.

— Essa ilha orgulha-se de possuir uma beldade. Veja, Masago-hime é uma bela mulher, não resta dúvida, mas essa mulher é excepcionalmente adorável. Se estiver à procura de uma beldade de pele clara, a pele dela é a mais clara que encontrará dentre as mulheres de todas as ilhas. Ela é alta e flexível, excelente cantora e dançarina, e seu rosto é tão esplêndido que uma vez que o vir jamais conseguirá desviar o olhar. Ela não é uma donzela, mas ouvi falar que basta apenas encontrar-se uma vez com ela para apaixonar-se tão completamente a ponto de jurar ter sido talvez enfeitiçado.

Uma cálida brisa noturna soprava delicadamente sobre os homens. Eles ouviam em silêncio. Um dentre eles fechou os olhos como se estivesse tentando imaginar o tipo de mulher que ela talvez pudesse ser.

— A idade dela? — perguntou um outro.

— Talvez metade da minha — respondeu o velho, fazendo com que um grande número de seus companheiros suspirasse de alívio.

— Qual o nome dela? — perguntou Yakinahiko.

— Kamikuu-sama, o grande Oráculo.

Assim que ouviram que ela era um oráculo, uma sacerdotisa, a maioria dos homens balançou a cabeça, abatidos. Mas Yakinahiko era destemido. Ele não se importava se ela era uma princesa ou uma sacerdotisa. Uma mulher é uma mulher. E o nome "Kamikuu" ficou gravado em seu coração.

— Ela deve ser intocável, se for uma sacerdotisa — disse um dos mais jovens marinheiros já embriagado.

— Não Kamikuu-sama. Ela é uma geradora de vida. Ela precisa ter o máximo de filhos que puder, quanto mais homens ela tiver, melhor. Se um homem pisca para ela e, se tudo der certo, ela o levará para seu quarto. Mas é essencial que o homem a agrade. Ela não vai simplesmente com qualquer um. E eu já ouvi falar que ela só pega homens agradáveis ao olhar, como Yakinahiko-sama aqui.

Os marinheiros viraram-se em uníssono para olhar para ele. Um dos homens mais jovens gritou:

— O resto de nós não tem a menor chance, nesse caso. Sem falar na jovem Masago-sama que nem olha na nossa direção!

O resto caiu na gargalhada, terminando a conversa sobre mulheres. Eles voltaram a beber.

— Yakinahiko-sama? — murmurou Usashi silenciosamente, ao lado de seu mestre. Yakinahiko, sentado, ergueu os olhos para ele. — O que aquele homem disse... eu não entendo. Como é possível que ele compare Masago-hime a uma mulher de meia-idade numa ilha desgraçada como aquela?

— Oh, não seja tão severo com ele. É grande este mundo em que vivemos. E para onde quer que se vá, encontraremos mulheres bonitas, cada qual com seu encanto particular. Você não pode comparar uma com a outra. Além disso, nunca se sabe. Uma bela mulher pode muito bem ser rígida como uma boneca no quarto, ao passo que uma feia pode dar prazer a seu homem. É difícil dizer quem seria a vencedora — disse Yakinahiko, desviando-se do desafio de seu jovem subordinado.

— Mas, Yakinahiko, você não é devotado a Masago-hime? Afinal de contas, você jamais retornou a nenhuma de suas outras esposas, de modo que eu imaginei que ela fosse uma mulher bastante especial.

Unashi sondava a verdade, deixando Yakinahiko momentaneamente sem réplica.

— Eu não amo Masago simplesmente por causa de sua beleza. Eu sou devotado a ela do fundo de meu coração. Eu amo o corpo e alma dela. Amo seu belo espírito, a maneira como ela anseia por mim com tanto ardor a ponto de dar a vida por mim se preciso fosse. Eu imagino se alguma outra mulher morreria por minha causa.

O rosto jovem de Unashi adquiriu uma expressão sombria.

— Unashi, se há algo que você deseja me falar, por favor, faça-o.

— Não é nada. Com sua licença, vou dar de comer a Ketamaru. — Unashi fez uma mesura e desceu.

Subitamente, Yakinahiko foi assaltado por um temor indizível. Ele olhou para as estrelas no céu noturno brilhando intensamente. O barco deslizava silenciosamente por sobre as ondas. Não havia nada errado.

— Yakinahiko, obrigado por nos convidar a tomar seu delicioso saquê. — O timoneiro postara-se ao lado dele.

— Não foi nada. Sou em quem agradece. Você nos deixou subir a bordo de seu barco quase que sem aviso prévio.

— Não diga uma coisa dessas! — disse o timoneiro, fazendo uma mesura. — É uma honra ter conosco a bordo um nobre de sua estirpe. Há poucos momentos você nos pediu que o entretêssemos com nossas histórias. Bem, eu acabo de me lembrar de algo. Se me permitir, eu gostaria de contá-lo.

O timoneiro pôs de lado seu copo de madeira contendo saquê enquanto preparava-se para dar início a sua narrativa. Os outros marinheiros reuniram-se ao redor, ansiosos para ouvir.

— Foi mais ou menos seis meses atrás. Eu permiti que uma vespa amarela subisse a bordo do barco — começou ele, assim que Unashi reapareceu.

— Você disse uma vespa? — perguntou Unashi.

— Isso mesmo. Era uma vespa grande, amarela e com listras pretas. O marinheiro que a viu empoleirada no barril de água ficou sobressaltado e tentou matá-la. A vespa partiu em direção às ondas. Mas em seguida retornou, e quando os marinheiros a viram, todos tentaram matá-la. Quando eu ouvi a agitação, apareci para investigar. Parecia que a vespa relutava em sair do barco. Era como se ela tivesse escolhido ficar porque tinha de chegar a algum destino. Então, eu sugeri um teste e disse a ela: "Se você prometer não picar ninguém, pode seguir viagem conosco. Voe em círculo se estiver de acordo." E ela de fato voou em círculo. Foi a coisa mais estranha do mundo. Todos ficamos surpresos! Então, deixamos que ela ficasse conosco e a tratamos como se fosse nossa divindade guardiã.

— O que aconteceu com a vespa?

— Bem, ela fazia o que podia para não nos atrapalhar, e seguiu viagem com o barco. Na maior parte do tempo ela ficava lá embaixo se alimentando de insetos. Vez por outra ela voava sobre o barril de água e bebericava um pouco do que respingara na borda.

— Ela pagou pela passagem? — interpôs um homem, e todos riram.

— Naquela viagem nós não paramos em Amaromi, fomos diretamente para a ilha Nahariha. Assim que alcançamos Nahariha, a vespa saiu do barco e, como se estivesse demonstrando sua gratidão, voou em círculos ao nosso redor inúmeras vezes.

— Estranho — murmurou Yakinahiko.

O timoneiro assentiu.

— E isso não é tudo. Eu ouvi falar que um homem morreu por causa de uma picada de vespa na ilha Umihebi, a ilha sobre a qual o velho estava lhe falando, a que abriga o grande Oráculo. E isso foi logo após a vespa sair do nosso barco.

— Certamente trata-se de uma coincidência — disse Yakinahiko, aparentemente em dúvida.

O timoneiro balançou a cabeça.

— Não foi coincidência, Yakinahiko-sama, porque nunca se ouviu notícia de vespas naquela ilha. Exatamente como você ouviu agora há pouco. Há ilhas com cobras venenosas e ilhas sem cobras venenosas. Cada ilha tem sua própria personalidade. E na ilha Umihebi ninguém nunca ouviu falar de vespas. Então, a única explicação possível é que a vespa que pediu passagem em meu barco é a mesma que eles encontraram na ilha.

— Você está sugerindo que a vespa estava indo para a ilha Umihebi quando subiu a bordo do seu barco?

O timoneiro curvou a cabeça para o lado e suspirou.

— Eu não sei. Tudo o que eu posso dizer é que aquela vespa entrou em meu barco em Yamato.

— Dizem que uma vespa consegue voar por volta de vinte e cinco léguas por dia — disse o velho marinheiro que antes falara da ilha Umihebi. — Isso representa quase setenta e cinco milhas! Então, eu suponho que ela possa ter voado de Naha-riha a Umihebi.

Yakinahiko olhou para as ondas, tentando imaginar um voo de vespa.

Por fim, a lua começou a baixar a oeste e a bebedeira acabou. Yakinahiko estava de ótimo humor, tendo desfrutado de um copo após outro de saquê. Unashi segurou-lhe a mão e levou-o cambaleando até o compartimento abaixo da popa onde o colocou na cama que havia preparado. Em seguida, Unashi cobriu a gaiola de Ketamaru com um pano preto.

— Yakinahiko-sama, a ferida em sua mão está doendo? — perguntou Unashi ao mestre, com preocupação.

Yakinahiko olhou para o curativo branco em volta de sua mão. O sangramento parara. No dia seguinte a marca já teria desaparecido. Imortal como era, Yakinahiko sangrava ocasionalmente, mas as feridas logo saravam e não deixavam nenhuma cicatriz.

— Está bem melhor. — Yakinahiko pôs a mão atrás das costas, não querendo que Unashi inquirisse mais nada. — Mais do que isso, entretanto, Unashi, nós deveríamos estar pensando em Amaromi. Estaremos lá amanhã, os ventos tendo sido tão favoráveis.

— É verdade.

Unashi não estava muito falante, pensou Yakinahiko. Ele lembrou-se de que enquanto eles estavam bebendo com os marinheiros, ele lhe parecera um pouco desanimado.

— Unashi, você está me escondendo algo?

Unashi balançou a cabeça obstinadamente.

— Não. Yakinahiko-sama, você está imaginando coisas.

Yakinahiko olhou com dureza para os olhos em forma de crescente de Unashi. Ele escolhera Unashi para ser seu subordinado quando este era apenas um menino de doze anos. Isso foi sete anos antes, e agora Unashi crescera e ficara tão alto que quase alcançara seu mestre. Seus ombros eram largos e seus braços e pernas musculosos. Sua voz ficara profunda também. Em todos os aspectos ele estava bem próximo de se tornar um adulto em todos os sentidos. Será que ele notara que, ao longo dos últimos sete anos, Yakinahiko não mudara em coisa alguma?

Yakinahiko sabia que estava se aproximando rapidamente o dia em que teria de se afastar de Unashi, antes que este ficasse desconfiado. Seu peito ficou apertado de tristeza. Ele sobrevivera a esposas, filhos, subordinados, seus pássaros; todos haviam morrido antes dele, e então outros haviam nascido para assumir seus lugares. Ele era o único a continuar vivendo. Seguidamente ele trouxera filhos a este mundo, mas como isso parecia inútil. Acometido subitamente de uma apreensão em relação a seu corpo, mirou os dedos à luz das velas.

— Qual é o problema?

— Unashi, eu lhe pareço velho?

— Nem um pouco, Yakinahiko-sama. Você parece tão jovem quanto no dia em que o conheci. Não mudou nem um pouco. Sua visão é aguçada, seu peito é amplo e forte e, longe de perder a coragem, você ficou ainda mais disposto. Você é um homem singular. Um homem extraordinário.

Unashi falou do fundo do coração. Em seguida baixou os olhos estranhamente. Sua alma sensível fazia parte de seu encanto.

3

No dia seguinte o tempo estava claro e belo quando Amaromi surgiu, aninhada abaixo de um luxuriante dossel verde formado pelos carvalhos. O barco, agora no fim de sua viagem, esperava a maré alta para poder navegar em direção ao porto. O píer que se estendia da ampla praia até os bancos de areia havia sido feito com pilhas de rochas calcárias brancas. O céu azul, a água tão clara que era possível ver as areias brancas no fundo do mar, a ilha arborizada, o píer branco. Certamente Masago viera receber o barco dele. Yakinahiko vasculhou a costa para ver se a avistava. Mas ela não estava em parte alguma. Em vez disso, ele notou um homem usando uma vestimenta branca e curta, suas pernas expostas, parado com uma fisionomia aturdida.

Por que o barquinho de junco que eles haviam visto no meio da viagem não parava de surgir na mente de Yakinahiko? Ele foi acometido de uma terrível premonição. Sem esperar que o barco alcançasse o ancoradouro, ele saltou do convés em direção ao píer, o timoneiro e os marinheiros observando da amurada. Quando viram o homem de branco dar um passo à frente para ter com ele, seus rostos enrijeceram uniformemente. As vestes brancas e curtas eram o traje dos que pranteiam os mortos.

— Bem-vindo, Yakinahiko-sama.

O homem esperando por ele no píer era o pai de Masago, o chefe da ilha Amaromi. Assim que Yakinahiko aproximou-se e viu que o rosto do homem estava contorcido de pesar, deu-se conta de que o desastre era iminente.

— O que aconteceu?

— Sinto muito pelo choque que isso lhe causará, mas Masago faleceu sete dias atrás.

Yakihahiko ficou petrificado, incapaz de compreender o que acabara de ouvir.

Unashi emitiu um lamento altissonante.

— Isso não pode ser verdade!

O chefe foi incapaz de responder.

— O parto foi difícil? — perguntou Yakinahiko. — Foi isso?

O chefe balançou lentamente a cabeça.

— Não, ela pariu a criança em segurança. Minha mulher está agora cuidando do bebê.

— Então como foi que ela morreu? Alguma doença circulando por aqui?

— Eu não sei. — O rosto do chefe adquiriu um tom sombrio. — Foi tão repentino. Ela nem parecia estar doente. Um dia ela falou que estava sentindo água fria espirrando em seu rosto e em seguida morreu.

— Água fria?

Era muito misterioso, e Yakinahiko estava bastante confuso.

— Masago pariu o bebê três semanas atrás. Foi um parto tranquilo e ela se recuperou rapidamente nos dias que se seguiram. Ela estava esperando ansiosamente a sua volta, Yakinahiko-sama, sabendo que você logo retornaria. E então, sete dias atrás, enquanto estava dando de mamar ao bebê, ela reclamou de uma dor forte. Ela caiu onde estava e disse "Um espirro de água... tão fria", e morreu. Tudo aconteceu com tanta rapidez que a impressão que eu tenho é que se tratou de um sonho. O vilarejo inteiro está chocado. Estamos todos extremamente abalados pela perda.

— Uma mulher jovem tão robusta quanto ela morrer tão subitamente é de uma tristeza além da conta. — Yakinahiko estava dominado pela dor.

Unashi, com lágrimas escorrendo-lhe pelas faces, sussurrou:

— Yakinahiko-sama, diga-me por que isso está acontecendo.

— Como assim, Unashi?

Unashi mordeu o lábio, como se estivesse com medo de explicar-se. Yakinahiko instou-o a abrir sua mente, mas nesse exato momento o chefe recomeçou.

— Yakinahiko-sama, gostaria de ver a criança?

Yakinahiko seguiu atrás do chefe, que os conduziu por um caminho pavimentado por conchas brancas quebradas. Na casa de pau a pique no alto da colina, a mãe de Masago, também usando seus trajes brancos de luto, estava esperando, o bebê aninhado em seus braços.

— O mimo deixado por Masago. — Chorando enquanto falava, a mãe entregou o bebê a Yakinahiko.

Quantos milhares de filhos ele tinha gerado? Ou por outra, quantos milhões?, Yakinahiko perguntou a si mesmo enquanto segurava a pequenina criança. Mas mesmo olhando fixamente para o rosto do bebê, ele não sentia nenhum aperto particular em seu coração. Pelo menos o bebê não fora a causa da morte de sua mãe... pelo menos ela tivera essa boa sorte.

— Vocês deram um nome a ela?

— Masago chamou-a de Sango, pelo coral.

Sango-hime — princesa dos corais. Não era um nome propício, já que agora os ossos brancos do coral ficariam para sempre associados à morte de Masago. Yakinahiko olhou para o bebê adormecido em seus braços. Ele não precisava daquela criança, ele pensou. Ele preferia muito mais que Masago voltasse para ele. Sem aviso, lágrimas escorreram-lhe pelos olhos.

Quando o chefe viu isso, tocou a mão de Yakinahiko.

— Gostaria de ver Masago?

— Vê-la?

— Ela está morta, é claro, mas se você for vê-la, isso a deixará feliz no outro mundo.

Yakinahiko podia ouvir uma voz dentro de si dizendo-lhe para não ir. Mas eles estavam separados há quase um ano e todo esse tempo ele a amara ternamente. Mais forte do que a sensação de que não deveria ir era o desejo de ver o rosto dela apenas mais uma vez.

Com o chefe como guia, Yakinahiko foi até o cemitério na parte mais ao norte da ilha. Em Amaromi, os mortos eram colocados em cavernas abertas nos penhascos de frente para o mar. Unashi seguia uns poucos passos atrás de seu mestre, com Ketamaru em seu braço esquerdo, empoleirado na luva de falcoeiro.

— Como é o costume em nossa ilha, os mortos são colocados a céu aberto, expostos às intempéries, até que a carne desapareça. Depois de vários anos, nós pegamos água do mar e lavamos os ossos. Quando isso acontece, o espírito está finalmente livre para subir aos céus, e as pessoas dizem que esse é momento em que o espírito parte em direção à terra dos deuses do outro lado do mar.

Depois de andar com dificuldade por rochedos e através de matagais e arbustos espinhosos, o chefe começou a escalar um paredão de rocha preta, com Yakinahiko e Unashi atrás dele. Na metade do caminho para cima, uma grande quantidade de cavernas grandes e retangulares havia sido escavada pelas ondas. Quando o chefe fez um gesto para que os outros dois entrassem numa delas, eles sentiram um forte odor. O corpo de Masago começara a entrar em decomposição. Yakinahiko titubeou. O chefe, aparentemente sem perceber a hesitação dele, continuou fazendo gestos para que ele avançasse. Yakinahiko era o marido dela: é claro que estaria disposto a vê-la.

— Masago está aqui.

Havia um caixão bem novo nas proximidades da abertura da caverna. O chefe dissera que os corpos ficavam expostos às intempéries, por isso o caixão não tinha tampa. Ele instou Yakinahiko a postar-se ao lado do caixão e olhar seu interior. Assaltado pelo mau cheiro, ele cobriu o nariz com a mão esquerda e espiou relutantemente.

Não podia haver nenhuma dúvida de que o corpo no interior pertencia a Masago. Sobre sua bela testa eles haviam disposto um amuleto quadrado feito de concha para afugentar os espíritos maléficos; os olhos dela estavam fechados. A carne em seu rosto começara a ceder, e ela não se parecia com a mulher que fora antes. A pele em suas mãos, cruzadas sobre o peito, ficara preta e estava começando a apodrecer.

— Masago — chamou Yakinahiko. No entanto, era impossível pensar no cadáver dentro do caixão como sendo a sua Masago, a mulher que fora tão bonita que ele relutara inclusive em se aproximar dela. A ideia de abraçar a coisa deitada diante dele era tão horrenda que fez com que ele estremecesse. Ele estava com medo — e o medo trouxe-lhe lembranças de um passado distante.

Ele fora no passado a deidade masculina Izanaki, e sua esposa, Izanami, morrera. Sua vontade de vê-la novamente era maior do que o que ele podia suportar, de modo que ele a seguiu até o Reino dos Mortos. Ela o alertara: "Não olhe para mim", mas no fim ele acabou olhando para ela e descobriu que sua esposa transformara-se num cadáver em decomposição. Ela podia até ter sido sua esposa no passado, mas agora era algo completamente diferente.

E o mesmo ocorria ali. O corpo disposto no caixão fora antes uma bela mulher, sua esposa, mas não mais. Agora ela era um cadáver podre e fétido. Por que ele, imaginava Yakinahiko, que testemunhara a morte tantas vezes, ainda sentia repugnância quando confrontado com ela?

— Yakinahiko-sama, você está bem?

Ele podia ouvir as asas de Ketamaru batendo. Unashi, sempre resoluto, apressou-se em ampará-lo, com medo de que estivesse prestes a desmaiar. Yakinahiko olhou mais uma vez para a carne de sua mulher que se esvaía. Ele não podia se virar e sair correndo com o chefe em pé na sua frente. Então ele viu que o colar de jade que dera à sua mulher escorregara e caíra no chão. Yakinahiko pegou-o e disse para o chefe:

— Isso já esteve no pescoço dela, mas parece que o cordão foi cortado.

— Deve ter acontecido enquanto nós estávamos carregando-a até aqui em cima.

A Yakinahiko parecia mais provável que alguém o tivesse cortado, um mau presságio.

— Vamos dá-lo à pequena Sago, filha de Masago, como uma lembrança.

Quando se está morto, não resta nada, de modo que tais coisas deveriam ficar com os vivos, não seguir com os mortos. Sua intenção inicial era dividir o cordão de joias, mas quando lembrou-se de como o rosto de Masago iluminara-se quando ganhara o presente, ele se encheu de pesar.

— Como Masago ficaria feliz se o ouvisse dizer tais palavras.

— E, em troca, deixarei isso com Masago. É algo que eu valorizo mais do que a minha vida.

Yakinahiko deslizou o bracelete de concha e colocou-o no peito de Masago. Era o bracelete que ela fizera para ele, desejando talvez poder, como o bracelete, acompanhá-lo em sua jornada. Mas devolvê-lo a ela agora significava que o desejo de Yakinahiko era libertar-se do cadáver da esposa.

Enquanto o chefe olhava para a filha, aparentemente relutando em sair do lado dela, Yakinahiko deixou a caverna e virtualmente voou penhasco abaixo. O chefe, muito provavelmente, atribuiu sua pressa ao pesar. Mas tratava-se de medo. A morte corrompia. Tendo visto algo tão corrompido, Yakinahiko tinha de purificar-se. Quando fora ver Izanami no Reino dos Mortos, ele ficara aterrorizado com o que havia visto e fugira em meio à escuridão até a abertura da caverna. Naquela ocasião ele fora perseguido. Quando olhou para trás, avistou uma horda de guerreiros e mulheres que se assemelhavam a demônios. Mas certamente havia sido seu próprio medo o responsável pela perseguição.

— Yakinahiko-sama, sua tristeza deve ser insuportável.

O chefe o seguira e falara com a mais profunda solidariedade enquanto olhava para o rosto pálido de Yakinahiko. Este assentiu com a cabeça sem dizer uma palavra. A única coisa em que ele conseguia pensar era purificar-se.

— Existe alguma fonte de água fresca por aqui? — perguntou ele.

— Encontrará uma ao lado da caverna onde enterramos os mortos. Suas águas sempre fluem com frescor.

Guiado pelo chefe, Yakinahiko alcançou-a. Ele tirou o curativo branco e lavou ambas as mãos. Enxaguou os olhos, retirou as vestes brancas e, completamente nu, ordenou que Unashi jogasse água sobre ele.

— Mas não há nenhum balde aqui.

— Então use as mãos.

Unashi amarrou Ketamaru a um galho de figueira e começou a pegar água na fonte com as mãos em forma de concha. Ele jogou a água em cada centímetro da carne firme de Yakinahiko. Este fechou os olhos e se lembrou. Ele havia se banhado nas águas do rio na Planície de Awaki-ga-hara em Himuka. Quando voltou a si, percebeu que estava chorando.

— O que foi? — perguntou Unashi, preocupado, enquanto contornava seu mestre, em dúvida sobre como proceder.

Yakinahiko caiu de joelhos e continuou a chorar. Ele se lembrou do barquinho de junco. O primeiro filho que ele, Izanaki, gerou depois de se casar com sua esposa Izanami, nasceu sem ossos: eles o colocaram num barco de junco e o lançaram ao mar. Agora os humanos imitavam o que os deuses haviam feito. Por que então, Yakinahiko imaginou, ele achava tamanho mau agouro ver aquilo sendo feito já que ele próprio se tornara um ser humano? O que dera errado? Quem fizera isso com ele?

O sol estava caindo a oeste. Unashi ainda estava a seu lado, ajoelhado. Ambos com lágrimas nos olhos. O chefe desaparecera.

— Onde está o chefe?

— Ele se retirou em respeito ao seu pesar.

— Tanto melhor — murmurou Yakinahiko enquanto se vestia. Ele reparou que Unashi estava encarando sua mão esquerda com surpresa no olhar. Ele devia ter um talho onde Ketamaru o atacara, mas a ferida sarara sem deixar cicatriz. Yakinahiko cobriu rapidamente a mão direita, mas Unashi prostrou-se a seus pés.

— Yakinahiko, que espécie de homem é você?

— Você acha que eu não sou deste mundo?

Ainda com o rosto voltado para o chão, Unashi respondeu:

— Eu não sei. Tudo o que sei é que nunca conheci um homem como você em toda a minha vida. Você me deixa impressionado. Certamente você é alguém... *algo*... que excede à compreensão humana.

— Você tem medo de mim? Eu sou um monstro?

Por alguns minutos Unashi não respondeu. Então disse:

— Não, eu não tenho medo de você. É que...

— O quê?

— Quando eu penso que você não é um homem como eu, isso me deixa triste. E alguém tão extraordinário não pode ser humano.

— Unashi, quando você viu o cadáver de Masago, o que sentiu?

Unashi respondeu, sem levantar os olhos.

— Foi triste demais pensar que uma pessoa tão bela quanto Masago-hime poderia acabar apodrecendo daquele jeito, não muito melhor do que um animal. Mas vai a ser a mesma coisa comigo quando eu morrer. É assim que as coisas são, e nós humanos não podemos escapar de nosso destino. Mas isso torna a vida algo ainda mais precioso.

Então era isso, para os humanos a morte era inescapável. Yakinahiko não pensava dessa forma. Mas e Izanami? Ela era uma deusa. O que era a morte para ela? Ele não pensava nela fazia um bom tempo

Ele podia sentir a maré recuando. O cheiro do mar agora estava forte. Mesmo dentro da caverna no penhasco, o vento que soprava do mar era forte. Talvez os ventos carregassem o cheiro pútrido de Masago para bem longe. O estado de espírito de Yakinahiko começou a melhorar. Ele perguntou a Unashi:

— O que o está preocupando? Em vários momentos você parecia estar prestes a me perguntar alguma coisa mas em seguida se resguardava. Pergunte, por favor.

Unashi levantou seu rosto jovem e queimado de sol e finalmente olhou bem nos olhos de Yakinahiko.

— Muito bem. Você tem muitas esposas. Eu o observei selecionar a mulher mais bonita de qualquer região que nós visitávamos para em seguida desposá-la. Eu o observei gritar por elas, como se estivesse numa missão. Por fim, eu percebi que casar-se *é* a sua missão, o seu trabalho. Mas recentemente eu reparei num padrão perturbador.

— E qual é?

Yakinahiko reparou o quanto Unashi parecia estar assustado. Será que o rapaz percebera que ele nunca envelhecia? Ou que suas feridas saravam imediatamente? Dar de cara com um imortal pode ser uma experiência perturbadora para um ser humano, cujo corpo muda constantemente.

Yakinahiko estava pronto para explicar, mas a resposta de Unashi pegou-o desprevenido.

— Das mulheres que parem filhos seus, a maioria morre subitamente. E como você nunca viaja para o mesmo lugar duas vezes, você nunca reparou. Mas eu já ouvi vários boatos a esse respeito. Houve Kuro-sama de Awa e Kariha-sama em Mozuno, e muitas, muitas outras. E eu ouvi falar que todas elas morreram assim que deram à luz um de seus filhos. Por que isso acontece?

Pego de surpresa, Yakinahiko foi incapaz de responder de imediato. E quando o fez, tudo o que conseguiu dizer foi:

— Essa é a primeira vez que eu ouço falar disso. Kuro e Kariha morreram?

— Sim. Foi muito triste, todas morreram muito subitamente. Por isso eu estava bastante preocupado em saber se Masago-sama estava bem ou não.

— Foi isso? Eu pensei que estivesse preocupado com Masago porque nutria sentimentos especiais por ela. Ela era uma mulher repleta de encantos.

— Era, sim — disse Unashi, assentindo com a cabeça. — Eu estava preocupado mas não conseguia acreditar que Masago-sama teria um destino semelhante. Afinal de contas, ela vivia muito distante de Yamato. Mas a morte veio para cá também, inclusive para ela. Ela está em seu encalço, Yakinahiko-sama. E eu tenho um pensamento que é quase aterrorizante demais para ser mencionado.

— Qual é ele, Unashi?

O sol estava quase se pondo de todo. Uma ínfima faixa de luz cintilava sobre o mar a oeste, da cor da amora-vermelha. Yakinahiko pensou que seria melhor dirigir-se ao vilarejo antes de a cortina da noite cair, mas, por algum motivo, não conseguia se mexer.

Unashi hesitou, então perguntou:

— Yakinahiko-sama, você atraiu sobre si o ódio de alguém?

— Talvez. — Yakinahiko sentou-se sobre uma grande pedra branca e suspirou. Ele pensou nas palavras que ele e Izanami haviam trocado entre si antes de se separarem:

"Meu amado Izanaki, seu comportamento é repreensível. Você me prendeu aqui nesse lugar, e agora afirma que deseja o divórcio. Desse dia em diante, eu tomarei a vida de mil pessoas por dia em sua terra dos vivos."

A isso Izanaki respondeu:

"Minha amada Izanaki, você pode fazer isso, mas eu construirei mil e quinhentas cabanas de nascimento e cuidarei para que nasçam diariamente mil e quinhentas novas vidas."

Quando Izanaki finalmente escapou de Izanami, ele purificou seu corpo, e então deu à luz um sem-número de deuses, inclusive Amaterasu, a radiante Deusa do Sol. Então, ao assumir uma forma humana, ele escolheu para si o nome Yakinahiko e viajou através de Yamato engravidando as mulheres. Se Izanami causara mesmo as mortes daquelas que ele tomara como esposa, então decerto a morte era a vencedora. Ele não queria que outra esposa sua perdesse a vida.

Yakinahiko estava tomado de tristeza.

— Unashi, meu destino é irrevogável e eu não tenho nenhuma escolha a não ser aceitá-lo. O meu destino é sair à cata de mulheres, engravidá-las e em seguida observá-las morrer. Se eu amar a mulher, a dor que sinto diante de sua morte é ainda maior, então eu não posso me apaixonar. Mas, mesmo assim, como você disse, é minha missão dar a elas filhos.

— Posso perguntar por quê? Eu me tornei adulto desde que passei a servi-lo e, para mim, você é como se fosse um pai. Não, para mim é como se fosse um deus. Eu o conheci quando tinha apenas doze anos e, dessa época em diante, tenho ficado tão extasiado com seu magnífico espírito que tudo o que eu sempre quis foi estar a seu lado. Eu quero compreender a sua dor e a sua tristeza, quero compartilhar tudo com você. Eu aceitarei a verdade, não importa o quanto for cruel, se ela for ou não tão misteriosa que nenhum mortal possa compreendê-la.

Unashi estava tremendo ao falar, oscilando de medo. Naquele momento os céus rolavam com trovões e a chuva começou a cair. Certamente estava chovendo sobre o caixão de Masago, lavando a carne de seus ossos. Embora estivesse encharcado, Yakinahiko permaneceu de olhos fixos na caverna. Agora tudo o que ele conseguia ver era uma abertura escura escavada no interior do penhasco.

— Por favor, conte-me — gritou Unashi, para poder ser ouvido acima do trovão.

— Muito bem. Eu contarei. Mas você não deve ficar assustado.

— Eu prometo. — Unashi cerrou os dentes.

4

Depois do temporal, tudo estava renovado e o céu, claro e sereno. Uma lua amarela surgira no céu noturno, cintilando intensamente. Yakinahiko contara para Unashi que era o deus Izanaki e o inteirara acerca da desavença com sua esposa, Izanami. Agora ele estava sentado em uma rocha e mirava a lua, sentindo-se exaurido. Unashi estava deitado na areia, imóvel. Yakinahiko imaginou que o rapaz ficara chocado ao ouvir as palavras pronunciadas por Izanami ao se separar dele.

Finalmente, Unashi levantou seu rosto molhado de lágrimas e disse:

— Yakinahiko-sama, Izanami-sama vai arrancar a vida de qualquer mulher que se tornar sua esposa?

— Eu não sei.

— Mas se ela fizer isso, você não tem como detê-la.

— É verdade.

Yakinahiko olhou por cima do ombro na direção da caverna no penhasco. Ele conseguia apenas distinguir, ao luar, a ponta do caixão branco de Masago. A mulher que ele amava estava agora apodrecendo dentro daquela caverna. A solidão deixou-o tão triste que ele teve a sensação de que todo o seu corpo estava sendo despedaçado. Quando a companheira morre, todo o tempo que o casal teria compartilhado morre da mesma maneira. É solitário para quem parte, mas muito mais ainda para quem fica. O que restara da solidariedade que ele demonstrou quando Izanami morrera na época em que ele era um deus? Yakinahiko era há muito indiferente em relação aos mortos porque era imortal, e a corrupção inerente à morte o aterrorizava. Mas agora, ao pensar a respeito, ele imaginou se talvez o oposto disso não fosse a verdade. Talvez ele tivesse desejado a imortalidade porque era aterrorizado com a degradação da morte. De qualquer modo, viver interminavelmente significava que ele não poderia jamais amar uma mulher ou viver sua vida com Unashi.

— Nem Izanami nem eu jamais ficaremos livres das palavras que pronunciamos na ocasião de nossa separação. — Yakinahiko se levantou. Ele jogou no chão as roupas molhadas e começou a correr, nu, pelas rochas, esperando poder, talvez, desaparecer para sempre da face da terra. Ele escalou os rochedos rugosos e, quando alcançou o topo do penhasco, mergulhou no mar, uns dez metros abaixo. Mas fracassou na tentativa de bater a cabeça numa rocha e conseguiu apenas levantar um punhado de areia do leito do mar. Sua boca se encheu de água salgada enquanto seu corpo atingia a superfície. Ele não tentou se mover, mas seu corpo flutuou. Ele não podia morrer. Isso era impossível.

— Yakinahiko-sama! Yakinahiko-sama! — Unashi estava andando desajeitadamente sobre as rochas, chamando-o. — O que está fazendo?

Yakinahiko acenou e começou a nadar até ele.

— Não há com o que se preocupar — respondeu ele enquanto dava braçadas para sair do mar. Gotas de água fria escorriam de seu corpo à medida que ele escalava as rochas.

Unashi correu até ele, sem fôlego.

— De repente você pulou no mar. Que susto me deu.

— Você viu, Unashi? Não importa o que eu faça, eu não tenho como morrer. Um tempo atrás eu escorreguei de um precipício e rachei a cabeça. Mas na manhã seguinte estava de volta ao normal. Eu me meti em guerras e recebi uma flechada no peito. Nessa ocasião, morri momentaneamente. No dia seguinte os buracos em meu corpo haviam sumido e eu estava de volta à vida.

— Então, Yakinahiko-sama, quando eu envelhecer, mesmo quando eu morrer, você ainda vai estar exatamente como está agora?

— Sim. Isso o aterroriza?

Unashi balançou a cabeça.

— Não. Eu acho isso digno de pena. As pessoas dizem que querem viver para sempre mas um ser imortal deve ser muito solitário. Eu acho que eu não aguentaria.

Era típico de Unashi ser tão perceptivo. Yakinahiko o amou ainda mais. Ele jamais tivera intenção de proporcionar tanto desassossego a seu jovem subordinado.

— Yakinahiko-sama, o que você quer fazer? Eu farei o que você quiser que eu faça para ajudá-lo, até mesmo dar a minha vida pela sua. Por favor, diga-me o que gostaria que eu fizesse.

— Eu quero morrer. Se eu não morrer, o rancor de Izanami jamais terminará. As minhas esposas vão continuar morrendo por toda a eternidade. Por favor, você pode me matar? — perguntou Yakinahiko.

Unashi começou a chorar.

— Eu compreendo. Eu não suportaria me separar de você, mas se é isso o que realmente quer, eu vou tentar. Você precisa me dizer como eu faço para acabar com a sua vida. Se souber o que eu devo fazer, por favor diga-me e eu o farei!

Yakinahiko mostrou a Unashi sua mão esquerda.

— Olhe a minha mão. Ontem Ketamaru deixou um talho profundo com suas garras e hoje não existe nem sinal de ferida. Você pode me apunhalar, até me retalhar, e amanhã eu estarei novamente inteiro.

— Mas você disse que queria que eu acabasse com a sua vida. — A lua brilhava nos olhos de Unashi, uma luz clara e intensa.

— Sim — respondeu Yakinahiko, e aninhou a cabeça do rapaz em seus braços. — Mas isso não é possível.

— Yakinahiko-sama, você já matou alguém?

Yakinahiko balançou a cabeça.

— Animais eu mato dia e noite, tantos que nem dá para contar, mas nunca matei uma pessoa. Quando eu era Izanaki eu copulei com uma consorte feminina e criei essa ilha que se tornou esse país. Eu fiz outros deuses. Fiz crianças. Nunca tive nada a ver com a morte. O que explica ainda mais o motivo pelo qual eu tinha de me separar de Izanami assim que ela morreu e foi para o Reino dos Mortos.

— Por que você não me mata e vê se isso faz alguma diferença?

Yakinahiko ficou chocado.

— Por que eu o mataria?

— Porque pode ser que aconteça alguma coisa. — A resposta de Unashi não foi convincente. — Eu acho que vale a pena tentar.

— Mas não há sentido em matá-lo, Unashi.

— Pelo que você me contou, Izanami é responsável pela morte e Izanaki pela vida. Os papéis são muito claramente traçados. Se você fizesse algo que fosse completamente oposto a isso, não acha que talvez fizesse alguma diferença?

— Por que você não me mata e eu te mato? Vamos morrer juntos e ver o que acontece. A morte, se os dois forem bem-sucedidos, seria uma consequência feliz.

Antes de terminar de falar, Yakinahiko começou a tremer diante da ideia que acabara de propor. Havia uma grande chance de que Unashi morresse e ele próprio ficasse vivo.

— Estou pronto. Eu darei a minha vida por você de bom grado. E se Masago-hime soubesse que sua morte era o resultado de sua associação com ela, eu tenho certeza de que ela se sentiria igualmente contente. Isso é o que se chama amor. Você também amava Masago-hime de corpo e alma. Foi o que me disse ontem.

Unashi encorajava Yakinahiko com uma segurança tão digna de um adulto que era difícil acreditar que ele tivesse apenas dezenove anos. Certamente, se matasse o homem que admirava e se, por outro lado, ele fosse morto por esse homem, ele morreria em paz. Yakinahiko desembainhou a longa espada em sua cintura. Unashi tremia enquanto sacava sua própria lâmina. Ketamaru, esperando na sombra da figueira, sentiu que havia algo de errado e emitiu um guincho penetrante.

— Yakinahiko-sama, obrigado por tudo o que fez por mim. — Enquanto Unashi proferia suas últimas palavras, uma nuvem escura flutuou na frente da lua.

— Se formos bem-sucedidos, nos encontraremos novamente no Reino dos Mortos.

Depois de pronunciar suas últimas palavras, Yakinahiko deu o sinal a Unashi.

— Atacar!

Ele enterrou sua lâmina bem fundo no pescoço de Unashi. Ao mesmo tempo, sentiu a força do aço afiado entrando em seu próprio pescoço. Antes de sentir dor, sua garganta encheu-se de sangue.

Quanto tempo se passara, ele não sabia. Yakinahiko abriu os olhos no escuro. Ele conseguia ouvir o som do mar e o vento rugindo acima dele. Ele cuspiu a areia em sua boca e levantou-se com um salto. Sua cabeça doía e ele lutou para recobrar os sentidos. Não se lembrava de nada.

Ao seu lado encontrava-se deitado no chão um homem vestido de branco com a garganta cortada. Seu corpo tinha uma postura nobre e seus cabelos, presos em cima da cabeça em dois cachos, estava ornamentado com joias. O sangue de sua ferida encharcara a areia, deixando o chão ao redor dele com uma coloração preta.

— Unashi, você morreu, não morreu?

A lembrança do pacto de morte que eles haviam feito percorreu-lhe o corpo como uma torrente. Yakinahiko correu até Unashi e o tomou em seus braços. O desespero tomou conta dele ao perceber que apenas ele continuara vivo. Em seguida levantou-se, em estado de choque. O homem deitado ao lado dele não era Unashi. Era ele próprio, Yakinahiko. Pelo menos era o corpo de Yakinahiko, sem vida, cercado de sangue. Mas quem era ele? Yakinahiko passou a mão no pescoço. Não havia ferimento algum. Ele olhou para as mãos. Eram as mãos de um jovem, as juntas ainda lisas e não pronunciadas. Será que ele era Unashi? Se ele fosse Unashi, deveria ter dois sinais no braço esquerdo. Ele rasgou a roupa freneticamente e examinou cuidadosamante o braço ao luar. E lá encontrou os dois sinais. Quando eles haviam se atacado mutuamente, será que seu corpo expirara enquanto o de Unashi permanecera com vida? O espírito de Unashi deve ter morrido para que seu próprio espírito habitasse o corpo de Unashi. Atormentado por se dar conta de que matara Unashi, Yakinahiko desabou no chão e chorou copiosamente.

— Eu não sei o que acontecerá daqui para a frente.

Será que o corpo de Yakinahiko retornaria à vida, como sempre retornara no passado? Ou será que agora o corpo de Unashi tornara-se imortal? Yakinahiko decidiu fazer um teste. Pegou a espada que soltara antes e dilacerou a palma da mão de Unashi. A dor foi excruciante e sangue esguichou da ferida. Ele observou em silêncio. Ele imaginou se a ferida já não estaria fechada pela manhã. Enquanto isso, o sangue escorria sem parar.

O dia nasceu. Em algum momento ele deve ter adormecido, o sangue ainda fluindo da palma de sua mão. Os guinchos penetrantes de Ketamaru o despertaram. Ele caminhou até o corpo de Yakinahiko, o corpo que até recentemente fora o seu. Nada mudara. Ainda estava morto. A ferida de Unashi, por outro lado, ainda sangrava.

Yakinahiko não conseguia encontrar palavras para expressar seus sentimentos. Ele assumira o corpo jovem de um rapaz de dezenove anos. Um homem mortal. Finalmente ele era mortal! Ele perdera seu criado fiel mas, em compensação, tornara-se um verdadeiro ser humano. Destruir o espírito jovem de Unashi permitira a ele apropriar-se do corpo de um rapaz. Mas seu castigo por abater um ser humano foi perder sua condição de deus. Ele era, afinal de contas, o Deus do Nascimento.

— De agora em diante eu viverei como Unashi.

Decidido como estava, ele começou a sentir por todo o seu ser como era esplêndida a juventude de Unashi — a firmeza da pele, a flexibilidade de seus músculos. “Muito bem. Seu mestre está morto. Você pode ir para onde quiser.” Unashi desamarrou as cordas que atavam Ketamaru e soltou-o no ar. Ketamaru emitiu um guincho estridente e contornou o cadáver de Yakinahiko. Ele alçou voo e deu a impressão de ter partido quando subitamente retornou com uma grande cobra agarrada às garras semelhantes a ganchos. Mirando Unashi, a ave soltou a cobra. Havia uma grande quantidade de cobras venenosas em Amaromi. Parecia que Ketamaru, acreditando que Unashi matara seu mestre, estava procurando se vingar. Unashi partiu a cobra em dois com sua espada e gritou:

— Ketamaru! Yakinahiko está morto. Vá contar a seus companheiros pássaros.

O açor fez círculos no ar e guinchou. A ferida na palma da mão de Unashi estava doendo. Quando olhou para ela, percebeu que a cobra o mordera antes de morrer: uma de suas diminutas presas alojara-se na ferida. Ele retirou a presa, mas o veneno entrara em sua corrente sanguínea. Seu braço esquerdo começou a inchar e a ficar vermelho. Parecia pesado agora. Tão pesado que ele acabou caindo inesperadamente de joelhos. O açor voou para longe, aparentemente satisfeito. Unashi sorriu amargamente para a ironia. O pássaro tivera a intenção de se vingar do homem que assassinara seu mestre, mas sua vingança teve efeito em ninguém menos do que Yakinahiko, agora transformado em Unashi.

— Unashi-sama! Você está bem?

O grito era alarmado. Quando percebeu que Unashi e Yakinahiko não haviam retornado pela manhã, o chefe da ilha e seu subordinado foram atrás deles. O chefe ficou petrificado quando viu o corpo de Yakinahiko.

— Como Yakinahiko morreu?

— Ele estava tomado de pesar e determinado a tirar a própria vida. Eu tentei impedi-lo, mas o desejo dele era forte demais e não havia como detê-lo.

Unashi contraiu uma febre alta e perdeu a consciência. Ele permaneceu em coma, à beira da morte, por mais de duas semanas. Enquanto estava doente, o vilarejo conduziu o cortejo fúnebre de Yakinahiko. Seu corpo foi colocado próximo ao de Masago-hime, e os dois ficaram lado a lado como um casal feliz. Quando os anos se passassem e seus corpos se desintegrassem, certamente seus espíritos seguiriam juntos pelos mares para residir na terra dos deuses.

5

Dois meses depois, quando Unashi recuperara a força e passara a ter condições de se aventurar fora de casa, foi fazer uma visita ao túmulo de Yakinahiko e Masago. Quando olhou para o corpo de Yakinahiko — que era na verdade dele próprio — foi assaltado pela estranheza da experiência que havia tido.

— Quem é você, deitado aqui diante de mim, exalando esse odor pestilento? Você é Izanaki? Ou é a parte externa da concha de Yakinahiko? Ou talvez eu tenha diante de mim o coração de Unashi. Mas não, o coração dele está dentro do meu corpo. E isso mostra que completa ilusão o corpo humano é. Tudo o que sobra é o coração.

Conchas para afugentar o mal haviam sido colocadas na ampla testa do corpo que pertencera a Yakinahiko, assim como tinha sido feito com o corpo de Masago. Os globos oculares caíram e agora encontravam-se expostos aos brilhantes raios de sol.

— Mas eu tenho certeza de que ocorrerá o mesmo comigo quando eu morrer... Nós humanos não podemos escapar de nosso destino. Mas isso torna a vida algo ainda mais precioso.

O verdadeiro Unashi murmurara essas palavras depois de ver o corpo de Masago. Pela primeira vez em toda a sua existência, o novo Unashi confrontava a impermanência do corpo humano; sua fragilidade fez com que chorasse de desalento. Como ele fora fraco e tolo — ele que desprezara a própria visão daqueles corpos putrefatos, o de Izanami muito tempo atrás, e agora o de Masago.

— Eu tenho diante de mim a carne que no passado abrigou Yakinahiko. Estou partindo em viagem com o espírito de Unashi, e duvido que volte a vê-lo, velho amigo. É melhor para você espalhar-se ao vento, dissolver-se na terra.

Unashi colocou a longa espada de Yakinahiko, seu arco e suas flechas no caixão e saiu do túmulo. Ele estava pronto para sair da ilha Amaromi.

— Unashi-sama, para onde está indo? — perguntou o chefe da ilha, ainda trajando suas vestes brancas de luto, enquanto Unashi estava ocupado reunindo suas coisas para a viagem. Na ilha Amaromi o período de luto continuava até o momento de lavar os ossos. Por dois anos os enlutados continuavam a usar os trajes brancos cerimoniais.

Unashi, bonito em suas vestes brancas, olhou para o rosto queimado de sol do chefe.

— Agora que Yakinahiko-sama está morto, não vejo motivos para voltar a Yamato. Eu sinto uma força impulsionando-me mais para o sul, para ilhas que ainda não vi. Para sorte minha, o timoneiro que eu conheço está no porto, e eu posso lhe pedir para subir a bordo como marinheiro.

O chefe da ilha ficou chocado.

— Unashi-sama, não há necessidade de você assumir tarefa semelhante; tornar-se um marinheiro! Você era o criado de confiança de Yakinahiko. Não seria melhor para você ficar conosco aqui em Amaromi? Enquanto estiver aqui, não terá necessidade de se submeter a um trabalho pesado como esse. Nós temos aqui na ilha mulheres jovens em profusão. Eu encontrarei uma boa esposa para você, e você poderá fazer o seu lar conosco.

Em seguida a mãe de Masago falou, seus olhos vertendo lágrimas:

— Fazer o trabalho de um marinheiro com a sua incapacidade física! Vai ser muito difícil para você!

Unashi perdera a mão esquerda. A que a víbora picara, e como era crença geral que a mão esquerda ficava próxima ao coração, o chefe da ilha a amputara para salvar a vida de Unashi. Todos os ilhéus ficaram penalizados pelo jovem que não apenas perdera seu mestre Yakinahiko — que tirara a própria vida — como também a mão.

Mas Unashi não se importava se tinha ou não a mão esquerda. Na realidade, o membro ausente fazia com que ele se lembrasse de que agora seu corpo era mortal. Finalmente Yakinahiko — tendo assumido a forma de Unashi — era capaz de experimentar um corpo humano que não voltava a ser saudável depois de algum ferimento ou doença mas que, isto sim, envelhecia a cada dia que passava. Yakinahiko decidira que continuaria a viver no corpo de Unashi até esse corpo atingir o fim de sua vida natural. Além do mais, tendo subitamente se transformado em Unashi, ele estava agora ansioso para desfrutar a vida na condição de um jovem de dezenove anos.

O timoneiro da traineira de conchas lembrava-se muito bem do jovem subordinado de Yakinahiko. Quando Unashi pediu para ser levado como marinheiro, ele concordou imediatamente. Usando os dentes, Unashi foi capaz de desatar os nós da linha do píer, içar a vela e, com seu único braço, manejar o remo. Com tudo e por tudo, ele realizou um trabalho tão bom como marinheiro que logo passou a aspirar a tornar-se um timoneiro.

Quando o barco levando Unashi finalmente aportou na ilha Umihebi, mais de um ano havia se passado desde a morte de Yakinahiko. Os penhascos brancos da ilha cintilavam à luz de uma lua cheia e, à esquerda, estendia-se uma longa faixa de praias de areias brancas. Tendo decidido esperar pela manhã seguinte para atracar, os marinheiros estavam relaxando no convés.

Unashi, todavia, estava embaixo do convés, lutando com a dor. De tempos em tempos sua mão esquerda ausente latejava tão intensamente que fazia com que gotículas de suor se acumulassem em sua testa. Ele sentia uma agonia durante um dia inteiro e no dia seguinte a dor já não existia mais. "Uma ferida nunca sara enquanto o seu coração se lembrar da dor", lembrou ele as palavras do velho marinheiro, o mesmo que lhes contara acerca da sacerdotisa da ilha Umihebi. Quando Unashi era Yakinahiko, qualquer dor que viesse a sentir tinha vida curta. Agora, atormentado por essa dor fantasmagórica, ele estava impressionado pelo mistério do corpo humano. Bem, não era o corpo que era misterioso, pensou ele, enquanto olhava o que restou de sua mão esquerda, era a mente.

Um grito veio do convés. Unashi subiu às pressas a escada e encontrou os marinheiros apontando na direção do mar.

— Alguém pulou do penhasco!

— Leve o barco para mais perto! — gritou o timoneiro.

Como não havia vento, os marinheiros começaram a remar, levando o barco lentamente à frente. Unashi curvou-se sobre a amurada e vasculhou a superfície do mar, luminosa à luz da lua cheia. Ele não conseguia ver nada. A água estava parada e o luar espalhava-se sobre ela como óleo. Eles encostaram perto do rugoso penhasco de rocha calcária que ficava logo à frente. Visto do mar, o penhasco era imenso. Se alguém caísse lá do alto era improvável que sobrevivesse, por mais que soubesse nadar bem.

Os marinheiros vasculharam a água, confiando no brilho do luar. Por mais que fosse perigoso o trabalho a bordo do barco, eles estavam sempre procurando proteger a vida dos outros. Se um companheiro caísse no mar, os outros marinheiros arriscariam a própria vida para resgatá-lo.

— Muito estranho. Nada flutuou até a superfície — disse um velho marinheiro, balançando a cabeça. — Depois de afundar, um corpo humano acaba vindo à superfície.

— Então, o que pode ter acontecido? — perguntou Unashi.

— Alguém saltou segurando uma pedra, quem sabe — disse o marinheiro velho.

Seja lá quem tivesse pulado, se sua intenção foi o suicídio, não havia muita coisa que os marinheiros pudessem fazer para ajudar.

Uma sensação de desesperança tomou conta da tripulação.

— Essa ilha é pobre, e eu já ouvi falar que às vezes eles diminuem a população. — O velho marinheiro franziu as sobrancelhas brancas.

— Alguma coisa está flutuando ali! — Um dos marinheiros subira até a gávea em cima do mastro da vela principal. Ele estava apontando para um objeto na água. Um pouquinho à frente, os marinheiros conseguiram ver uma peça de roupa branca cheia de ar. O corpo boiava com o rosto para cima.

— Uma mulher — murmuraram os marinheiros.

Quando ouviu que se tratava de uma mulher, uma sensação desagradável espalhou-se por Unashi.

— Como eles podem dizer que se trata de uma mulher?

— Homens boiam com o rosto para baixo, mulheres com o rosto para cima — respondeu um marinheiro, com conhecimentos coligidos a partir de anos e anos no mar.

— Uma mulher poderia ter pulado de uma altura como aquela? — Os marinheiros ficaram animados, imaginando o que havia acontecido. A curiosidade deles era por um lado atiçada pela piedade e por outro pelo interesse em relação a que espécie de mulher teria tamanha coragem — e como seria a aparência dela.

O velho marinheiro e Unashi baixaram um esquife e entraram nele. O velho marinheiro remou até chegarem ao lado do corpo e Unashi alcançou-o com uma longa vara com ponta de gancho. Ele agora podia ver que ela era bonita, com cabelos até a cintura. Suas feições eram graciosas e não havia uma marca sequer em sua pele branca. Seus lábios estavam separados, dando a impressão de que ela estava sorrindo. Suas pernas haviam sido amarradas com uma corda na altura dos tornozelos, mas a corda arrebentara. Talvez estivesse amarrada a uma pedra quando saltou, mas o impacto da queda rompera a corda.

— Mas essa é Kamikuu! — gritou o velho marinheiro.

Sobressaltado, Unashi olhou mais uma vez o rosto da mulher. Ele se lembrava do nome — Filha dos Deuses. O velho afirmara naquele dia que ela era a mulher mais bela de todo o arquipélago, inclusive mais bela do que Masago. E agora que ele a via, só podia se lamentar. Seu corpo também era esplêndido. No entanto, estava morta.

— Alguma coisa catastrófica deve ter acontecido para fazer com que o grande Oráculo tirasse a própria vida. Pobre mulher.

A voz do velho marinheiro estava cheia de desânimo enquanto olhava o rosto de Kamikuu. A dor fantasmagórica de Unashi desaparecera, mas ele sentia que, ali, um outro perigo — bem diferente daquele da ilha Amaromi — o esperava. Ele olhou na direção da silhueta preta da ilha com receio.

De volta ao barco, eles cobriram o corpo de Kamikuu com uma vela em desuso e o depositaram sobre o convés enquanto esperavam o nascer do sol. Todos olhavam para o corpo com o mais profundo respeito, mas Unashi e o velho marinheiro permaneceram mais tempo ao lado dela, incapazes de aquietar a agitação que experimentavam. Era muito estranho as duas mulheres tidas como as mais bonitas de todas as ilhas terem morrido no intervalo de um ano. Será que Kamikuu também havia sido vítima da vingança de Izanami? E, se fosse esse o caso, o que ligava as duas mulheres? E por que Unashi tinha a sensação de ter sido chamado a essa ilha?

— Os outros estão dizendo que ela era o grande Oráculo da ilha — disse o timoneiro ao velho marinheiro enquanto baixava a cabeça diante do cadáver.

— Ela era — disse o velho, balançando a cabeça em concordância. — Algum tempo atrás eu disse para Yakinahiko que a mais bela mulher de todas as ilhas reunidas vivia nessa ilha, o grande Oráculo Kamikuu.

— Você também não falou para Yakinahiko acerca da vespa que pegou carona em seu barco? Você se lembra disso, Unashi?

Unashi respondeu:

— Sim. Você deixou a vespa viajar no barco de Yamato a Nahariha.

— Por volta da mesma época nós ouvimos falar que alguém na ilha Umihebi havia sido picado por uma vespa e morrido. Mais tarde eu descobri que o homem que morrera era o marido dessa mulher aqui.

Os marinheiros que haviam se reunido no convés trocaram olhares entre si. Essa coincidência carregava consigo má sorte.

— Primeiro Masago-sama, depois Yakinahiko-sama e agora Kamikuu-sama. Desde a noite em que nós comemoramos bebendo saquê e contando histórias, cada um deles morreu. E tudo porque demos carona a uma vespa que conseguia entender os humanos. Estou errado? Ou eu estou exagerando? — perguntou o timoneiro, como se para si mesmo, enquanto esfregava sua careca.

— Eu estou tendo um estranho pressentimento. Nós não deveríamos nos aproximar da ilha — disse um marinheiro de meia-idade, cruzando os braços musculosos.

— Mas e quanto a Kamikuu-sama? Nós não podemos simplesmente jogar o corpo dela ao mar — gritou o timoneiro.

Supersticiosos, os marinheiros acreditavam que, mesmo depois que uma pessoa morria, seu espírito pairava por um certo tempo. Todos os homens lançavam olhares nervosos, vigiando o mar escuro e os cantos do convés. Alguém murmurou:

— Dá azar levar mulher a bordo.

— Timoneiro, assim que amanhecer vamos levar o corpo para a praia e depois partimos daqui.

— Essa é a melhor opção. Alguma coisa não está certa nessa ilha.

O afogamento diminuíra o entusiasmo de todos para pisar na ilha. Os marinheiros carregaram o corpo de Kamikuu, bem coberto pela vela, até a proa do barco. Para evitar olhar para ele, eles se aglomeraram na popa do barco, sentados de costas para a proa. Apenas Unashi e o velho marinheiro permaneceram sentados perto do corpo.

— Eu imagino se Kamikuu-sama não desistiu de viver depois que seu marido foi morto pela vespa — disse o velho marinheiro. Sua voz estava engasgada pelos suspiros. Será que ela amava tanto o marido a ponto de não conseguir suportar a dor de perdê-lo? Unashi lembrou-se das palavras que o Unashi original pronunciara: "Eu darei a minha vida por você de bom grado. E se Masago-hime soubesse que sua morte era o resultado de sua associação com ela, eu tenho certeza de que ela se sentiria igualmente contente. Isso é o que se chama amor. Você também amava Masago-hime de corpo e alma. Foi o que me disse ontem." Unashi entregou-se a seus devaneios.

O velho marinheiro estreitou os olhos e disse:

— De um jeito ou de outro, nós nos divertimos bastante naquela noite que Yakinahiko nos deu saquê. Lembranças felizes como aquela são raras.

Se dispomos apenas de uma vida, então um momento feliz é particularmente venerado. A sacerdotisa morta também deve ter tido momentos de intensa alegria bem como de tristeza. Unashi podia ver muito bem as pontas dos dedos brancos dela embaixo da vela que cobria seu corpo. Suas mãos estavam fechadas, como se ela estivesse segurando alguma coisa.

6

Na manhã seguinte o timoneiro mandou chamar Unashi. Como os marinheiros haviam decidido não atracar, o barco esperaria no píer que o pequeno esquife fosse até a terra firme e voltasse. Unashi e o velho marinheiro haviam sido selecionados para levar Kamikuu. A tripulação do barco encontraria problemas se, por algum motivo, alguém na ilha tentasse roubar sua vela em desuso, de modo que colocaram Kamikuu no esquife apenas com os trajes rasgados que ela estava usando quando saltara do penhasco. Um dos marinheiros, influenciado pela conversa da noite anterior, aproximou-se da lateral do barco quando o corpo estava sendo baixado até o esquife e, escarranchando-se sobre a amurada, salpicou um punhado do precioso sal deles para purificar o lugar.

O porto na ilha Umihebi fazia uso de uma enseada natural, de modo que não havia ancoradouro. A impressão que se tinha era de que a estrutura inundaria com facilidade caso surgisse uma tempestade. Um único barco encontrava-se atracado ali naquele momento — uma canoa que devia ser usada para pescar pequenos peixes e coletar algas marinhas. Como não havia outros barcos visíveis no local, parecia provável que os homens estivessem ao mar, pescando. Ipomeias e hibiscos floresciam em profusão ao longo das praias de areias brancas. Mas as mulheres e as crianças, segurando cestas na praia à procura de mariscos e algas marinhas, estavam vestidas em trapos.

— A ilha é pobre. — O velho marinheiro se levantou no esquife e vasculhou a faixa de terra à frente. — Madeira para construção deve ser difícil de se achar. Eles podem conseguir cultivar carvalhos, mas não têm muita terra por aqui. Sem florestas não podem construir barcos ou casas grandes.

— Mas ela é bonita, não é? — Unashi deliciava-se com a vista que se descortinava à sua frente, como se estivesse admirando o paraíso. O velho marinheiro olhava para o corpo de Kamikuu. Seus cabelos haviam sido arrumados pelos homens e suas mãos cruzadas sobre o peito.

— É, sim. E também é agradável estar aqui no canto mais a leste do arquipélago que eles consideram ser sagrado. De manhã, quando o sol nasce, parece que ele passa bem no meio da ilha, então eles dizem que é aqui que os deuses descem dos céus. Mas agora que a sacerdotisa que governa o sol morreu, eu não faço ideia do que os ilhéus vão fazer.

As mulheres e as crianças na ilha avistaram o esquife que levava o velho marinheiro e Unashi. Elas pareceram também ter notado o cadáver porque começaram a bradar e a gritar. Jovens mães agarraram as mãos de seus filhos e fugiram da praia. Um certo número de mulheres de meia-idade juntou coragem e nervosamente dirigiu-se ao esquife.

— Na noite passada nós vimos essa mulher pulando do penhasco — disse Unashi.

As mulheres correram em direção a ele, seus rostos alarmados.

— É Kamikuu-sama!

Instantaneamente, irrompeu uma choradeira em toda a praia. Unashi e o velho marinheiro retiraram o corpo de

Kamikuu e o depositaram à sombra de uma grande árvore. Os trajes brancos que antes estavam encharcados de água do mar encontravam-se agora secos, e a bainha flutuava na brisa oceânica. Seu rosto estava tão pacífico na morte que ela parecia ter adormecido embaixo da árvore.

— Mamãe!

Crianças correram pelas areias, em tal frenesi que mal conseguiam se manter de pé. Certamente eram filhos de Kamikuu. Uma jovem estava segurando dois gêmeos, cada qual embaixo de um braço, uma menininha de seis ou sete anos, e um menino que parecia ter pelo menos dez. Eles eram mais graciosos do que os outros na ilha — nenhuma surpresa sendo eles filhos de Kamikuu — mas, a exemplo dos outros, suas roupas revelavam seu estado de pobreza.

— Você é a filha da sacerdotisa?

Quando o velho marinheiro fez a pergunta, a mulher que estava segurando os bebês assentiu com a cabeça.

— Onde está o seu marido?

— Ele partiu para o mar com meu irmão mais novo. Ele jamais acreditaria nisso. O que aconteceu?

— Eu posso dizer apenas o que nós vimos. Ontem à noite estávamos ancorados na enseada e vimos alguém pular do penhasco. Corremos para resgatá-la, mas o penhasco é alto demais, as águas muito profundas e nós não conseguimos chegar lá a tempo. Quando tiramos o corpo da água, descobrimos que ela era a alta sacerdotisa dessa ilha. Eu sinto muito não termos sido capazes de salvá-la.

Enquanto Unashi falava, as pessoas reunidas na praia viraram-se para olhar para ele. Sempre que alguém notava que ele não tinha a mão esquerda, desviava o olhar. Na maioria das ilhas da região, um homem sem mão tornar-se-ia objeto de piadas e gozações. As pessoas na ilha Umihebi podiam até ser pobres, mas eram corteses e orgulhosas. A ilha delas era sagrada. Unashi sentiu isso e ficou comovido.

— Obrigada pelo trabalho que tiveram — falou a filha de Kamikuu com compostura. Sua irmãzinha começara a choramingar, de modo que ela acariciou-lhe as bochechas e em seguida foi sentar-se ao lado do corpo da mãe, o desespero estampado em seu rosto. Os gêmeos que ela levava eram ainda bebês de colo. Sua atenção para com eles e sua tristeza pela mãe faziam com que ela parecesse extremamente cansada.

A notícia da morte de Kamikuu espalhou-se, e não demorou muito para que um velho, que parecia ser o chefe da ilha, e seus subordinados, aparecessem na praia.

— Vamos embora agora, Unashi — disse o velho marinheiro, enquanto se preparava para partir. Ele queria visivelmente evitar quaisquer problemas, mas as mulheres ao redor dele começaram a suplicar.

— Fiquem um pouco mais. Os homens saíram ontem e vai levar um bom tempo até que retornem. É preciso que homens carreguem o caixão. Esse é o nosso costume. Nós não seremos capazes de dar prosseguimento ao funeral de Kamikuu-sama sem homens.

Kamikuu devia estar ciente de que não haveria homens para carregar seu caixão e esperara que seu corpo afundasse no mar com a pedra. Se ela estava preocupada com o que aconteceria após a sua morte, por que se matara? Unashi estava agora ansioso para descobrir mais.

— Unashi, nós precisamos voltar para o barco — apressou o velho marinheiro.

Mas Unashi não se mexeu.

— Se eles precisam de ajuda com o caixão, então eu fico.

— Eu vou falar para o timoneiro esperar um dia. Nós viremos te buscar amanhã a essa hora.

O velho marinheiro virou o esquife e remou em direção à traineira.

O chefe da ilha Umihebi tinha quase oitenta anos. Ele contava com alguns homens auxiliando-o, todos mais ou menos da mesma idade. Uma vez que um homem ficava velho demais para pescar, assumia a responsabilidade pela governança da ilha.

— Então chegamos a isso. Kamikuu-sama também morreu. — Os olhos do chefe da ilha eram turvos. Mas parecia que ele conseguia enxergar perfeitamente bem, enquanto olhava para o rosto de Kamikuu com as sobrancelhas franzidas. — A filha dela deu à luz gêmeos, então não precisamos nos preocupar com sua sucessora.

O velho começou a deliberar enquanto os outros permaneciam parados em frente ao corpo de Kamikuu. As filhas estavam sentadas ao lado do corpo da mãe, mirando o espaço vazio.

— Você está bem? — perguntou Unashi à filha mais velha.

Ela assentiu apaticamente. Parecia que desde que descobrira que sua mãe cometera suicídio, ela tornara-se incapaz de falar ou mesmo de chorar.

— Eu ouvi outros dizendo que o homem que foi picado e morto pela vespa era seu pai. Isso é verdade?

— Sim — sussurrou ela. — Isso foi mais ou menos um ano e meio atrás. Minha mãe parecia ter uma compreensão mais profunda acerca do que acontecera, porque depois disso ela começou a se comportar de modo estranho.

— Uma compreensão mais profunda?

— Depois desse acontecimento, ela parou de cuidar de suas tarefas de sacerdotisa e simplesmente vagava pela praia. O chefe da ilha tinha de lembrar-lhe que uma sacerdotisa tinha trabalho a fazer. Foi difícil demais para ela aceitar a morte de meu pai. Os dois eram muito próximos um do outro. E então eu dei à luz essas gêmeas três meses atrás. Em nossa ilha o destino determina a sucessão de *yin* e *yang*, trevas e luz, de modo que quando eu dei à luz gêmeas nós tínhamos sucessoras para os papéis de *yin* e *yang*. Minha mãe ficou felicíssima ao saber que tinha alguém que poderia substituí-la. Talvez tenha sido por isso que ela tirou a própria vida, porque não precisava mais se preocupar com isso.

— Vespas não são comuns nesta ilha?

A mulher assentiu.

— A vespa picou meu pai entre os olhos e então morreu também. Eu nunca tinha visto algo semelhante aqui na ilha. Ela deve ter voado até aqui e por acaso acabou picando o meu pai. Depois de ter sido picado, meu pai ficou com o rosto inchado, mas continuou vivo por mais metade de um dia. Por fim, ficou tão difícil para ele respirar que ele acabou morrendo. Ele estava em estado de agonia. Minha mãe estava atormentada. E agora também ela está morta. Eu imagino se a minha família é vítima de alguma maldição. — Lágrimas começaram a escorrer por suas faces.

— Tenho certeza de que não se trata disso.

Unashi tentou consolar a jovem, mas ela continuou, sua fisionomia grave:

— Se for decidido que nossa família é vítima de uma maldição, eu serei afastada pela comunidade. A família de meu pai foi afastada até que sua irmã mais nova Yayoi nasceu.

A filha de Kamikuu estava aterrorizada com boatos que poderiam talvez levar sua família ao ostracismo. Qualquer família sujeita ao ostracismo em uma ilha pequena como aquela teria muitas dificuldades para sobreviver.

— Não foi minha intenção preocupá-la. — Unashi observava sub-repticiamente a filha mais velha de Kamikuu. Esta era *yang* — o princípio da luz e do sol — e, de acordo com a norma, sua filha, que seria *yin*, era seu oposto exato. Ela era bem simples e séria. Sua irmã mais nova era a mesma coisa. A sucessão ao sacerdócio era determinada pelo sangue, e era possível se afirmar com um simples olhar que ambas compartilhavam o mesmo sangue.

Um grupo de mulheres retornou carregando um caixão. Elas recolheram o corpo de Kamikuu e tentaram acomodá-lo em seu interior, mas o caixão, feito de sempre-verde, era de construção barata e um pouco menor do que o necessário. Eles curvaram as pernas de Kamikuu e conseguiram encaixá-la. O chefe da ilha, que tinha estatura baixa, disse que havia mandado fazer o caixão para si próprio. Era muito triste o fato de Kamikuu não dispor de um caixão novo confeccionado para ela.

Em toda a ilha pessoas eram vistas com lágrimas nos olhos. Talvez porque os homens estivessem todos ausentes, a filha mais velha de Kamikuu, sua segunda filha e até mesmo seu taciturno segundo filho aproximaram-se de Unashi e ficaram bem ao lado dele como se este fosse um irmão mais velho.

Uma mulher à beira da velhice correu até eles, arfando. Ela usava trajes brancos de luto apressadamente vestidos. Tinha um colar de pérolas no pescoço e levava consigo uma concha branca. Ela começou a recitar uma prece e instou os outros a se levantar e a se juntar a ela.

O chefe da ilha, curvado sobre o cajado, estava à frente do cortejo. O caixão de Kamikuu estava atrás dele. Unashi, um forasteiro, era visivelmente o homem mais jovem e forte entre eles. Ele carregava a frente do caixão. O restante dos homens havia sido deixado para trás quando os pescadores partiram. Um homem de meia-idade parecia estar convalescendo de uma perna quebrada. Fora isso, havia os três idosos que auxiliavam o chefe, e todos eles na faixa dos oitenta anos de idade. O filho de Kamikuu, que mal tinha dez anos, postara-se ao lado de Unashi e tentava ajudar a carregar o caixão.

A mulher mais velha que fora encarregada às pressas de desempenhar o papel de Kamikuu andava ao lado do caixão e cantava o que deveria ser um hino fúnebre. Ela era desacostumada com sua posição de alta sacerdotisa e estava visivelmente desconfortável. Sua falta de postura não ajudava muito a instilar confiança naqueles ao seu redor. O cortejo fúnebre avançava apaticamente. Os ilhéus, soterrados em pesar, passavam por uma cabana atrás da outra, cada qual tão decrépita que parecia que haviam sido escavadas do fundo da terra. Sempre que eles passavam por uma delas, seus ocupantes emergiam e juntavam-se à procissão. Sem pensar, Unashi olhou de relance para uma cabana e ficou consternado ao perceber o quanto os ilhéus eram pobres. Ele vira o bastante. Resolveu manter os olhos baixos, o rosto sem nenhum indício de cor.

Hoje, hoje mesmo
No jardim dos deuses elas se escondem;
No jardim dos deuses elas se deliciam;
No jardim dos deuses elas permanecem;
Dos céus alguém desce.
Dos mares alguém surge.
Pois hoje, hoje mesmo,
Elas oram.

Unashi olhou para o filho mais novo de Kamikuu. Ele mal atingia o peito de Unashi e estava com os dentes cerrados devido ao esforço de carregar o caixão.

— Você está bem? — perguntou Unashi.

O menino assentiu de maneira pouco convincente.

— Aquele é o lugar da minha mãe — murmurou ele com pesar.

— Eu entendo. Aquela mulher também é uma sacerdotisa?

— Ela é a substituta da minha mãe. A segunda sacerdotisa tem de vir da família Umigame, a família do meu pai, mas a filha dele, Yayoi, já é a sacerdotisa das trevas, e não há mais ninguém. A próxima na linha de sucessão é a família Namako. Essa mulher é dessa família. Mas ela não é muito boa em cantar as preces e não sabe dançar.

A sacerdotisa tossia e gaguejava cantando em meio às preces. Enquanto ouviam a voz dela, irritantemente fora do tom, os ilhéus carregavam o pesado caixão e dirigiam-se lentamente para o oeste.

— Estamos indo para onde? — perguntou Unashi.

O menino mal tinha fôlego para responder, mas conseguiu:

— Para o Amiido. O cemitério. Onde ficam as cavernas.

— Grande parte dos ilhéus no arquipélago enterrava seus mortos em cavernas.

As circunstâncias haviam empurrado Unashi a servir de amparo aos mortos, mas ele imaginava o que de fato o atraíra até aquele lugar. Algum motivo devia haver, e até descobrir qual era, ele não sairia de lá.

Ó grande Oráculo,
Tu te escondeste;
Ó irmãs abençoadas,
Ambas escondem-se.

Depois de terem caminhado pouco mais de um quilômetro, chegaram a um promontório que devia ser o ponto mais a oeste da ilha. O menino estava tão cansado que mal conseguia falar. No meio do trajeto um outro velho juntara-se ao cortejo e ajudara a carregar o caixão, aliviando-o. O menino pegara a mão de sua irmãzinha e ficou próximo de Unashi.

— Ali é o Amiido.

Unashi conseguia ver uma abertura escura ao longo de um dos lados do denso bosque de pândanos e figueiras. As árvores formavam um túnel natural através do qual a trilha continuava. Era tão estreito o túnel que o caixão mal conseguia passar por ele e os membros da procissão fúnebre tiveram de seguir um atrás do outro em fila única. Por fim, o túnel abriu-se para uma área gramada ampla e circular. Do outro lado do círculo, Unashi viu uma grande caverna no penhasco de pedra calcária. Bem no fundo dele havia fileiras de caixões. Perto da caverna encontrava-se uma pequena choupana caindo aos pedaços com um telhado feito de folhas de pândano. Talvez a pessoa responsável por manter o cemitério residisse ali.

Quando olhou mais de perto, ele viu uma jovem de pé nas sombras lançadas pela choupana, chorando. Ela era alta e, muito embora ele jamais a houvesse visto antes, suas feições lhe pareceram de certa forma familiares. Suas sobrancelhas curvavam-se em arcos muito bonitos e seus olhos, cheios de sabedoria, resplandeciam de juventude e vitalidade. Unashi queria olhá-la uma única vez mas, assim que viu seu rosto, ficou paralisado. Ela, por sua vez, não reparou nele e enxugou as lágrimas com as mangas das vestes puídas.

— Quem é aquela mulher ali? — perguntou Unashi ao menino ao seu lado, seu coração já cativado.

— Aquela é Yayoi, sacerdotisa das trevas.

Sacerdotisa do dia e sacerdotisa da noite. Então, ela era a irmã mais nova do marido de Kamikuu, o homem que havia sido picado pela vespa. Ele soube imediatamente que ele próprio — Yakinahiko — passara a viver como o jovem Unashi, de dezenove anos de idade, unicamente para encontrar-se com aquela mulher. Foi por ela que ele fora guiado até a ilha Umihebi. Um amor invencível tomou conta de seu coração — tão forte que ele teve dificuldades para respirar. E a alegria que o inundava era tão intensa que ele queria pular e gritar, apesar do fato de estar no meio de um funeral. Verdadeiramente, aquilo era o que significava estar vivo!, pensou ele enquanto olhava o coto onde antes ficava sua mão esquerda.

O chefe da ilha deu instruções para a deposição do caixão, e em seguida Unashi e o velho carregaram-no até o interior da caverna. Os caixões mais recentes ficavam próximos à entrada. Aqueles que se encontravam mais no fundo da caverna estavam apodrecidos e ossos brancos escapavam pelas bordas. Unashi imaginou que o corpo do marido de Kamikuu era um dos mais recentes. Depois que colocaram o caixão no lugar e saíram da caverna, ela trocou olhares com Yayoi, que andava em sua direção. "Que mulher de grande formosura." A frase antiga surgira-lhe nos lábios. Estas foram as palavras que Izanaki falara para Izanami no passado. "Ah! Será essa uma boa mulher?"

É claro que Yayoi não sabia quem era Unashi e lançou um olhar desconfiado em direção a ele. Sua reação não era inesperada. Ela havia encontrado alguém de um mundo completamente diferente. Mas o que Unashi não deixou de reparar foi que a surpresa dela ao vê-lo foi acompanhada de uma atração por aquele homem jovem e bem-apessoado. "Vamos fugir para um mundo diferente e distante daqui!", gritava Unashi para Yayoi do fundo de seu coração. "Vamos sair desta ilha." Yayoi olhava para ele com ironia. "Você ouviu o que eu disse?", gritou novamente Unashi, sem dizer palavra. Yayoi ainda estava olhando diretamente para ele. Ele imaginou que ela tivesse vislumbrado o amor queimando dentro dele. Ela devia ter visto aquilo, embora aquela fosse a primeira vez que eles tivessem se encontrado, foi para esse encontro que ambos estavam vivendo. Exatamente para esse momento.

— Yayoi — chamou o chefe da ilha, e ela moveu-se em direção a ele. — Aconteceu tão repentinamente que não tivemos tempo de preparar um outro caixão. Nós vamos começar a trabalhar nele agora, então eu quero que você beba isso amanhã de manhã.

Yayoi pegou o vasilhame de cerâmica que o chefe lhe entregara. Parecia conter líquido. Sentindo um suspiro coletivo de pesar, Unashi olhou ao seu redor. Os ilhéus que haviam acompanhado a procissão fúnebre estavam todos chorando silenciosamente. Ele virou-se para o menino e perguntou:

— O que é isso?

O menino começou a chorar com tanta intensidade que mal conseguia falar. Lágrimas também escorriam pelo rosto da filha mais velha de Kamikuu, e ela não conseguia levantar a cabeça. Como o pesar da coletividade aumentara tão subitamente, Unashi conseguia apenas prever que alguma outra tragédia os esperava.

Uma vez que o chefe entregou o vasilhame de cerâmica, os outros membros do cortejo fúnebre prepararam-se para partir, como se a tarefa deles no Amiido tivesse se encerrado. Eles se retiraram do espaço gramado, deixando Yayoi sem dizer uma única palavra de despedida. Mas a perspectiva de Yayoi sendo deixada sozinha naquele lugar fantasmagórico era mais do que insuportável para ele. Ele decidiu que daria tempo ao tempo e, assim que a noite caísse, retornaria.

— O que acontece agora? — perguntou ele ao menino, que seguia seu caminho exaustivamente. Todos seguiam seus caminhos separadamente, voltando para suas casas.

— Todos os ilhéus vão para a nossa casa, então agora eles estão indo para suas casas preparar a comida.

— E Yayoi?

O menino parou.

— Normalmente, a sacerdotisa das trevas não tem permissão para ver ninguém até que o período de luto esteja encerrado. Ela vive em meio aos mortos.

— Mas dessa vez é diferente.

O menino gaguejou:

— Eu não sei ao certo.

Unashi queria voltar ao Amiido e falar com Yayoi. Mas o momento não parecia adequado. Em vez disso, ele continuou a caminhar com a família de Kamikuu até a casa da falecida mãe deles. Eles atravessaram a ilha e seguiram até o promontório no lado leste onde Kamikuu tinha seu local de orações e seus aposentos. Quando alcançaram o promontório, Unashi olhou para o mar abaixo por sobre a beira do penhasco. Ele queria certificar-se de que seu barco ainda estava ancorado no píer. Também ocorreu-lhe que havia sido daquele ponto que Kamikuu pulara para sua morte.

À medida que o sol se punha, os ilhéus deram início a seu banquete fúnebre de caráter simples. Eles dispuseram pratos de mariscos e algas marinhas. Para acompanhar o saquê, serviram barbatana de peixe seca que havia sido aquecida ao fogo. O saquê era feito de arroz fermentado. Unashi tomou um gole. Sua garganta estava tão seca que o gosto do saquê pareceu-lhe delicioso.

— Somos muito gratos ao senhor — começou o chefe da ilha. — Graças ao senhor, Kamikuu-sama foi capaz de voltar à sua casa e agora nós podemos passar para a geração seguinte. — Os outros anciãos e anciãs que ele ajudara também ofereceram seus agradecimentos.

— O que acontece agora? — perguntou Unashi.

O chefe ergueu os olhos opacos e disse:

— Quando Kamikuu-sama morre, também morre a sacerdotisa das trevas. Kamikuu-sama tirou a própria vida porque a tradição a perturbava. Se seu corpo não tivesse sido descoberto, nós não saberíamos se ela estava morta ou não e não teríamos como proceder. Mas como vocês recuperaram o corpo das águas e o trouxeram para casa, nós podemos apontar uma nova sacerdotisa. As meninas gêmeas que está vendo ali a sucederão quando completarem dezesseis anos. Até lá, teremos de nos contentar com uma sacerdotisa temporária. Kamikuu-sama era bem vivaz e sua sucessora será um pouco menos. Isso oferecerá uma mudança de estado de espírito.

— E por que Yayoi precisa morrer? — perguntou Unashi.

— Na nossa ilha o dia faz par com a noite e *yang* com *yin*. Esse é o motivo.

Unashi entendeu que não havia sido para poupar a ilha de um funeral mas para poupar Yayoi da morte que Kamikuu se matara. Ao recuperar seu corpo e levá-lo de volta à ilha, eles haviam cometido uma transgressão. Quando percebeu que isso significava que Yayoi poderia muito bem estar morrendo naquele exato minuto, Unashi saltou de seu assento num tal estado de agitação que perdeu o equilíbrio e caiu.

7

Ele ficou deitado e inconsciente por algum tempo num canto do recinto. Quando voltou a si, esticou a mão direita e deu um tapinha no ar ao seu redor para certificar-se de que não havia mais ninguém lá. Ficou aliviado ao descobrir que ainda estava na sala onde a vigília transcorrera. Conseguiu se levantar. Mas quando o fez, sua cabeça começou a latejar. Um estranho à ilha, não estava acostumado ao saquê do local, que tivera sobre ele um efeito quase que narcótico. Ele lembrou-se do velho xamã que lhe havia dito que ilhas diferentes possuíam venenos diferentes, de modo que sentiu-se feliz por estar novamente desperto. Tateando o caminho, Unashi encontrou a porta e saiu da sala. Dirigiu-se ao poço, lavou a boca e bebeu água.

A lua estava tombando a oeste. A madrugada estava próxima. Unashi conseguiu seguir em frente, as pernas bambas. Ele queria se apressar e ficava frustrado quando seu corpo recusava-se a cooperar. Quando era Yakinahiko, o xamã do vilarejo onde todos usavam braceletes de conchas lhe dissera: "Naquelas ilhas existem venenos que nós não temos em Yamato."

Agora ele entendia que as palavras do xamã apontavam para Yayoi e seu destino.

Ele levou quase uma hora, mas finalmente alcançou a trilha que levava ao Amiido. Ele podia ouvir pessoas falando baixinho. Vários ilhéus idosos estavam parados na entrada sussurrando e espiando o interior do túnel de árvores à frente deles. Vigias noturnos! Eles estavam se revezando para vigiar a entrada, garantindo que Yayoi não tentasse escapar. Que ilha aterrorizante era aquela. Se ele fosse pego, eles não hesitariam em usar o veneno nele. Mas ele não podia desistir agora. Ele tomou o caminho da costa a oeste. Ele teria de escalar o penhasco e entrar no Amiido pelo outro lado. O céu estava ficando gradualmente mais brilhante na direção do leste, tornando mais fácil a escalada. Para todos os efeitos, Yayoi já devia estar morta.

Assim que terminou de escalar o penhasco, ele manobrou até encontrar-se diretamente acima da caverna funerária. Ele podia ver a pequena choupana ao lado dela e parecia que uma luz estava acesa em seu interior. Ainda havia tempo. Ele desceu galopando e aproximou-se da choupana, onde chamou suavemente:

— Yayoi!

A porta abriu-se ligeiramente e Yayoi espiou o lado de fora. Seus olhos estavam inchados de tanto chorar. Unashi deu um suspiro de alívio, e foi pegar-lhe a mão. Mas Yayoi falou, a voz recheada de temor:

— Quem é você?

— Rápido, nós não temos tempo a perder. Precisamos fugir daqui.

— Mas como? — A voz de Yayoi estava desesperada, era quase um ganido, e aguda o bastante para atravessar as árvores que protegiam a entrada do Amiido. Os velhos à espera provavelmente pensariam que isso sinalizava o momento de sua morte. Mas Unashi identificou na voz dela uma raiva feroz. Ela queria viver. Ela queria fugir para um outro mundo e entregar-se ao amor. Mais do que qualquer coisa, a voz dela registrava a raiva que sentia por ser forçada a interromper sua vida tão precocemente. Talvez, quando a vira mais cedo naquele dia, ele houvesse transmitido seus sentimentos a ela.

Yayoi apertou a mão direita de Unashi. A dela estava tremendo um pouquinho.

— É tarde demais. Esta ilha é pequena e não há saída. Há pessoas vigiando a entrada. E além disso, até a pedra do Alerta, a trilha é coberta por um denso matagal espinhoso. Ninguém nunca passou pelo Alerta. Eu já ouvi falar que é possível ir até o promontório ao norte mas, sem um barco, é impossível sair da ilha. Então, como vê, escapar daqui é impossível.

— O que você disse que existe depois da pedra do Alerta?

Yayoi olhou para o céu ansiosamente e então apontou na direção norte.

— Uma vez me disseram que existe um túnel que atravessa o bosque espinhoso de pândano. Mas somente a alta sacerdotisa pode utilizar esse caminho. Ninguém mais tem permissão para ir lá, de modo que eu nunca o vi. Mas eu já ouvi falar que se alguém atravessar o bosque pândano, pode chegar ao promontório norte.

— O promontório norte? Então eu quero que você espere por mim lá. Eu vou voltar ao cais para roubar uma canoa que eu vi por lá. Depois seguirei para o norte.

— Eu não sei se eu consigo fazer isso sozinha.

— Se você ficar aqui será obrigada a tomar o veneno e morrer. Você vai acabar no caixão ao lado de Kamikuu, por mais jovem que seja. Vamos, escolha a vida. Escolha a mim.

Unashi puxou Yayoi e abraçou-a com força. O brusco e súbito contato fez com que ela enrijecesse instintivamente.

Unashi segurou o queixo dela com firmeza usando a mão direita e levou seus lábios até os dela. Ele soprou vida dentro dela. Ele fora um deus no passado. Mas um ser humano — um homem cuja vida é finita e tem uma duração limitada — dera a ele a preciosa dádiva da vida. Unashi fechou os olhos. Ele manteria protegida a vida de Yayoi.

Yayoi notou que ele não tinha a mão esquerda.

— O que aconteceu com você? — perguntou ela.

— Uma mordida de cobra.

Ela manteve os olhos fixos em Unashi, tomou-lhe o braço esquerdo e levou o coto delicadamente ao rosto.

— Deixe-me ser a sua mão esquerda.

Estava agora claro que ele havia sido guiado até lá para poder conhecer aquela mulher. Unashi sentiu-se calmo. Deu um empurrãozinho de leve nas costas de Yayoi.

— Corra. Precisamos estar fora desta ilha antes de o dia amanhecer por completo. Logo, logo as pessoas vão começar a circular.

Yayoi correu em direção ao norte, a passada ligeira. Logo após ter atravessado o bosque do Amiido e passado pelo Alerta, haveria apenas um caminho que ela podia percorrer. Era a única maneira de escapar. Ela olhou para Unashi nervosamente. Ele acenou para ela. E então ele partiu para encontrar a canoa.

Ele tinha de se apressar. Mais uma vez escalou o paredão do penhasco e desceu até a praia. Dessa vez escalou a partir de um ponto diferente. Seguiu na direção sudeste, até o porto, permanecendo sob a cobertura das copas das árvores. Assim que houvesse luz suficiente, as mulheres da ilha estariam varrendo as areias em busca de mariscos e algas marinhas. Ele tinha de roubar a canoa antes que elas chegassem à praia. O barco no qual ele chegara ainda estava ancorado no píer. Mas não por muito tempo. Ele precisava pegar Yayoi no promontório norte e levá-la consigo até o barco.

Já havia pessoas na praia — as mulheres de meia-idade que haviam colocado o corpo de Kamikuu no caixão. Pior, elas haviam trazido a canoa para a praia e estavam reunidas ao redor dela, conversando.

— Olá! — gritou Unashi.

As mulheres levantaram os olhos em surpresa assim que ele apareceu do nada.

— Podem me emprestar a canoa?

As mulheres balançaram a cabeça.

— O chefe disse que nós deveríamos fazer um caixão com ela. Nós a deixamos aqui durante a noite para que secasse.

— Caixão de quem?

As mulheres baixaram os olhos e não disseram nada. O suicídio de Yayoi era visivelmente um assunto tabu. Elas esperavam que ela morresse tranquilamente, sozinha.

— Se vocês precisam fazer um caixão, é melhor cortar uma árvore. Se arrebentarem essa canoa, não terão mais uma única embarcação disponível na ilha. E aí como farão?

Unashi olhava fixamente para as mulheres. Elas trocavam olhares entre si, confusas.

— Eu preciso me encontrar com meus companheiros de barco para tratar de alguns assuntos. Vocês não podem me emprestar essa canoa só por um tempo curto? Eu prometo devolvê-la. Por favor, vocês não vão me ajudar? Eu vou devolvê-la com presentes para vocês.

— Bem, se você pudesse nos trazer um pouco de cereal... — disse uma mulher timidamente.

Uma outra juntou-se à primeira:

— Um pouco de tecido me seria útil. Não importa de que espécie... Nós somos tão pobres por aqui.

— E você?

Quando Unashi perguntou à última mulher, esta pareceu estar perplexa. Em seguida soltou:

— Eu gostaria muito daquele esquife que vocês estavam usando.

— Nesse caso é melhor vocês esperarem para fazer o caixão.

As mulheres ajudaram Unashi a colocar a canoa no mar. Finalmente, ele se pôs a caminho. Olhou de relance para a traineira de mariscos ancorada no píer e começou a remar em direção ao promontório norte com seu braço bom. A correnteza estava acelerada e seu progresso era lento, mas ele alcançou seu objetivo à medida que o dia nascia. Yayoi não havia chegado. Ele imaginou se ela não fora pega e ficou vigiando sua chegada ansiosamente.

O promontório norte era pedregoso e não havia nenhum local onde ele pudesse atracar. Se deixasse a canoa à deriva perto demais das rochas, as ondas a quebrariam. Enquanto vasculhava a costa em busca de um lugar para atracar, o sol da manhã começou a nascer no céu. Yayoi ainda não chegara. Com o nascer do sol o chefe da ilha e os outros dirigir-se-iam ao Amiido para certificarem-se de que ela havia se matado. Assim que descobrissem que havia fugido, a ilha ficaria em polvorosa. Será que ela já fora pega? Se não fora, onde estava? E se ela demorasse ainda muito tempo, alguém da traineira viria à terra em busca dele, o que evidenciaria o plano.

Nesse exato instante Yayoi surgiu em meio ao bosque de pândano. Ela ficou visivelmente aliviada quando avistou Unashi, e enxugou o suor que pingava de sua testa. Suas pernas estavam nuas, arranhadas e sangrando, mas ela correu alegremente em direção a Unashi, os olhos brilhando. Unashi acenou com o braço direito para indicá-la o caminho a seguir, mas Yayoi já saltara no mar, com rapidez e astúcia suficientes para definir seu próprio rumo. Ela nadou até ele e agarrou a borda da canoa. Quando Unashi puxou-a, a pequena embarcação balançou violentamente. Yayoi, encharcada até os ossos, pegou o outro remo e começou a remar.

— Você deve estar sentindo frio com essas roupas encharcadas.

— Eu só quero sair desta ilha o mais rápido possível.

— Este é o único barco existente na ilha. Eles agora não têm mais como nos pegar.

Yayoi suspirou de alívio e olhou para trás na direção do promontório norte. Visto do mar, os penhascos eram escarpados, e ao longo dos paredões imaculados lírios brancos floresciam.

— Isso é estranho. Eu nunca olhei para a ilha do mar. Eu não sabia que tinha um formato tão interessante, ou que ela era tão pequena! — Ela olhou para o rosto de Unashi. — Quem é *você*?

— Meu nome é Unashi.

— De onde você é?

— Yamato.

— Que espécie de lugar é esse?

— É muito bonito, mas existem venenos lá que não existem aqui.

Quando ouviu a resposta de Unashi, Yayoi virou o rosto em direção ao sol. Agora ele estava mais alto, e pintava o adorável rosto dela com um tom alaranjado. Unashi ficou deslumbrado.

— Sempre existem venenos. Pode ter certeza disso. Se há o dia, há também a noite. E onde existe *yang* também existirá *yin*. Para cada frente um verso. Não há branco sem preto. Tudo na terra possui seu oposto, seu parceiro. Caso você fique imaginando o porquê, pense que se existisse apenas um não haveria nascimentos. No começo havia dois, e esses dois foram atraídos um ao outro e reunidos, e daí nós obtemos significado. Ou pelo menos é o que se diz.

— Você aprendeu isso com alguém?

— Com Kamikuu-sama. Recentemente ela perdera o interesse pela vida mas passava o tempo me contando várias coisas. O fato de ela ter escolhido morrer da maneira que morreu me entristece muito.

Lágrimas escorreram pelas faces de Yayoi à medida que as lembranças lhe ocorriam.

— Por que Kamikuu-sama se matou?

— Provavelmente porque não conseguia suportar mais continuar vivendo uma vida de mentiras como a que vivia. — O rosto de Yayoi adquiriu uma expressão sombria.

— Como assim?

— O marido de Kamikuu-sama chamava-se Mahito. E ele dizia ser meu irmão mais velho. Mas quando foi picado por aquela vespa ele confessou inúmeras coisas a Kamikuu-sama pouco antes de morrer. Ele contou a ela que eu era a filha que tivera com a irmã mais nova de Kamikuu-sama. Isso fazia de mim sobrinha de Kamikuu-sama, o que significava que eu era *yang*. No entanto, Mahito dissera para o chefe da ilha que eu era sua irmã mais nova, o que me transformava numa filha na família da sacerdotisa auxiliar. Então eu me tornei a sacerdotisa das trevas seguinte. Todos pensavam que este era o meu destino, decidido desde tempos imemoriais. Mas assim que descobri a verdade por intermédio de Kamikuu-sama, não tive mais condições de suportar tudo isso. Eu sou muitíssimo grata a você por ter me resgatado.

Yayoi enxugou com as costas das mãos as lágrimas que haviam escorrido. Unashi tomou-lhe as mãos úmidas.

— E o que aconteceu com sua mãe?

— O nome da minha mãe é Namima. Ela era a irmã mais nova de Kamikuu-sama, o que significava que ela era *yin* e destinada a tornar-se a sacerdotisa das trevas. Mas ela engravidou de mim e fugiu da ilha com meu pai. Eu ouvi dizer que eles escaparam num barquinho bem parecido com este em que estamos agora. Minha mãe me pariu a bordo do barco. E então morreu.

— Ela morreu no trabalho de parto?

— Não. Meu pai nunca explicou isso muito claramente. Mas Kamikuu-sama sempre desconfiou de que meu pai tivesse matado a minha mãe. Meu pai queria ficar com Kamikuu-sama e queria ajudar sua família a livrar-se de sua maldição, de modo que trouxe-me de volta à ilha consigo. Se ele matou mesmo Namima, eu não consigo imaginar que Kamikuu-sama pudesse algum dia perdoá-lo.

— Mais uma história de traição — falou Unashi consigo mesmo, mas Yayoi olhou fixamente para ele, em dúvida.

— Você também foi traído?

Unashi olhou para a traineira e não respondeu. Se ele fizesse de Yayoi sua esposa, como Izanami reagiria? Ele perdeu-se em pensamentos. Assim que percebesse que Unashi era na verdade Izanaki, ela mataria Yayoi. Era inevitável.

E se ele fosse até o Yomotsuhira-saka, a Colina de Yomi, e se encontrasse com Izanami? Talvez eles pudessem chegar a um novo acordo. Mas agora que era um ser humano, onde ele encontraria o poder para realizar tamanho feito? Ele não podia conhecer verdadeiramente o amor sem ser um humano. E não dispunha de nenhum poder extraordinário a menos que fosse um deus. Como ele poderia proteger Yayoi?

Unashi concentrou-se em remar a canoa, mantendo uma cuidadosa vigilância no perfil de Yayoi. Ele precisava inventar algum plano.

QUE HOMEM AGORA DE GRANDE FORMOSURA

1

Eu andava ociosamente pelos corredores no palácio do submundo, meus pensamentos em Yayoi. Eu queria muito que ela se livrasse de seu temor e se visse livre da mácula da corrupção que certamente pesava sobre ela. Mas o que eu poderia fazer? Eu estava morta. Minha impaciência, meu pesar — impossíveis de se resolver — apenas tornavam a escuridão que me cercava ainda mais escura. Izanami estava certa. Eu jamais deveria ter me transformado numa vespa. Como eu estaria bem melhor agora se desconhecesse a lamentável sina de Yayoi.

Eu vi Mahito à espreita nas sombras de um dos altos pilares. É claro que não se tratava realmente de Mahito, apenas de um ínfimo contorno de um espírito oco que lembrava vagamente o homem que ele fora um dia. Vê-lo ali me deixava irritada. Não pelo fato de ele não se lembrar de ter me matado, ou mesmo por haver se esquecido de todas as mentiras que contara, mas porque vê-lo daquele jeito fazia com que eu ficasse ainda mais ciente do vazio da morte. E fazia com que eu me lembrasse ainda mais da insuportável dor que eu suportara. A filha que tivemos juntos ainda encontrava-se naquela ilha, agora a sacerdotisa das trevas. Assim que descobri que ela assumira o meu lugar num destino que eu considerava insuportável, não consegui mais ter descanso. E a minha agitação ficou ainda mais intensa quando descobri que Mahito fizera o que fizera para resgatar sua família de seu apuro. Isso permitira a ele casar-se com Kamikuu, a mulher que ele amava e que o amava desde a infância. Meus pensamentos faziam círculos e círculos até emaranharem-se em ódio.

Era a morte que dava à luz o meu ódio. Até então eu jamais percebera a quantidade de energia que o ódio dava aos mortos. E por mais que tentasse, eu não conseguia me resignar à minha sina. Por que as coisas haviam acontecido daquela maneira? Era inevitável que eu culpasse Mahito. Eu sempre senti uma certa solidariedade para com Izanami, mas no começo eu não apreciava a profundidade do ódio que ela sentia. Assim que conheci a extensão da traição de Mahito, senti que entendia do fundo do coração a verdadeira importância dos sentimentos de Izanami. E era por isso que eu estava no Reino dos Mortos.

Hoje, como em todos os outros dias, Mahito mirava a escuridão com a mesma expressão apática. Era visível que ele ainda não entendia o que havia acontecido com ele, o motivo pelo qual se encontrava no Reino dos Mortos, ou o tipo de ser que se tornara. Era um espírito à deriva, condenado para sempre a essa existência de inquieta tristeza. Pobre e ridículo Mahito. De alguma forma, ele me lembrava a mim mesma. É bem verdade que eu não fazia a menor ideia de que esse destino estava à nossa espera quando fugi com ele da ilha Umihebi.

— Olá, Mahito.

Quando o cumprimentei, Mahito baixou polidamente a cabeça sem olhar para mim. Ele parecia uma criança abandonada, vasculhando a escuridão perpétua em busca de um rosto familiar, assustado demais para deixar seu olhar perdurar muito tempo sobre o que quer que fosse. Quando me aproximei dele, pude ver uma pequena cicatriz entre suas sobrancelhas. Apontei para ela e, embora já soubesse a resposta, perguntei:

— O que aconteceu aí?

Mahito levou a mão à testa e tocou a cicatriz. Perplexidade espalhou-se sobre o seu rosto.

— Eu não sei.

— Parece que está um pouquinho inchado. Deve ter doído.

Mahito cobriu a testa com a mão, como se estivesse tentando esconder a cicatriz.

— Eu não me lembro.

— Por acaso não foi picado por uma vespa? — insisti. Parecia que ele não queria se lembrar do que acontecera no mundo dos vivos; me irritava o fato de que as lembranças dele eram diferentes das minhas. Desde que me transformara numa vespa e voara para Umihebi, eu me tornara malévola.

— Não me lembro. — Ele virou o rosto, aparentemente sentindo uma forte dor; ainda não se dava conta de que estava morto. Perdera a memória e tornara-se um homem tímido.

E eu que morri antes de você sofri tão horrivelmente. Senti tanto pesar por ter sido separada de você e de nossa filha. Como eu me preocupei com vocês dois! Como teria sido melhor para mim não ter sentido coisa alguma. Mas restou-me chorar no mais completo desespero nessa escuridão infindável. Eu quero que você sinta tudo o que eu senti.

Eu queria golpear Mahito com toda a força do meu ódio — eu mal conseguia me conter.

— Por que você não se lembra? Por acaso não foi você que me estrangulou quando decidiu que eu não tinha mais utilidade para você? E depois fez a nossa filha se passar por sua irmã. Você forçou-a a se tornar a sacerdotisa das trevas, não foi mesmo?

— Eu fiz isso?

— Por que me faz essa pergunta? Você era apaixonado por Kamikuu, e não me queria.

— Kamikuu é minha esposa, isso eu sei. Quanto ao resto, não faço a menor ideia do que você está falando.

— Eu era a irmã mais nova de Kamikuu. Meu nome é Namima.

— Eu já ouvi esse nome antes, mas não consigo me lembrar de onde.

— Você saiu da ilha com Namima, a sacerdotisa das trevas. E depois matou-a. Você levou Yayoi, o bebê que teve com ela, de volta à ilha e contou para todo mundo que ela era sua irmã mais nova. Você é um assassino!

Os lábios de Mahito tremiam enquanto ele olhava para mim. Eu tenho certeza de que meus olhos deviam estar como os de Izanami, sem se fixar em coisa alguma. Assim que ele os avistou, desviou o olhar, como se tivesse visto algo que não devia ter visto.

— Eu não matei ninguém. Eu voltei à ilha com um bebê. Mas isso é tudo o que eu me lembro.

— Você está mentindo! Ela era nossa. Nós demos a ela o nome de Yayoi.

Mahito lembrava-se apenas do que lhe era satisfatório. De repente, ele levou as mãos ao rosto e agachou-se. O fulgor embaixo dos pilares ficou mais escuro e mais opressor. Os outros espíritos ali presentes eram solidários com ele, cientes de que ele se perdera. Também sentiam a minha raiva ali presente, um espírito malévolo em forma humana. Mas ninguém compreendia a minha dor. Naquele momento, eu percebi que me encontrava sozinha, deprimida e abandonada.

— Quando você morreu, como foi a sensação? — Eu o pressionava com minhas perguntas.

— Doeu. — Ele começou a tremer enquanto se lembrava da dor da morte. — Meu rosto inchou. Eu perdi a visão e foi ficando cada vez mais difícil respirar até que finalmente tornou-se impossível respirar. Eu não sabia o que estava acontecendo comigo. Mas a dor permaneceu lá até o mais amargo fim.

— Cai bem para você.

— Que palavras mais cruéis. — Os ombros de Mahito tombaram.

— Como se sente agora, estando aqui?

— Eu estou preocupado com a minha família. Nossa ilha é muito pobre. Eu preciso pescar o máximo de peixes que conseguir para trocar por arroz. O que eles vão fazer agora?

As coisas que fazemos são tão inúteis, tão feias. Mahito não ia se lembrar de nada, por mais que eu o forçasse. Como eu iria disseminar o meu ódio? Eu queria ser um daqueles espíritos à deriva, que flutuavam sem destino certo, sem se lembrar de nada.

— Namima?

Eu vi uma forma vindo na minha direção, sua silhueta contornada por uma pálida bruma azul. Era a voz de Izanami.

— Estou aqui.

Mahito olhou para ela, o rosto cheio de temor. Ele tentou esconder-se na sombra do pilar. Não sendo de carne e osso, havia pouco que pudesse fazer para ocultar-se. Eu parei de falar com ele e esperei a chegada de Izanami.

— O que você anda fazendo?

— Atormentando Mahito.

Izanami franziu o cenho de seu jeito característico, mas agora ela dava a impressão de estar ainda mais infeliz do que o habitual.

— Namima, você está mudada ultimamente. Esse homem não se recorda de você.

— Izanami-sama, eu quero fazê-lo sofrer. Eu não acho que ele deva ter permissão para se esquecer. — Eu começara a chorar. Minhas faces pareciam estar estranhamente cálidas onde as lágrimas fluíam. Eu odiava estar naquele submundo infernal. — Como vou conseguir permanecer aqui?

Subitamente, fiquei ciente de que estava diante de Izanami, a deusa que governava "o lugar como esse".

— Por favor, perdoe-me. — Eu prostrei-me diante dela.

O rosto de Izanami adquirira um tom sombrio. Quando por fim falou, ela disse:

— Não foi por isso que vim procurá-la. Tenho algo a discutir com você. — Ela virou-se e caminhou em direção à câmara onde decidia de quem era a vez de morrer. Ela sentou-se na cadeira de granito.

— Parece que Izanaki morreu não faz muito tempo.

Fiquei impressionada. Mas então vi que o fulgor de amargura, que normalmente acompanhava Izanami, estava mais suave hoje. Evidentemente, Izanaki era um deus. Deuses podiam mesmo morrer? Verdade que Izanami estava morta e agora presidia o Reino dos Mortos. Por acaso isso significava que Izanaki aportaria aqui? Certamente não. Eu ouvira falar que quando os deuses morrem eles ascendem à Planície do Alto Céu. Izanami, então, era uma deusa orgulhosa em sua singularidade.

— O que aconteceu a Izanaki-sama em seguida à sua morte?

— Não faço ideia. Ele viveu por um longo tempo como um humano chamado Yakinahiko. Mas, aparentemente, caiu pela espada de seu jovem criado, e dessa vez não retornou à vida. Seu açor assistiu à cena se desenrolar e vingou-se do criado. Mas eu não sei o que aconteceu depois disso.

— Izanami-sama, como foi possível Izanaki-sama morrer? Seu criado podia ser um homem com uma força tão incrível?

— Desconheço os detalhes.

Izanami levantou um dos cotovelos do braço da cadeira e colocou o queixo na mão.

— Talvez Izanaki tenha ficado cansado de viver. Talvez tenha sido porque ele tivesse de ir de mulher em mulher gerando filhos sem jamais saber quando tudo isso acabaria.

Seu rosto estava vago. Ela estava acostumada a decidir diariamente quem morreria. Mas naquele dia ela parecia não estar interessada nisso. Ela depositou o vaso — cheio de água negra retirada do poço — no piso de pedra onde ele permaneceu intocado.

De repente, fiz uma descoberta terrível. Impulsionada pelo ódio que sentia de Mahito, flagrei a mim mesma desejando ansiosamente que alguém morresse. Será que não era essa a sensação que tomara conta de Izanami quando ela se viu trancada no Reino dos Mortos? O ódio é aterrorizante. Eu ansiava por alguém que pudesse me aliviar. Abracei a mim mesma e tremi.

— Izanami-sama, eu te imploro. Estou muito inquieta. Eu quero ser apenas mais um espírito. Quero desaparecer na escuridão e passar o tempo em perfeito silêncio. Nunca mais quero voltar a ver o rosto de Mahito. Eu quero apenas esquecer tudo. Por favor, permita que eu seja um espírito calmo e tranquilo. Eu já sofri demais com tudo isso.

Joguei-me aos pés de Izanami. Ela olhou para mim de maneira sombria.

— Namima, o que exatamente a faz sofrer?

— Exatamente o mesmo que ocorre com você, Izanami-sama. Amargura e tristeza. Eu estou cheia de amargura para com Mahito. Mas sinto muita pena de minha filha e da sina que ela tem diante de si. Quero me livrar desses sentimentos mas não sei como. E, Izanami-sama, eu acho que você também não sabe. Eu quero apenas ser uma pessoa morta como qualquer outra. Por favor, eu te imploro, deixe-me flutuar na escuridão.

— Namima, eu imaginava que você fosse capaz de compreender o meu sofrimento.

— Acho que você me superestimou. Eu não passo de uma mulher medíocre, atormentada pelo ciúme.

Um silêncio gélido se interpôs entre mim e Izanami. Eu permitira a mim mesma falar num momento inadequado, e sabia que deveria me preparar para ser punida. Se punição significava que eu deveria sofrer uma morte *real*, nada melhor do que isso poderia ocorrer comigo.

— Kamikuu é o nome da sacerdotisa do dia na sua ilha, não é?

Eu ergui os olhos para ela em estado de choque. Aquele não era um nome que eu esperasse ouvir de seus lábios.

— Ela era minha irmã. Por que a pergunta?

— Parece que ela morreu.

Eu não conseguia acreditar em meus ouvidos. Minha bela irmã, sempre tão majestosa e excelsa. Por maiores que fossem os desafios que encontrava pela frente, ela era sempre bem-sucedida. Não Kamikuu, não o grande Oráculo! Ela era a mulher mais importante de toda a ilha. Não era por acaso que Mahito apaixonara-se por ela.

— Como ela morreu?

— Ao que parece, ela jogou-se de um penhasco.

Eu arquejei.

— Deve ter sido culpa minha. Ela deve ter perdido o gosto pela vida depois que eu matei Mahito!

— Não faz nenhum sentido tentar achar um culpado. — Izanami falava como se a própria ideia fosse cansativa. — Quem pode afirmar de quem é a culpa?

Mesmo assim eu não conseguia deixar de me preocupar. Se Kamikuu havia morrido, então Yayoi também teria de morrer. Como Yayoy devia estar se sentindo agora ao confrontar sua sina? Eu perguntei a Izanami:

— O que aconteceu com Yayoi?

— Não faço ideia. Tudo o que eu posso dizer é que o espírito dela não chegou aqui. Podemos portanto presumir que, caso esteja morta, ela não morreu de má vontade.

Fiquei ligeiramente aliviada. Mesmo assim, não consegui deixar de refletir acerca de como os meus atos haviam afetado a ilha — exatamente como as ondulações produzidas por uma pedra lançada na água. Eu me transformara numa vespa e matara Mahito. E assim que o matei, Kamikuu, percebendo a leviandade do mundo, matou-se em seguida.

— Izanami-sama, eu tenho um pedido a fazer.

Izanami virou-se para mim. Eu senti seus olhos vazios e vagos sobre mim enquanto eu esticava o corpo para falar.

— Namima — rebateu ela —, se você vai pedir para obter novamente permissão para tornar-se um espírito comum, a resposta é não.

— Não é isso.

— Então o que é? — Ela virou-se para me encarar.

Eu falei com clareza e energia:

— Eu gostaria que você me deixasse selecionar as mil pessoas que morrerão hoje. — Eu tenho a impressão de ter visto um sorriso formar-se ao longo de um dos cantos dos lábios de Izanami. Eu desconfiava que ela quisesse dizer o seguinte: "Mas você é humana...", de modo que me intrometi e disse: — Eu espero que você me deixe supervisionar a tarefa, como sua assistente. Parece bem simples. Eu tiro a água negra do poço atrás do palácio, depois salpico um pouco sobre o mapa. E com o mero balançar de meu punho, a morte faz sua visita a mil pessoas.

Eu não estava com medo de Izanami ou de qualquer outra coisa. Não havia punição maior agora do que a amargura que eu sentia ao ver Mahito.

— Você deseja tornar-se uma deusa? É isso, Namima? Você iria se tornar uma deusa e faria o meu trabalho?

Izanami falava numa voz baixa que eu jamais ouvira antes. Um calafrio percorreu-me a espinha ao ouvi-la. Eu balancei a cabeça vigorosamente.

— Não, eu fico perfeitamente contente de desempenhar a função como sua sacerdotisa. Por favor, basta me dar a ordem e eu começarei. Você deve estar exausta, Izanami-sama, deixe-me então selecionar os mil em seu lugar. Verdade seja dita, ninguém a conhece melhor do que eu, Izanami-sama. Certamente não infringiria regra alguma você acatar essa minha solicitação.

Eu devo ter soado arrogante. No instante em que as palavras saíram de minha boca eu estava encolhendo, horrorizada diante de minha atitude temerária.

Izanami ficou calada.

Agora que Kamikuu estava morta, Yayoi por acaso não aportaria logo, logo nesse reino subterrâneo? Mas Yayoi não saberia quem eu era, da mesma forma que Mahito não sabia. Ela flutuaria por aí, um espírito vazio, fazendo com que o meu tormento não cessasse jamais. Minha vida inteira fora para nada. A ideia era dolorosa demais, insuportável demais.

— O que me diz de meu pedido, Izanami-sama?

Mais uma vez, prostrei-me diante dela.

— Muito bem. Venha por aqui.

Izanami levantou-se e se moveu em direção ao mapa do mundo. O vaso com água negra que uma das serviçais preparara anteriormente estava à espera no meio do chão.

— Salpique a água. Tire a vida de mil pessoas. — Ela entregou-me o vaso. A morte diária de mil pessoas nascera da batalha entre Izanami e Izanaki. Seu intuito era vingar-se pura e simplesmente do homem que tentara fugir da corrupção da morte. Eu ergui o vaso para salpicar a água mas, por mais que tentasse, não conseguia fazê-lo. Eu não conseguia ignorar o fato de que mil pessoas pereceriam com um único movimento de minha mão. No fundo do coração, eu era simplesmente covarde demais.

Subitamente, levei o vaso a meus lábios e bebi o líquido. É claro que não consegui exatamente beber já que eu era um espírito. Ele escorreu-me pela boca até o queixo, manchando todo o meu corpo de preto. Lembrei-me de como havia chorado quando Mikura-sama dissera: "É porque você é impura." Eu observara as lágrimas escorrendo pelas minhas pernas nuas. Agora que eu estava morta, não podia morrer novamente, podia? Então como escaparia de minha dor?

— Pelo visto você não pode fazer isso, Namima.

Eu desabara no frio chão de pedra, mas quando ouvi a voz de Izanami, ergui-me. Ela estava parada ao meu lado.

— Eu sinto muito.

— Uma vida humana não significa nada para um deus e pode ser tirada à vontade. Mas para você... Você é humana e isso a faz hesitar. Deuses e humanos são diferentes. O meu sofrimento e o seu são diferentes.

— Então, por que você sofre, Izanami-sama? — perguntei, sem pensar.

— Porque eu sou um deus *mulher*. — Izanami mandou a serviçal de volta ao poço para buscar mais água. Em seguida, sem hesitação, salpicou água aqui e ali na mais completa despreocupação em relação ao fato de que Izanaki não se encontrava mais no mundo dos vivos.

Eu olhei para o meu corpo, manchado de água negra, e imaginei que tipo de dor uma deusa tinha de suportar. Ela precisava roubar a vida dos vivos muito embora continuasse de posse de seu coração feminino. Será que era essa a fonte da dor? Ou será que era o fato de que apesar de ser uma deusa que matava também era uma mulher encarregada de dar à luz? Quanto mais eu pensava no assunto, mais deprimida ficava, e mais lamentava meu acesso de fúria. Eu compreendi que o sofrimento que eu suportava na condição de humana não era nada em comparação com o que Izanami suportava.

Eu estava absolutamente prostrada. Um espírito não pode exatamente adoecer, mas tudo o que eu queria era flutuar sem rumo, sem nenhuma lembrança da dor da vida, como Mahito. Não me apresentei a Izanami depois disso, e não cruzei mais com Mahito. Eu passava o tempo sozinha vagando pela escuridão do submundo, rezando para poder dissolver-me nas sombras.

Um dia, quando estava percorrendo um túnel escuro, como costumava fazer, senti uma brisa refrescante acariciar-me o rosto e me virei para olhar atrás de mim. Nenhuma brisa jamais soprava no Reino dos Mortos. Nunca havia qualquer espécie de fluxo de ar, de modo que embora a espessa estagnação que impregnava o ar ocasionalmente oscilasse, jamais se deslocava. Um peso persistente pendia densamente onde quer que eu fosse. Sobressaltou-me, portanto, sentir uma brisa.

— Namima. — Era a voz de Hieda no Are.

— Are-san! Quando você voltou?

Hieda no Are caminhava apressadamente, a respiração forçada.

— Pouco tempo atrás. Quando eu estava viajando por Yamato alguém pisou em mim e me matou. A vida de uma formiga é realmente muito breve! Porém, mais breve ainda é a fama de uma mulher, pois agora a história se lembra de Hieda no Are como um homem!

Ela estava ainda mais comunicativa do que antes e cheia de energia.

— Namima, tem um homem que eu não conheço no palácio subterrâneo. Por acaso ele não é o seu marido? Ele me lembra Umi-sachi-hiko e Yama-sachi-hiko. Você se lembra deles? Eu lhe falei sobre o poema de Ho-ori, o que ele mandou para a princesa Toyo-tama.

Hieda no Are deu-me a impressão de estar prestes a recitar novamente o poema, mas eu lhe dei as costas. Foi uma grosseria, eu sei, mas qualquer menção a Mahito me deixava deprimida. Um olhar embasbacado ficou estampado em seu rosto.

— Isso é realmente sério. Precisamos relatar imediatamente a Izanami-sama.

— Relatar o quê? — Eu não entendia por que Hieda no Are parecia estar tão aturdida.

— A pedra que bloqueia a Colina do Yomotsuhira. Um grupo enorme de marinheiros está tentando movê-la. Não vai demorar muito e eles vão conseguir abrir uma fresta grande o bastante para garantir a passagem de um homem. Alguém pode acabar entrando.

Era a pedra gigantesca que Izanaki colocara na abertura da caverna para separar o Reino dos Mortos do mundo dos vivos para sempre. Eu ouvi falar que era tão pesada que nem mesmo mil homens poderiam movê-la. Como era possível que alguém pudesse vir a entrar?

— Dizem que aos olhos humanos nosso palácio subterrâneo não parece nada mais do que uma vasta tumba.

— Escute. Vem vindo alguém. Seres humanos são tão cheios de curiosidade. Quem poderia ser? — A voz de Hieda no Are estava animada e vívida.

Izanaki era a única pessoa que se aventurara a percorrer todo o caminho até o Reino dos Mortos. Mas Izanaki era um deus. Seres humanos, por sua própria natureza, ficavam aterrorizados com a imensa cripta subterrânea e contentes por saberem que a pedra encontrava-se ali. Não havia motivos para que eles se aproximassem mais do que isso.

2

Eu podia ver uma ínfima faixa de luz, parcamente visível, oscilando ao longe. Estava vindo em minha direção. Será que os vivos haviam finalmente cruzado a fronteira e entrado neste mundo — um mundo que eles jamais deveriam invadir? Evidentemente, Izanami e eu mal éramos visíveis aos olhos humanos. A luz que emitíamos não podia se comparar nem à luz emitida por um pirilampo. E os outros espíritos dissolviam-se na escuridão circundante e eram invisíveis. Mas se uma pessoa fosse corajosa o suficiente para penetrar nessa cripta subterrânea, ela certamente acharia a escuridão daqui — repleta até a borda com os espíritos dos mortos — tão densa que era quase sufocante.

Essa seria, entretanto, a menor das suas preocupações. Eu estava mais preocupada em saber como Izanami reagiria e a raiva que ela despejaria sobre qualquer criatura viva impetuosa o bastante para invadir seu santuário. Será que ela talvez fizesse com que o teto desabasse, por exemplo, prendendo o invasor para sempre em suas profundezas? E, de uma forma ou de outra, que espécie de pessoa era ousada o bastante para invadir seu reino?

Ao longe, eu podia ouvir o eco da voz de um homem.

— Izanami, se você está aqui, poderia responder? Sou eu, Izanaki.

O invasor não era humano, afinal de contas. Izanaki, que era tido como morto, retornara novamente ao Yomi. Izanami girou o corpo, teso como um chicote preparado para golpear, e deu um passo para trás.

— Izanami, onde está você?

— Aqui. — Sua voz estava trêmula. Algo muito natural. Ela estava se encontrando com o homem de quem se separara havia mais de mil anos no Yomotsuhira-saka, onde juntos eles tinham trocado palavras que carregavam consigo toda a força de sua amarga paixão.

Uma luz cálida inundou subitamente o palácio subterrâneo — a luz de uma grossa tocha de pinheiro. Até então, a única iluminação vista ali era a tênue luz de fogo-fátuo emitida pelos espíritos fantasmagóricos. O homem segurando a tocha era inesperadamente jovem. Seu corpo, que ainda não adquirira a plenitude física da idade adulta, era delgado. Seus cabelos longos não estavam presos no alto com dois nós, como ditava a moda, mas amarrados por uma tira de couro na nuca. Seu braço direito exibia um bracelete de concha, e seu quimono branco era curto. Na cintura ele levava uma espada comprida, e ele tinha o cheiro do mar, como os pescadores da minha ilha.

— Izanami, sou eu, Izanaki.

— Você mudou. — A voz de Izanami ainda estava trêmula. — O Izanaki que eu conheci possuía o corpo avantajado de um homem mais velho. Mesmo assim, "Que homem agora de grande formosura".

O jovem que chamava a si mesmo de Izanaki pareceu sorrir ligeiramente. De repente, notei que lhe faltava a mão esquerda.

— Izanami, você não vai se mostrar para mim? — Ele parecia desconsolado.

— Você não consegue me ver? — perguntou Izanami, surpresa.

— Não.

— Você é mesmo Izanaki-sama?

— Eu me transformei num ser humano com tempo restrito na terra. Daqui a algumas décadas eu morrerei e, então, talvez também eu venha para esse submundo de morte. Eu deixei de ser deus por livre e espontânea vontade.

— Por quê?

— Porque não aguentei sobreviver a mais outra esposa. E é por isso que vim até aqui. Eu gostaria de pedir perdão.

Izanami arquejou. O que Izanaki lhe dissera não era o que ela esperara ouvir.

Izanaki, no corpo de um jovem, caiu de joelhos no frio piso de pedra do palácio e fez sua súplica:

— Izanami, eu estava errado. Você perdeu a sua vida no parto. No entanto, eu estava tão preocupado com a minha própria infelicidade que não demonstrei nenhuma consideração. Eu era uma criatura verdadeiramente presunçosa, superficial e estúpida. Foi por isso que abandonei a minha condição divina. Agora que não sou mais deus, por favor, eu te imploro, pare de matar as minhas esposas, não apenas as esposas. Por favor, pare de roubar a vida de milhares de pessoas a cada dia.

— Você decidiu conter seu ímpeto de construir cabanas de nascimento?

— Se está querendo saber se eu planejo continuar desposando mulheres, então a resposta é não. Eu renasci no corpo de um rapaz de dezenove anos e me casei com uma jovem mulher. Eu quero viver o resto da minha vida com ela, e é por isso que vim até aqui implorar o seu perdão.

— Onde você a conheceu? — sussurrou Izanami. Talvez o fato de Izanaki ser agora um homem jovem tenha ajudado a acalmá-la.

— Na ilha Umihebi. Ela servia como sacerdotisa das trevas. Yayoi é o nome dela.

Yayoi foi resgatada? Ela era agora a esposa de Izanaki? Uma tremenda alegria inundou todo o meu ser. Mas, tão repentinamente quanto, fui tomada pela dúvida. O que isso causaria em Izanami? Lancei um olhar furtivo em direção a ela, meu coração em polvorosa. Izanami dissera que seu sofrimento era causado por ela ser "um deus *mulher*". Tive ainda mais respeito por ela, mas tive também ainda mais pena.

Mas o que Izanami disse em seguida me surpreendeu:

— Que coincidência. A mãe dessa jovem está aqui no Reino dos Mortos. Ela é minha serviçal. Como será doloroso tirar a vida dessa jovem, mesmo para mim.

Horrorizada, comecei a implorar pela vida de Yayoi, mas Izanaki falou primeiro.

— Izanami, é por isso que eu estou aqui. Por favor, poupe Yayoi. Eu não sou mais deus. Um dia também morrerei. Por favor, tenha piedade.

— O que você me dará em troca pela vida de Yayoi?

Eu os ouvia conversar, minha ansiedade se avolumando.

— Não é suficiente que agora eu tenha um prazo de vida? Por favor, Izanami, eu gostaria de vê-la. Você não vai se mostrar para mim?

— Eu me mostrarei se você voltar para mim mais uma vez como um deus. — A voz de Izanami era fria como gelo.

Izanaki vasculhava a escuridão ao seu redor. Cada movimento de seu corpo possuía a rapidez da juventude. De repente, ele gritou:

— A tocha não vai durar muito tempo. Eu terei de partir logo. Assim que a minha luz se extinguir, não serei capaz de encontrar o meu caminho de volta, não na minha atual condição. Então, nós não nos reencontraremos, Izanami? Quer dizer, não até que eu volte na minha morte? Quando isso ocorrer, eu não faço ideia de como estará a minha aparência. Permita que eu me despeça de você agora, antes que seja tarde demais.

Subitamente, Izanami aproximou-se de Izanaki e soprou seu hálito sobre ele. A chama da tocha de pinheiro apagou-se tão repentinamente quanto teria se apagado a chama de uma vela. A luz brilhante e cálida desapareceu. E a escuridão que se seguiu a isso pareceu ainda mais escura.

— O que você fez?

Pude ouvir o pânico instalado na voz de Izanaki. Ele tirou um conjunto de pedras de fogo de dentro de sua veste e lutou para atritar uma pedra na outra mas, sem sua mão esquerda, era impossível. Depois que vários minutos se passaram, ele falou novamente:

— Izanami, eu te imploro. Ajude-me a acender a minha tocha. Eu não estou enxergando nada.

— Por que você não tira um dente do pente em seu cabelo e o ilumina como fez todos esses anos atrás quando olhou meu corpo apodrecido? — admoestou Izanami, suas palavras recheadas de ódio.

— Você sabe que eu não consigo fazer isso agora. Meu cabelo não está mais preso num coque, e eu não tenho pente. Eu não tenho meios de produzir fogo. — Izanaki estava ficando frustrado.

— Então, você está desamparado. Você realmente se tornou um ser humano — suspirou Izanami.

— Exato. É por isso que você precisa me ajudar, Izanami. Se você não acender a minha tocha, eu não terei como sair daqui. — A voz de Izanaki agora estava mais fraca.

A escuridão estava um breu ainda mais profundo, e com uma textura tão pesada que parecia ser possível dilacerá-la com uma espada. Izanami e eu observávamos Izanaki tropeçando na escuridão, esbarrando nos pilares e rastejando freneticamente no chão. Ele realmente não conseguia nos ver. Fiquei terrivelmente angustiada observando a agitação dele e imaginei o que Izanami planejava fazer em seguida.

— Izanami! É assim que você pretende realizar a sua vingança? — gritou Izanaki com raiva.

— Não se trata de vingança. Mas o Reino dos Mortos não é lugar para seres humanos vivos. Assim que se transformou em humano, você violou esse tabu, como fez da última vez que me visitou aqui. Em todas as situações você pensa apenas em si mesmo. E não tem o menor escrúpulo em causar desordem em outros mundos. Agora você é um humano obstinado, e eu, na condição de deusa, estou impondo o castigo. Isso é tudo.

De acordo com Izanami, ela o estava castigando, não vingando-se. Eu falei, desesperada:

— Izanami-sama, Izanaki-sama já fez a sua escolha. Ele tornou-se um ser humano com um prazo de vida fixo. Ele também é o marido da minha filha. Eu te imploro, perdoe-o.

Izanami riu baixinho.

— Ele ainda não sabe o que significa estar vivo. Que momento melhor do que esse para ensiná-lo?

— Mas...

Izanami recusava incisivamente quaisquer outros argumentos.

— Se pretende continuar na defesa dele, então por que *você mesma* não o ajuda, Namima? Afinal de contas, não era você que estava ansiosa para assumir as tarefas da deusa? Poupe a vida dele.

— Eu não posso.

— Por que não? — O corpo inteiro de Izanami exibia um vívido tom azulado e ela me ameaçava com uma expressão aterrorizante. — Por quê?

Eu consegui responder com uma voz trêmula.

— Porque eu sou apenas um espírito *humano* comum.

— E que você jamais volte a tentar fazer o trabalho dos deuses.

Seres humanos e deuses são diferentes. Eu agora compreendia o quanto a raiva de um deus podia ser assustadora. Lancei-me ao chão aos pés de Izanami. Isso era tudo o que eu podia fazer.

— Izanaki, eu tirarei a sua vida e, para compensar, pouparei a de Yayoi — falou Izanami com uma séria autoridade.

Ouvir que Yayoi estava salva proporcionou-me grande alívio. No entanto, não pude deixar de sentir pena de Izanaki — sua sina era por demais cruel. Permaneci com o rosto grudado no chão sem dizer uma palavra sequer. Como era impiedosa a deusa Izanami! Eu imagino que ainda não compreendesse que a intensidade de sua raiva era comparada à profundidade de sua tristeza. Enquanto isso, Izanaki, aterrorizado pela escuridão, descia cada vez mais fundo em direção ao reino subterrâneo, sem parar jamais de chorar e de se lamentar. Izanami não fez nenhum gesto no sentido de ajudá-lo. Ao contrário, ela o seguia, acompanhando-o silenciosamente. Outros espíritos também foram atraídos a Izanaki e aglomeraram-se ao redor dele num suave farfalhar. O tempo passava. Izanaki parou e acocorou-se na escuridão, como se resignado com seu destino.

Depois de vários dias, ele entrou numa cripta escura no fim de um beco sem saída onde desabou no chão. Seus olhos estavam esbugalhados no breu e ele parecia estar lutando para respirar. Ele não tinha nada para comer e nada para beber. Não demoraria muito até que perdesse a energia vital. Ele ficou deitado no chão de rosto para baixo. Eu queria que pelo menos suas últimas horas não fossem dolorosas, de modo que coloquei-me atrás dele e o abracei. Assim que o fiz, senti algo totalmente inesperado: Mahito estava atrás de mim, levantando-me. Eu não conseguia sentir a pressão do corpo dele. Nem conseguia compartilhar seu toque. Afinal de contas, nós não passávamos de espíritos. Mas lembrei-me da felicidade que senti no barco tanto tempo atrás. Eu estava com a pequena Yayoi no colo e Mahito me abraçava por trás. E ali estávamos nós, Mahito e eu, segurando o homem que amava nossa Yayoi. Por acaso nós não estávamos nos grudando a ele, contendo-o delicadamente, como faríamos com nossa própria filhinha? Eu senti algo frio escorrer pela minha face. Eu estava chorando.

— Mahito... você não se lembra do barco? Você não se lembra de mim? Namima.

Sem pensar, virei-me e olhei para ele.

— Namima — sussurrou ele, e isso foi tudo.

— Nós passamos inúmeras noites juntos exatamente assim a bordo daquele barco pequenino. Eu segurava nossa Yayoi recém-nascida no colo e você me abraçava.

— Eu me lembro um pouco disso. Você disse que estava se sentindo inquieta e em seguida morreu. Mas isso foi há tanto tempo. A sensação que eu tenho é que foi algo que aconteceu antes de eu ter nascido. Parece algo que eu sonhei.

— Mas você me matou! Por que você fez isso?

— Você está enganada — sussurrou Mahito.

Eu não sabia em que acreditar, não fazia a menor ideia do que era verdade. Todavia, ali atrás de mim — embora não fosse nada além de um espectro — eu podia sentir a calidez do corpo de Mahito. Comparada a Izanami, eu ainda era bastante humana.

Mahito e eu não éramos os únicos tentando oferecer apoio a Izanaki. A cripta na qual ele estava deitado estava repleta de espíritos, aqueles que retinham a aparência que tinham enquanto vivos e aqueles que eram espíritos desde o início. Todos cuidavam de Izanaki.

Izanami saiu da câmara e, entrando na cripta, postou-se diante do moribundo Izanaki.

— Izanaki, parece que você chegou ao fim de sua vida. Eu estarei aqui à sua espera no Reino dos Mortos. Aqueles que morrem com desejos não resolvidos, aqueles incapazes de superá-los, juntam-se a mim neste mundo subterrâneo. Logo, logo você estará aqui e nós finalmente estaremos juntos outra vez.

Assim que ela disse isso, Izanaki sorriu ligeiramente na escuridão. Sua respiração estava árdua mas ele conseguiu dizer:

— Minha amada Izanami, eu morrerei sem arrependimentos. Eu aceitei tudo que encontrei pela frente e vivi a vida intensamente. Mas vivi o suficiente. Ao longo dos anos tive o prazer de ter tantas mulheres excepcionais, de amá-las e de ser amado por elas. E, Izanami, eu a coloco entre elas. Agora eu ficarei muito feliz se puder igualmente experimentar a morte. Porque conhecerei por fim aquilo pelo qual você passou. E, Izanami, eu imagino se não encontrarei por aqui algumas dessas mulheres.

As mulheres que amei. Será? Duvido muito. Duvido que alguma delas tenha morrido com alguma espécie de desejo não resolvido que as prendesse a este mundo.

— É mesmo? E quanto a mim, Izanaki? Você está sugerindo que eu recusei tudo que encontrava pela frente? Pois saiba que também eu aceitei tudo, todos os desafios. No entanto, acabei aqui. É a minha sina dar continuidade a essa existência corrupta?

Izanami estava visivelmente zangada. Izanaki, incapaz de enxergar, virava-se em direção à voz dela.

— Você é uma divindade feminina. É claro que você não é corrupta. Recuse o seu destino e, de agora em diante, salve os espíritos aqui que são incapazes de flutuar livres de seus desejos. Salve-os um a um e certamente alguma coisa nascerá disso... Nova vida.

— Izanaki, você é ingênuo. — Izanami riu estridentemente. — Poupe a sua bajulação. A minha corrupção não me incomoda nem um pouco, e eu não tenho interesse em salvar ninguém! Todos que terminarem aqui permanecerão aqui para sempre, condenados a vagar sem rumo. Como poderia algum bem nascer dos cansativos resmungos de tais criaturas? Por favor, Izanaki, chega de seu sentimento infantil! É minha sina, minha *escolha*, aceitar toda a corrupção existente no mundo. E caso alguém se aventure a mergulhar profundamente no cerne dessa corrupção, poderá talvez descobrir que exista alguma coisa totalmente inesperada. Mas, Izanaki, isso não tem nada a ver com você.

— Minha amada Izanami, você é forte. — Izanaki riu silenciosamente. Ele deixou escapar um suspiro profundo e então morreu. Seu corpo permaneceu durante um tempo na escuridão como estava mas, depois, como neve derretendo, lentamente desapareceu. Talvez ele tenha se mudado para o reino daqueles que morrem sem arrependimentos. Nós, espíritos, incapazes de verter lágrimas verdadeiras, choramos com o nosso coração. Pranteamos Izanaki, o valente deus que havíamos perdido. Mas também pranteamos Izanami pois, apesar da fantástica autoridade que manifestava, ela havia amado Izanaki profundamente. E agora os dois estavam finalmente e irrevogavelmente separados.

Por um longo tempo Izanami mirou o vazio circundante no qual Izanaki desaparecera. E então, por fim, falou:

— Namima, está na hora de cuidarmos de nossas tarefas.

— Izanami-sama, você ainda pretende selecionar mil pessoas para morrer? Mesmo agora que Izanaki-sama acabou ele próprio de morrer? — Eu não via motivos para que ela continuasse.

A resposta de Izanami pegou-me de surpresa.

— Eu derrotei Izanaki. Ele foi superado pela dor do luto. Mas não tenho intenção de mudar meu destino. Afinal de contas, eu sou a deusa que impõe a morte. Eu continuarei.

Assim que Izanami terminou de dizer isso, encaminhou-se em direção à sala do mapa. Eu hesitei, sem certeza do que fazer. Izanami virou-se.

— Namima, sua amargura desapareceu?

— Eu não sei. E a sua, Izanami-sama?

— Não se trata de algo que possa um dia vir a desaparecer. Mas aqueles que louvam as alegrias de viver jamais poderão compreender os sentimentos de alguém forçada a permanecer no Reino dos Mortos. Eu continuarei a odiar e a abominar e a matar por toda a eternidade.

O corpo de Izanami emitia o pálido fulgor azulado de sua amargura. Ela estava furiosa com Izanaki por sua capacidade de tornar-se humano e, assim que identifiquei isso, fiquei quase petrificada de medo. Izanami — ao longo dos muitos anos em que levava a morte — tornara-se uma verdadeira deusa, e não apenas isso: ela tornara-se a quintessência da destruição. Mas agora que Izanaki estava morto, certamente a regeneração da vida caberia também a ela. Ela era a deusa que incitava nosso desejo e também nossa corrupção; ela sustentava o peso do passado e seguia vivendo em direção ao futuro, para sempre. Essa percepção encheu-me de uma sobrepujante admiração.

— Izanami-sama, por favor permita que eu sirva a seu lado.

Essa, então, é a história de Izanami. Ela é a deusa do Reino dos Mortos, agora e para sempre. E, ao redor dela, os resmungos dos espíritos inquietos não têm fim, só fazem crescer, crescer e crescer. Isso também é belo, límpido e etéreo como o pó. Contrariamente ao que Izanaki-sama disse pouco antes de morrer, nada nasce aqui. Portanto, Izanami continua, sem mudança, a decidir a morte de mil pessoas por dia.

E eu, que no passado fui a sacerdotisa das trevas, sinto que ao servir aqui ao lado de Izanami sou capaz de realizar o que fui incapaz de terminar na terra. Pois, como eu disse antes, Izanami é sem dúvida uma mulher entre as mulheres. Essas provações às quais ela se submeteu, são as provações que todas as mulheres devem enfrentar.

Reverenciem a deusa!

Na escuridão do palácio subterrâneo, eu secretamente a louvo em meus cânticos.

Fontes

Dentô Bunkazai Kiroku Hozonkai/Zaidan hôjin Shimonaka kinen zaidan seisaku (Registros da Sociedade para a Preservação das Propriedades Culturais e Tradicionais/Uma produção da Fundação para a Memória Shimonaka). *Okinawa Kudakajima no Izaiho* (O Izaiho: Ritos inaugurais da Ilha Kudakajima, Okinawa). Shinema shinsha de Tóquio.

Hashimoto Osamu: *Hashimoto Osamu no Kojiki* (O Kojiki de Osamu Hashimoto). Kôdansha.

Higa Yasuo: *Nihonjin no tamashi no genkyô Okinawa Kudakajima* (O Local de Nascimento da Alma Japonesa: Ilha Kudakajima, Okinawa). Shûeisha shinsho.

Miura Sukeyuki: *Kôgoyaku Kojiki kanzenban* (A Linguagem Moderna do Kojiki, Edição Completa). Bungei shunjû.

Saigô Nobutsuna: *Kojiki chûshaku* (O Kojiki Anotado). Chikuma gakugei bunko.

Saigô Nobutsuna: *Kojiki kenkyû* (Estudos do Kojiki). Miraisha.

Saigô Nobutsuna: *Kojiki no sekai* (O Mundo do Kojiki). Iwanami shinsho.

Suzuki Miekichi: *Shinpan Kojiki monogatari* (Crônicas do Kojiki: Nova Edição). Kadokawa Sofia bunko.

Umehara Takeshi: *Tennôke no "furusato": Hyûga o yuku* (Uma Viagem ao Hyûga: O Lar da Família Imperial). Shinchô bunko.

Wakugami, Motoo: *Okinawa Kudakajima no Izaiho* (O Izaiho: Ritos Inaugurais da Ilha Kudakajima, Okinawa). Sunagoya shobô.

A tradutora da versão inglesa consultou a seguinte obra:

Kojiki. Traduzido com uma introdução e notas por Donald L. Philippi. Tóquio: University of Tokyo Press, 1968.

Impressão e Acabamento:
GRÁFICA STAMPPA LTDA.
Rua João Santana, 44 - Ramos - RJ